LES POMMIERS DE L'ORAGE

ALINE CANNEBOTIN

City
Poche

Photo de couverture : © Shutterstock / Stockphoto
ISBN : 978-2-8246-1902-6
Code Hachette : 59 1435 8

Collection dirigée par Christian English & Frédéric Thibaud.
Catalogue et manuscrits : city-editions.com

Dépôt légal : Juin 2021

À ma grand-mère Denise.

Prologue

Qui n'a pas été ému en découvrant la maison de ses rêves ?

Pour sa part, Lise avait visité près d'une trentaine de propriétés avec Renan, son compagnon. Alors que le découragement se faisait sentir (ils étaient hors normes, selon certains agents immobiliers), ils eurent le fameux coup de cœur pour l'une d'entre elles.

Ce jour-là, ils visitaient une demeure dans un petit village au nom amusant : Hodeng-Hodenger.

Dans cette propriété, une longère[1] ancienne étendue sur un vaste parc, chaque détail semblait avoir été ajouté pour les séduire.

Le terrain, savamment paysagé, dévoilait ici et là des massifs aux couleurs camaïeux : oranger du Japon, rosiers pourpres et rose pâle, de grands fuchsias, des digitales et même des campanules.

Deux arbres majestueux, un tulipier et un cèdre de l'Himalaya, les avisaient du haut de leur cime, des noisetiers jetaient leur ombrage sur un cabanon de bois, tandis que l'épais feuillage d'un érable japonais

1 Un glossaire, à la fin du roman, propose une définition des régionalismes.

ondulait comme une chevelure amarante. Depuis la rue, cette longère, qui paraissait spartiate sur sa partie ancienne, déployait en réalité un « L » de construction plus récente vers le jardin, et un étage surplombait l'ensemble.

Il régnait dans cette maison une apparente sérénité. L'étage offrait un point de vue sur la forêt toute proche, et le village lui-même inspirait la quiétude ; seuls les oiseaux habillaient l'air de leurs notes mélodieuses.

Du fond du jardin, on pouvait apercevoir la flèche d'ardoise de l'église.

Les propriétaires du moment avaient aménagé la salle à manger et leur chambre dans la portion la plus rustique, leurs filles dormant à l'étage. Les deux pièces, au sol recouvert de tommettes, se paraient chacune d'une énorme cheminée.

La chambre était surprenante. Dans l'axe du foyer, qui comportait une petite niche sur le fond, était encastré un vieux placard à la porte sculptée. En surplomb, une poutre couronnait l'ensemble.

Les habitants portèrent l'attention du couple sur l'inscription qui y était gravée :

EN L'AN 1866 A ÉTÉ FAITE CETTE MAISON PAR FB

Ces détails ajoutaient quelques notes de mystère à ce lieu. Lise et Renan étaient sous le charme et comme happés par l'évidence que cette maison leur était destinée. Ils n'osaient cependant pas y croire, et ce n'est qu'en signant l'acte de vente qu'ils purent enfin se réjouir.

Quelques années s'écoulèrent.

Un jour de grande tristesse, au mois de mai 2007 (Lise venait de perdre sa grand-mère, avec laquelle elle entretenait des liens tendres et malicieux), une des anciennes propriétaires, Mme D., lui téléphona.

La dame lui fit part de ses recherches concernant cette habitation qu'elle avait occupée à partir de 1950. Au début, Lise l'écoutait distraitement, puis son intérêt s'éveilla au fil des mots :

— Nous avons nous-mêmes construit le « L » de cette longère, qui ne comportait au départ que trois pièces. Mon fils a rénové cette petite chambre, celle où il y a l'immense cheminée. En ôtant la couche de plâtre sur la grande poutre, il a mis au jour l'inscription. Les personnes qui m'ont vendu la maison l'ont habitée dès 1927. Cette famille de cinq personnes devait forcément être à l'étroit dans cet espace restreint, mais c'était une autre époque. Je me suis toujours interrogée sur l'identité de ce FB et sur la dissimulation de la poutre, peut-être une question de mode. Malheureusement, mes connaissances s'arrêtent là. Ni les villageois ni monsieur le curé n'ont pu me renseigner sur cette affaire.

La conversation se perdit en politesses, et Lise raccrocha.

Allongée sur le lit, les yeux fixés sur la poutre, elle se questionnait sur la main qui avait tracé ces signes.

Un papillon pénétra dans la pièce par la fenêtre. La porte du placard demeurait constamment ouverte, car l'humidité avait tendance à s'y former. La petite bestiole s'y engouffra, et Lise la suivit des yeux, amusée, guettant sa sortie. Cependant, rien ne se produisit, aucune trace de l'insecte.

Observant d'un peu plus près la planche supérieure du placard, la jeune femme aperçut une fissure par laquelle le papillon aurait pu se faufiler. En tapant du doigt, elle remarqua que le bois sonnait creux. Les murs du placard étaient composés de briques rehaussées de pierres. L'une de celles qui soutenaient l'étagère se déplaçait aisément. Poussée par la curiosité et munie d'un tournevis pour faire levier, elle parvint à écarter le morceau de bois. La planche soulevée, elle la fit glisser vers l'avant pour l'extraire et la déposer à terre.

Un nuage de poussière la prit à la gorge. Le papillon s'envola, tandis qu'une myriade d'insectes morts se répandaient sur le sol. Au milieu de ces débris, Lise aperçut avec surprise un vieux cahier jauni par le temps, ainsi qu'un médaillon accroché à un fil de lin.

Le papier était gondolé par l'humidité, mais on pouvait encore y lire une écriture joliment tracée au crayon de bois. Des dates titraient chacune des pages à la manière d'un journal intime qui débutait le 18 septembre 1879.

Son excitation s'intensifia.

La personne qui l'avait rédigé avait pris soin de perforer sommairement les feuillets et de les relier par de la ficelle. Quelques lettres étaient insérées entre les deux dernières pages.

Lise eut soudain l'impression que, de là-haut, sa grand-mère lui adressait un dernier clin d'œil.

Un sourire aux lèvres, elle entreprit fébrilement la lecture de ces mémoires.

1

Naissance d'une passion

18 septembre 1879

Je pose et relève mon crayon du papier sans parvenir à y déposer la moindre idée. Comment suis-je censée débuter ? Assaillie par les souvenirs de la journée, je ne parviens pas à leur trouver suffisamment de relief. L'instant est pourtant idéal, le sommeil ayant emporté toutes les âmes vaillantes de la demeure.

La chandelle balaie les ombres sur le papier, alors qu'enfin détendue, j'y couche mes premiers mots.

Fernand ronfle à côté de moi. Il était encore ivre ce soir lorsqu'il s'est couché.

Yvonne redoute de plus en plus de voir son père dans cet état.

Il se met à crier pour un oui ou pour un non dès qu'il rentre des champs :

— Le repas n'est pas encore prêt ?

Ou bien, lorsque les enfants traînent dans ses pieds, il mouline l'air avec ses bras et vocifère :

— Tu vas voir si je t'attrape !

Il s'est encore enivré avec Alphonse au café d'Hodeng.

Ces deux-là ne manquent jamais une occasion pour boire la goutte ou une absinthe.

Je songe à Lucie.

La solitude fragilise les femmes et les rend si vulnérables !

Le petit être qui grandit en moi m'apporte heureusement l'espoir qu'il y aura des jours meilleurs.

J'ai eu mal au cœur durant plusieurs semaines, puis mon malaise s'est dissipé.

Ma grossesse ne tombait pas dans un contexte idéal, étant donné le comportement de Fernand. C'est pourquoi j'en redoutais l'annonce. En outre, cette nouvelle lui fournirait l'excuse pour boire de plus belle.

Où sont donc nos belles années ?

Et où se trouve l'homme si attentionné de ma jeunesse ?

En l'épousant, je savais que Fernand serait un bon père pour nos enfants. Il a construit notre maison de ses mains, tandis que nous habitions encore chez mes parents.

À la ferme Desmoulins, Hector ne tarit pas d'éloges sur ses aptitudes au travail : un des meilleurs ouvriers qu'il ait jamais eus, jamais en retard, prompt à la tâche, un bel exemple pour nos enfants qui y sont aussi embauchés.

Depuis ces dernières années, il s'est cependant habitué à boire... Heureusement que les grandes m'assistent et s'occupent de la petite lorsqu'elles rentrent de la ferme.

Quel contraste avec la journée de dimanche en compagnie de Lucie !

Annuellement, chez les Le Roy, on reçoit les habitants du village pour leur proposer une collation. Le mari, Augustin, député de la Seine-Inférieure, s'absente souvent pour plusieurs semaines afin de se rendre à Rouen ou à Paris.

Son retour, véritable fête pour Lucie et pour leurs deux filles, est le prétexte à des réceptions avec des amis et à l'organisation d'activités dans la commune.

Derrière la grille en fer forgé, une vaste cour accueillait les invités.

Fernand et les enfants et moi, nous suivions l'allée de petits cailloux qui serpente jusqu'à la maison.

Au fond, l'imposante demeure, de briques et de pierres, dressait fièrement ses deux étages vers le ciel, alors que le parc arboré d'un marronnier et de plusieurs tilleuls incitait à la flânerie.

Yvonne me tenait la main, tandis que les garçons sautillaient entre les pierres sur le bord du chemin.

Je les rappelai à l'ordre en leur adressant un regard sévère. Mes grandes filles se tenaient bien droites dans leurs jolies robes, et Jeanne nous quitta dès qu'elle aperçut Mathilde Le Roy, toutes deux étant de grandes amies.

La cour grouillait du nombre de visiteurs. C'est à peine si on apercevait sur la droite le toit du lavoir privatif. Avec tous ces enfants qui jouaient et couraient en tous sens, il s'agissait d'être vigilant. Heureusement,

Lucie cloisonne l'entrée du lavoir avec des planches afin d'en interdire l'accès.

Nous saluions chacun des invités, proche ou ami, l'abbé Dubreuil, maître Renard, Fontaine, le maire.

Nos hôtes, Augustin et Lucie, nous reçurent à bras ouverts devant leur perron.

Augustin, toujours élégant en complet blanc et veston, portait un chapeau et des lunettes, tandis que Lucie, en robe et coiffe à plumes, ressemblait à une de ces élégantes des gravures de mode illustrant les journaux.

Des chaises étaient éparpillées de part et d'autre du gazon, certaines en fer forgé, d'autres appartenant à l'église ou au café.

Des tables, planches posées sur des tréteaux recouvertes de nappes blanches, offraient des mets succulents et variés : des poulets cuits, des saucisses et des pâtés, du pain et des fromages de toutes sortes. D'appétissantes tartes aux pommes et de petits sablés ravissaient les appétits sucrés. On se servait à l'assiette. Derrière la table de service, Augustin distribuait les moques de cidre pendant que Lucie régalait les enfants de citronnade.

— À Paris, ça gronde, commentait Augustin. Les socialistes n'apprécient guère les idées des républicains opportunistes et en particulier celles de Jules Ferry. Toutes ces critiques font le jeu des journalistes, et ceux de *L'Intransigeant* tirent à boulets rouges sur les réformistes.

M. Renard, l'instituteur, tenta d'imposer son point de vue :

— L'austérité de monsieur Ferry n'attire pas que de l'empathie, semble-t-il. En outre, son ardeur pour la réforme en irrite sans doute plus d'un. Son idée novatrice de favoriser l'enseignement des jeunes filles est pourtant un atout majeur.

Quelques rires fusèrent, et des langues infamantes chuchotèrent qu'à quoi bon, une femme est préposée à la tenue de son foyer.

La bourgeoisie des Le Roy, leurs richesses, leurs places attitrées à l'église avivent la jalousie de certains villageois, lesquels n'hésitent pas à calomnier Augustin tout en jouant les pique-assiettes. Ainsi, Billecoq, Grandcerf ou Ernestine, dite madame Potin, portent souvent des propos venimeux à son égard, mais Augustin, loin d'être dupe, reconnaît ses véritables amis. Maître Renard se glorifie de compter pour l'un d'eux. Parmi ses élèves se trouvent Mathilde Le Roy, dont l'ambition est de devenir apothicaire, et Maxime Beaudriard, le fils du docteur, qui reprendra sans doute sa suite.

M. Renard poursuivait la conversation :

— J'aimerais que les enfants fréquentent davantage mon école et que chacun sache lire et écrire correctement. Un bon apprentissage n'existant que par celui des maîtres, je suis enchanté de la création d'une école normale d'instituteurs dans chaque département.

M. Renard est l'un des rares instituteurs de campagne à avoir fréquenté l'École normale de Rouen. Un soutien qu'il doit au maire d'Hodeng, solliciteur d'une bourse à son égard.

— J'ai deux filles et j'approuve totalement cette évolution, évidemment, témoignait Augustin. Cependant, si monsieur Ferry usait de diplomatie, il ne heurterait ni les socialistes ni les républicains radicaux.

L'abbé Dubreuil observait cet échange avec circonspection. La politique actuelle ne courtisant pas les ecclésiastiques, leur rôle ne se bornerait bientôt plus qu'à l'enseignement du catéchisme.

Appelée à suivre Lucie dans sa jolie demeure, je n'entendis pas la fin du débat entre les deux hommes.

— Venez, Célestine, me pressait-elle, je souhaiterais vous dévoiler ma dernière acquisition.

Inéluctablement, la clarté de la maison m'enchanta. Pas moins de six fenêtres rien que pour la salle à manger ! Quand on connaissait le prix des impôts par fenêtre supplémentaire ! Chacune d'elles était soulignée par de longs rideaux jaunes. Près de l'une se trouvait une sorte de chaise longue avec huit pieds sculptés et recouverte d'un tissu rose. Le magnifique tapis orné de motifs anciens recevait une console de marqueterie et quatre fauteuils rouges d'époque Louis XV. L'immense cheminée était surmontée d'un haut miroir biseauté, aux bordures dorées. À gauche du miroir reposait une tablette murale, accueillant un vase de céramique de Chine dans les tons bleu et or. La pendule en bronze doré sur la cheminée me captivait. À droite du cadran, une fillette à robe fleurie nourrissait un oiseau blotti dans un panier, le socle noir était ornementé de dorures. Les aiguilles indiquaient cinq heures et quart. Dans un coin de la salle trônait une horloge à tête fleurie.

— Ma pendule vous plaît toujours autant, remarqua Lucie. Elle nous provient de la fabrique Cailly, à

Saint-Nicolas-d'Aliermont. Mais suivez-moi donc, je vous prie.

Nous traversâmes un corridor qui dévoilait l'escalier conduisant à l'étage. En haut de la volée de marches se trouvait une statue équestre en bronze avec son cavalier, soulignée par la lumière de la fenêtre attenante. Sur les murs de l'escalier étaient suspendus des tableaux ovales représentant des portraits d'hommes ou de femmes, sans doute d'illustres ancêtres.

Lucie m'entraîna dans un vaste bureau. Une bibliothèque en chêne à trois portes se déployait sur tout un pan de mur. Un bureau en acajou, orné de bronzes dorés, occupait le centre de la pièce, et le fauteuil au premier plan était garni d'une tapisserie bleue aux motifs anciens. À droite contre le mur, un buste d'homme en marbre blanc reposait sur une console. Homme au front dégarni, drapé d'une cape antique. Sur le mur derrière le bureau étaient accrochés deux tableaux, l'un représentant deux amoureux qui lisaient le même journal, et l'autre, une scène de famille avec un bébé, quatre enfants et deux chiens.

Lucie se dirigea vers un petit meuble de bois posé sur des roulettes.

Il s'agissait d'une machine à coudre, offerte par son mari.

Fièrement, elle décoiffa l'instrument de son coffre de bois et guetta ma réaction.

Cette jolie machine de couleur sombre était ornée d'arabesques et estampillée en lettres d'or au nom du fabricant, Singer, qui se lisait « singère » d'après Lucie. Sur le côté, une manivelle servait sans doute à embobiner le fil.

— C'est un bel outil, commentai-je, admirative. Vous pourrez coudre de jolies robes pour vos filles. L'avez-vous déjà expérimenté ?

— Je louais une machine semblable à La Médaille d'or, à Paris, lorsque nous y résidions. Son utilisation facilite grandement la tâche. On gagne beaucoup de temps, et les coutures sont bien régulières.

— Gagner du temps, peut-être... Mais, pour s'y familiariser, cela requiert sans doute de la persévérance...

— Le tour de main se gagne avec le temps. Je vous initierai, si vous le désirez.

— J'en serais ravie. Ma fille Jeanne devient coquette et insatiable en matière d'habillement. Louise est heureusement moins exigeante.

L'air nostalgique et soucieux de Lucie me poussa à l'interroger :

— Ne regrettez-vous pas le temps où vous habitiez Paris ?

— Certes, la ville regorge de dizaines d'activités à accomplir, de sorties au théâtre ou à l'opéra, de jolies boutiques de couture ou de livres, mais je préfère le charme de la vie à la campagne, plus saine pour Mathilde. Camille a fait le choix de rejoindre la capitale pour ses études d'avocate ; elle aura tout de même bénéficié d'une enfance saine, au grand air.

Après un silence suivi d'un long soupir, elle admit cependant :

— En revanche, Augustin ne rentre que trop rarement à la maison, et je dois avouer que c'est un peu difficile...

— Fernand rentre tard le soir, et je me sens aussi bien seule malgré la présence des enfants.

— Quel âge ont-ils, maintenant ?

— Louise a seize ans, Jeanne, quatorze, Paul-Alfred, douze, Gaston, dix, et Yvonne, bientôt quatre.

— Et on dirait que le petit dernier est en route, déduisit-elle au petit renflement de ma robe.

— Comme vous êtes observatrice ! La naissance est prévue pour le mois de février. J'espère que Fernand sera un peu plus présent...

— Puisque nous en sommes aux confidences, j'aimerais vous révéler mon passe-temps favori.

Dans une lingerie, elle ouvrit la porte d'un placard et glissa sa main sous un drap pour en extirper une sorte de cahier.

— C'est mon journal, indiqua-t-elle à voix basse, car Jeanne et Mathilde se trouvaient à l'étage. J'y détaille mes journées, les anecdotes qui m'ont touchée. J'y confesse surtout mes pensées les plus intimes sans crainte d'être jugée. Cette activité me procure un réel bien-être. Si vous vous sentez seule, tentez-en l'expérience, vous verrez comme l'écriture libère l'esprit.

J'ouvris de grands yeux. Ainsi, il serait possible d'écrire son histoire à soi, sans intention d'être lue !

— Mais qu'y racontez-vous ? demandai-je un peu maladroitement.

Je n'espérais évidemment pas que Lucie m'en lise un extrait.

— En général, je raconte les événements de la journée, les instants de complicité avec mes filles et les sympathies que me rendent mes voisines. Parfois aussi, lorsque je me languis d'Augustin ou que le moral n'y est pas, je lui confie mes peines comme à une amie très chère. Il m'arrive également de revivre de délicieux moments rien qu'en les relisant. Ils sont alors une véritable caresse de l'âme.

Le journal retourna à ses draps, et nous, au petit salon. Camille était entrée sur ces entrefaites pour préparer de l'orangeade.

Une belle femme, dont la silhouette élancée rappelait celle de Lucie, mais au caractère impétueux, trait étonnant pour une si jeune personne.

Séduite par les propos de Lucie, j'éprouvai le désir de renouer avec l'écriture. Je me remémorai avec délice mes premières rédactions à l'école de l'abbé Mouchard et le « prix de la petite Fadette » que j'y avais obtenu. Outre quelques correspondances, je n'avais jamais entretenu ce plaisir.

Je la remerciai chaleureusement, flattée par sa confiance, et rejoignis avec elle le cercle des invités. Les hommes étaient un peu grisés des effets de la goutte que servait Augustin, mais Fernand restait digne.

Je conversai avec Jeanine tout en observant le flot des invités : les Desmoulins étaient en compagnie de Fonfon, leur laitier. Fonfon, le teint mat à force de mener, le nez au vent, le lait de la ferme vers la fromagerie, paraissait enchanté d'avoir un jour de repos. Belœil, le sans-abri, qu'on surnommait ainsi à cause de son œil de verre, semblait en grande conversation avec

Fantoche, le meunier, et Fouquette, le boulanger. L'abbé Dubreuil venait de lui promettre de le loger dans une des granges ayant appartenu à sa mère, tout au bout du pré Caillot. Ma sœur Suzanne m'adressa un signe de tête vers son voisin Léandre, à moitié fou, qui murmurait pour lui seul des phrases inaudibles.

Puis mon regard revint vers Lucie. Je m'interrogeais. Comment une aussi belle femme pouvait-elle rester seule ? Sans doute courtisée par de nombreux hommes, était-elle assez parfaite pour résister ?

Sa proximité avec le Dr Beaudriard me poussait à sourire.

Sur le chemin du retour, j'imaginais quelle nouvelle saveur l'écriture pourrait donner à mon existence. Aussi, c'est avec une joie toute nouvelle que je pense à Lucie en couchant mes premiers mots sur le papier.

2

Secret de famille

6 octobre 1879

Grâce à l'appui d'Augustin, l'école de la commune a fait l'acquisition d'un globe terrestre et de livres de lecture d'une nouvelle édition. Gaston découvre le sien avec enthousiasme et est ravi de m'en faire la lecture. Il s'agit de l'histoire bien triste de deux enfants lorrains, André et Julien, orphelins de mère depuis longtemps, qui viennent de perdre leur père. Les deux petits lui ont fait une promesse sur son lit de mort, celle de fuir la Lorraine devenue allemande afin de conserver la nationalité française. Pour respecter cet engagement, ils projettent de rejoindre un oncle dont ils sont sans nouvelles afin qu'il devienne leur tuteur. Leur périple les amenant peu à peu à découvrir toutes les régions de France, le livre s'intitule *Le Tour de France par deux enfants*.

Ce récit me replonge en 1870. Gaston était alors âgé d'un an. Les troupes de Prussiens avançaient sur la Normandie, semant la terreur dans les villages.

L'ennemi pillait tout sur son passage et derrière lui ne subsistaient que la misère et la faim. Tout faisait ventre : les châtaignes ramassées dans la forêt, les merles dégommés à coups de fronde. Le lapin que Fernand piégeait au collet devenait un repas de fête. À Paris, on aurait même abattu les éléphants du Jardin des plantes pour débiter leur viande.

Gudin, commandant de Rouen, et Étancelin furent dépassés par les événements, faute d'un nombre suffisant de soldats en état de se battre. Dans un village proche de Gisors, à Bazincourt, les paysans, révoltés par l'incapacité de l'armée française, s'armèrent et se battirent courageusement pendant plusieurs heures, blessant et tuant des soldats ennemis. Le combat, inégal par le nombre et par les armes, donna lieu à un massacre sans nom.

Je frissonne à cette pensée lorsque la lecture de Gaston me ramène à la réalité :

— *Julien,* dit-il, *cette maison est celle d'Étienne, le sabotier, un vieil ami de notre père. Nous ne devons pas craindre de lui demander un service. Prions Dieu afin qu'il permette qu'on nous fasse un bon accueil.*

J'apprécie les lectures de Gaston. Il lit avec tant application que le récit coule aisément et qu'on se sent pris par l'histoire. Quant aux exercices du cours moyen, il les fait sans même me demander conseil.

Penchée au-dessus de la table, Jeanne écoute son frère tout en s'affairant à trier ses patrons de couture.

Alfred et Louise, avides de grand air, s'entendent pour ranger le bois sous la charreterie, tandis qu'Yvonne m'apporte des légumes à éplucher pour la soupe.

Je me délecte des soirées d'automne. La présence des enfants, le crépitement du feu et les ombres qu'il projette autour de la cheminée me réjouissent. Par-dessus le cagniard en fonte, l'arôme des légumes cuits et le fumet du lard empliront bientôt la pièce.

— J'ai faim, clamera Alfred en rentrant.

Gaston, imperturbable, achève sa lecture par la morale du jour :

— *Le nom d'un père honoré est une fortune pour les enfants.*

Marquant un temps d'arrêt, il fronce les sourcils, les yeux vers le plafond. Simultanément, Jeanne relève la tête de son ouvrage pour me questionner :

— Papa rentre bien tard. Où est-il allé à cette heure-ci ?

Embarrassée, j'avoue aux enfants que j'ignore quand leur père rentrera.

J'aurais tant apprécié que Fernand soit présent et qu'à son invitation, les enfants s'assoient autour de la table !

18 octobre

Je rends visite aujourd'hui à mon amie Jeanine. J'ai bien du mal à tenir mon parapluie, sans cesse retourné par ce vent du nord.

Jeanine réside à mi-chemin entre l'église et la ferme des Desmoulins. Généreuse et gaie, elle est une amie véritable ; c'est pourquoi je lui rends visite avec beaucoup d'enthousiasme.

Lorsque je longe sa maison, Rolande court à ma rencontre.

Elle est une force de la nature, charpentée comme une armoire normande. Son visage est recouvert d'un duvet brun qui lui forme une moustache et une barbe de jeune homme. Sa voix douce, presque enfantine, contraste totalement avec cette imposante carrure.

Je l'abrite quelques minutes sous mon parapluie.

— J'ai donné *L'Ébauche brayonne* à Jeanine, me confie-t-elle. Ta visite lui fera grand plaisir.

Nous parlons un peu de cette pluie qui ne cesse de tomber depuis deux jours.

— *Si la Saint-Luc est pluvieuse, la fin de l'an est malheureuse*, assure-t-elle.

— Cela promet. Espérons faire mentir le dicton.

Jeanine a entre les mains des journaux que des amis parisiens lui ont prêtés. *Le Petit Journal*, très en vogue à Paris, *Le Foyer*, mais également des patrons pour réaliser différents ouvrages de broderie.

L'Ébauche brayonne, le journal mensuel, est composé de quelques feuilles ayant trait à la vie locale et aux témoignages des habitants de nos villages.

C'est Albert Bergouignan, le fils du notaire d'Argueil, qui le rédige et parsème ses articles de dessins illustratifs.

Nous les feuilletons ensemble. Jeanine chausse le monocle qui lui vient de sa mère.

Avec son chignon gris, elle m'évoque l'un des portraits suspendus dans l'escalier des Le Roy.

— Tiens, m'apprend-elle, ils ont arrêté les voleurs de chevaux de la ferme Bucaille.

Apparemment, on a retrouvé les bêtes dans un pré à Gournay-en-Bray. Les voleurs doivent être jugés à Paris le mois prochain.

— Il y avait parmi les bêtes un poulain pie auquel les Bucaille étaient très attachés. L'ont-ils retrouvé aussi ?

— Ils évoquent la totalité des animaux. Sans doute en fait-il partie.

— Et qu'en est-il du petit Lanfroy, renversé par le laitier des Duval ?

— Ils n'en parlent plus. Il y avait eu contestation. L'enfant était sans surveillance, et le laitier n'ayant pas bu d'alcool, sa responsabilité était discutable.

Cette évocation me rappelle Fernand. Heureusement qu'il n'a pas de chevaux à mener lorsqu'il se trouve dans un état d'ébriété avancé. Je soupire et conclus à haute voix comme pour moi-même :

— L'alcool est un vrai fléau.

Jeanine me regarde avec tendresse. Si une personne peut me comprendre, c'est bien elle, Charles, son mari, étant décédé bien trop tôt, avant d'avoir eu quarante ans, à cause d'un abus de goutte. Ce poison lui a brûlé l'estomac et dévoré les entrailles.

J'angoisse à l'idée que Fernand suive le même chemin, mais j'évite d'en dire davantage, car Jeanine éprouve beaucoup de sympathie pour lui. En outre, étant passée par tant de misères au cours de la longue maladie de Charles, elle a déjà bien trop souffert.

Compréhensive, Jeanine pose sa main sur la mienne en guise de soutien.

À mon tour, je plonge dans la lecture de *L'Ébauche brayonne*, tandis qu'elle entreprend la lecture du *Petit Journal*.

— Tiens, dis-je, ils annoncent l'éminence de la foire Saint-Romain. Je ne pourrai pas m'y rendre cette année, car ma sœur Suzanne, qui m'y accompagne toujours, n'est pas disponible. Elle doit garder les petits de son beau-frère, dont la mère est tombée malade. Tant pis, ce sera partie remise. C'est la première fois que je n'y assisterai pas.

— Ah ! cela fait bien longtemps que je n'y ai pas mis les pieds. Un si long voyage ne me tente plus guère.

Après quelques mots échangés sur nos familles, je prends congé.

Le soir, mes filles me prêtent main-forte dans l'élaboration du repas, les garçons se relaient pour baratter le beurre. Il est question ce soir de la matinée de Gaston à l'école. Une abeille a piqué Barnabé, dit Grand Bar, alors qu'il venait de jurer.

J'ai souvent ouï dire que ces petits insectes abhorrent le blasphème.

Gaston renchérit :

— Et en plus, Grand Bar l'a écrasée avec son pied, alors que tuer les abeilles porte malheur.

Nos superstitions familiales traversent les générations, véhiculant leurs lots de craintes. Bien que la menace du père Lapouque nous ait rendu de fiers services avec les aînés, j'évite d'en abuser avec Yvonne, plus sensible, afin de ne pas la rendre froussarde.

22 octobre

L'automne chemine à bon train. Le ciel morose a revêtu sa couverture cendrée au-dessus des plaines hachurées de guérets. Les amas de fumier exhalent des vapeurs fétides qui s'unissent aux brouillards du matin.

J'endure des douleurs dans les reins : l'arrachage des betteraves sucrières dans le champ des Desmoulins n'est pas une mince affaire. Après avoir effectué la traite de nos vaches Elma et Cassandre à cinq heures, donné du foin à Frontine, notre ânesse, je prépare la collation et le repas du midi, la ferme ne nourrissant les ouvriers qu'en période de moisson et de fenaison. Suzie, la voisine, se charge de garder Yvonne.

Pendant que nous cheminons tous les cinq vers la ferme des Desmoulins, Fernand, encore honteux des événements de la veille, n'en mène pas large.

En effet, hier soir, j'ai eu une belle frayeur : les enfants étaient alités, et Fernand ne se montrait toujours pas. Inquiète, je suis sortie avec une bougie pour tenter de l'apercevoir, bien décidée que j'étais à poursuivre ma quête jusqu'au café de Max.

Je n'eus toutefois nul besoin de m'y rendre : Fernand gisait ivre mort à dix pas de notre porte. Saoul à déconnaître ses terres ! Dehors régnait un froid de voleur. Je me hâtai de lui porter secours, mais j'eus un mal fou à le relever et à le soutenir jusqu'à notre lit.

Malgré sa mine défaite, il ne fut jamais aussi attentionné qu'aujourd'hui.

6 novembre

La ferme des Desmoulins n'ayant plus besoin de moi, je me suis laissé embaucher à la ferme des Charvet.

Leurs champs de betteraves se situent sur la route de Gournay-en-Bray.

En franchissant la porte, je tressaute à la vision de la maîtresse des lieux, sorte de cerbère tyrannique, aboyant ses ordres à droite et à gauche.

Les sabots m'en tombent des mains.

Je finis par élever la voix pour me faire entendre.

Comme dans chaque ferme, nous démarrons la demi-journée par équipes de trois, alignées. Je travaille avec deux femmes, mais la majorité des ouvriers sont plutôt des hommes, tous plus jeunes les uns que les autres.

On décolle les feuilles avant l'extraction et on arrache les betteraves au croc. Des journées éreintantes qui méritent bien leur casse-croûte du matin et leur coup de rouge au déjeuner.

Pendant le repas du midi, Charvet me somme de m'asseoir en sa compagnie pour lui faire (ou plutôt qu'elle me fasse) la conversation.

Elle me conte les mésaventures de ses enfants, de l'aîné qui reprendra la ferme au puîné qui vient d'entrer à l'école, puis, de ses vaches, de ses cochons et de ses lapins. Jamais un mot pour me demander ce que j'en pense.

Si je me manifeste, elle me coupe la parole aussi sec, emplissant l'espace de son timbre rauque et sonore.

Les autres n'y prêtent pas attention. Il y a là surtout de jeunes hommes qui ont hâte d'en finir et de reprendre le travail pour enchaîner avec la tonte des moutons. Quelle fougue et quelle énergie possède cette jeunesse !

Pour ma part, la journée à la ferme s'achèvera avec les devoirs de Gaston et l'élaboration de deux repas, celui du soir et du lendemain midi pour Fernand et les enfants.

20 décembre

Aux brouillards et aux matins gris de novembre ont succédé les inexorables gelées.

À cause de la précocité du crépuscule, l'hiver ne nous donne pas bon moral ; c'est pourquoi la compagnie des voisines est précieuse lors des veillées de saison.

Je confectionne les couches du bébé dans de vieux draps de famille, tandis que Suzie coud des mouchoirs et que Suzanne brode du linge de maison.

Il y est question de l'actualité du village, des naissances et des décès, des vols qui surviennent de plus en plus fréquemment dans les clapiers et les basses-cours. Inexorablement, le sujet de la forge familiale refait surface.

Un peu honteuse, j'apprends par d'autres bouches que l'atelier a encore été visité la semaine passée.

— Quel crédit accorder à d'aussi vieilles histoires ? interroge Suzie.

Les hommes fument la pipe en attisant le feu et jouent aux cartes.

Quant aux enfants, ils s'inventent sans cesse de nouveaux jeux.

J'ai grande hâte d'être au mois prochain pour voir les journées s'allonger.

Fernand semble faire une trêve dans sa consommation de goutte, à moins qu'Alphonse n'ait essuyé les reproches de sa femme. Tout cet alcool finit par coûter cher, et nos réserves fondent comme neige au soleil.

Je ne l'estime pas pour autant tiré d'affaire, car les amis ne manquent pas pour lui payer la rincette du côté de chez Max.

6 janvier 1880

C'est la fête des Rois aujourd'hui. Nous avons invité les voisins, Suzanne et mes parents afin de déguster la fameuse galette. Yvonne, la plus jeune enfant de la troupe, s'est glissée sous la table afin de nommer le destinataire de la part.

Un bon moment de partage en famille, majoritairement apprécié. La compagnie de nos proches semble plus précieuse encore lorsque l'hiver est rude et qu'on a peu d'occupations au-dehors.

Plus qu'un mois avant de donner la vie à mon enfant. J'ai hâte de vivre ce moment autant que je le redoute.

Ma grossesse a été sereine, je n'ai pas à me plaindre.

Tout change si facilement lorsque la famille s'agrandit. Si petit qu'il soit, un bébé prend une place surdimensionnée.

Je crains surtout le nouveau comportement de Fernand. Assumera-t-il correctement son rôle de père ou fuira-t-il aux premiers nuages ?

La galette étant distribuée, nous avons conservé la part à Dieu dans une assiette. En soirée, les enfants se sont munis de petites lanternes, creusées dans de la betterave et garnies de bougies. Ils ont ainsi sillonné les rues du village, toquant à chaque porte en chantant : « Donnez-nous la part à Dieu, nous dirons les évangueux. » Ils récoltent des pommes, parfois une branche de houx, mais souvent aussi de l'eau lorsqu'ils dérangent. C'est le cas du voisin Léon, qui n'aime pas les enfants et les repousse à coups de bâton. C'est pourquoi mes deux grandes filles, Jeanne et Louise, ont refusé cette année de participer à la tradition.

2 février

Ce matin a lieu la cérémonie de la Chandeleur.

J'ai peine à me déplacer, et mon dos me fait souffrir à l'approche des derniers jours. Cela ne me dispense pas d'assister à l'office du jour.

C'est une messe à laquelle seules les femmes sont conviées, et le pain bénit offert par mon amie Jeanine est déposé dans l'assiette des dames.

Les paroles bienveillantes de toutes ces femmes me réconfortent. Plus que quelques jours à peine à endurer ce ventre.

Je remporte le cierge bénit, que je dépose dans l'armoire dès mon retour à la maison.

La pâte à crêpes que j'ai préparée avant de me rendre aux vêpres aiguise l'appétit des petits et des grands. Pour leur plus grande joie, je fais sauter de belles galettes à la poêle sur le cagniard. Nous les garnissons de confiture de mirabelles ou de morceaux de pommes.

Puis, comme il reste de la pâte, chacun des enfants s'essaie en riant au lancer de crêpes – même Yvonne, qui, malgré mon aide, parvient à hisser la crêpe en haut de la poutre. Nous rions beaucoup.

Hélas, Fernand est déjà parti sitôt le déjeuner, comme s'il fuyait le bonheur familial.

4 février 1880

Cette nuit, la température a avoisiné les -18 °C. Ce gel qui perdure depuis le mois de novembre maintient des températures négatives en journée, si bien qu'il devient difficile de chauffer les maisons. Si le froid persiste, on risque bien de devoir abattre des pommiers.

La naissance étant proche, je vais faire bénir la chemise que je revêtirai lors de mon accouchement.

Le givre est si épais qu'il rend illisible le panneau annonçant le village.

Hodeng-Hodenger.

Cette consonance si singulière en Normandie. Ce nom fantaisiste dont la prononciation déstabilise les novices.

Chemin faisant, je me remémore cet hiver le plus long que j'ai eu à subir, pas seulement à cause de mon état, mais aussi parce que les journées sont devenues interminables. Paradoxalement, mes nombreuses occupations ne sont pas parvenues à chasser l'ennui, lequel m'a écrasée chaque jour davantage.

Fin janvier, le temps s'est dégradé rapidement, véhiculant des chutes de neige dont l'épaisseur m'a désolée.

J'ai employé mes soirées à coudre, n'ayant même plus le goût de renseigner mon journal.

Fernand est souvent rentré tard, s'efforçant de m'éviter lorsqu'il avait bu plus que de raison, ce qui est arrivé un soir sur deux. Dieu merci, la solidarité de mes enfants m'a allégé doucereusement le quotidien.

Le froid piquant m'oblige à remonter mon col et à accélérer le pas.

Des chaumières figées par le froid ne s'échappe aucune vie ; seules les cheminées fumantes laissent deviner la présence de leurs habitants. Une épaisse couche de glace pétrifie la mare.

La seule animation provient du Veau-qui-tète, le café-épicerie tenu par Max.

Des voix en jaillissent, vite couvertes par celle, haute et chantante, du patron.

Max ne manque pas d'humour, comme en témoigne l'écriteau au-dessus de la porte. Le café jouxtant le cimetière, Max y a gravé cette phrase : ICI, ON EST MIEUX QU'EN FACE.

M'avisant par la fenêtre, il m'envoie un boujou de la main.

Suzanne m'attend sous le porche de l'église.

Physiquement, deux sœurs ne peuvent pas être plus différentes. Suzanne arbore les cheveux noirs d'ébène et les yeux foncés de ma mère, tandis que j'ai acquis de mon père les cheveux bouclés châtains et les yeux verts.

Et mon bébé ? Sera-t-il fille ou garçon ? Aura-t-il les yeux noirs de Fernand comme ses quatre frères et sœurs ?

Pour l'instant, seule Jeanne a hérité de mes yeux verts.

La voix de Suzanne m'extirpe de mes pensées :

— Bonjour, Célestine. Comment vas-tu ? Les derniers jours ne sont pas trop difficiles ?

— J'ai hâte d'être à terme, un peu peur aussi.

Elle me rassure :

— Ne t'inquiète pas, tout ira bien, comme les autres fois. Fais-moi confiance.

Suzanne trouve toujours les mots pour me rassurer. En sœur aînée, elle m'a toujours protégée ; adulte, elle est devenue ma confidente.

Je lui tais pourtant ma crainte de cette année bissexte qui débute et peut amener le malheur. Suzanne, n'étant pas superstitieuse, se serait moquée de moi.

Sous le porche de l'église, huit statues de saints sculptées dans le bois nous font face.

À droite de l'entrée figure sainte Apolline, implorée contre le mal de dents, mais celle que je sollicite est sainte Geneviève, située à gauche.

Suzanne m'aide à hisser mon vêtement à son contact, et nous récitons une prière.

Puis je prends congé.

Devant la chaumière de ma sœur Denise, attenante à la forge, j'accélère instinctivement la cadence. En effet, nous nous sommes brouillées cet été.

J'avais envoyé Louise lui rapporter le chaudron à confitures qu'elle m'avait prêté.

— Ta mère n'est qu'une profiteuse, s'est entendue dire ma fille. Jamais elle ne s'arrête pour un boujou ou pour prendre le café.

Du haut de ses seize ans, Louise n'a pas le caractère facile et encore moins la langue dans sa poche. Pour me défendre, elle s'est mise à incendier sa tante, la qualifiant d'égoïste et remettant sur le feu d'anciennes histoires de famille.

Si je me rendais souvent à la forge lorsque j'étais petite, je ne la fréquentais plus depuis qu'elle et son mari en avaient hérité, la raison en étant son comportement hostile. Selon Louise, Denise accumulait les griefs contre moi, signe d'une jalousie mal assumée. Jalousie d'autant plus incompréhensible que la forge lui avait été accordée en exclusivité.

— Un cadeau empoisonné, rectifia Denise, totalement anéantie par ce flot de paroles blessantes.

Elle ne put qu'ouvrir la porte afin de congédier Louise.

Ma fille parvint en furie à la maison.

— Ne me demande plus de faire la commissionnaire ! s'égosilla-t-elle.

L'orage enfin passé, elle me relata la scène.

Contrariée à mon tour, je dus clarifier la situation :

— Qu'as-tu été t'imaginer ? Je ne me rends plus à la forge par tristesse pour mon oncle disparu et, si je fréquente peu Denise, c'est par simple manque d'affinités. Elle n'apprécie pas vraiment les sorties, et son porte-monnaie est en peau de hérisson.

Louise refréna un fou rire à cette dernière allusion.

Accusant le coup, elle n'eut pas l'air de s'en vouloir pour autant. L'insouciance de l'âge !

Dès le lendemain, je priai Denise de m'excuser, mais elle ne voulut rien entendre.

— Caresse de quin donne des puces, me répondit-elle.

Une expression que je ne lui connaissais pas.

Il est vrai que les cambriolages successifs de la forge en auraient exaspéré plus d'un.

— Que cherchent-ils encore ? S'il y avait eu un trésor, il y a belle lurette qu'on l'aurait trouvé.

En remontant la pente avec peine, je rencontre Ernestine, dite madame Potin, ainsi surnommée, car elle baragouine facilement sur les gens.

Elle me regarde le ventre et prétend :

— Ce sera un garçon : tu le portes joliment pointu.

En observant Ferdinand le charretier, boiteux suite à un coup de sabot de cheval, Ernestine me conseille de ne pas m'éterniser. Je dois regarder seulement de jolies choses si je veux avoir un bel enfant.

De retour à la maison, je constate avec bonheur que mon petit monde s'affaire à la tâche.

Alfred a rentré du bois, Louise et Jeanne se démènent en cuisine, Gaston fait ses devoirs, et ma petite Yvonne court vers moi les bras tendus. En me caressant le ventre, elle me questionne sur l'arrivée du bébé.

6 février

Les douleurs me prenant tôt le matin, Fernand s'en va quérir la matrone Mauricette, Suzanne et nos proches voisines pendant que je perds les eaux. Mauricette se fait attendre : elle a été appelée auprès d'une jeune maman dans la commune voisine. La tempête de neige l'empêche d'avancer prestement.

Après avoir ravivé le feu et allumé le cierge de la Chandeleur, les femmes m'aident à m'asseoir près de la cheminée sur une pouque remplie d'avoine. Elles retournent les portraits de nos grands-parents, car il est entendu que les morts peuvent effrayer les vivants. Par pudeur, elles occultent aussi les photos de notre mariage et celles des enfants prises à la fête des moissons de l'an passé.

Mauricette, mère de onze enfants, a reçu par l'Église le droit d'ondoyer les nouveau-nés en danger de mort. J'espère son arrivée autant que je la redoute. Il arrive en effet que la naissance soit difficile, obligeant le recours à des outils de fortune. Ainsi, le crochet de la pelle à feu fit office de pinces pour extraire la dernière fille de Suzanne. Les cris déchirants de ma sœur résonnent encore à mes oreilles.

Toutefois, son arrivée me rassure d'autant plus qu'après un bref examen, elle m'annonce :

— Le travail est bien avancé.

Forte en gueule, Mauricette ordonne à Fernand de lui ramener une poule qu'elle sacrifie elle-même afin de concocter un bouillon réconfortant. Elle prépare ensuite l'eau chaude, la bassine et les serviettes à défroidir sur le bord de la cheminée et glisse une photo de Marie et l'Enfant Jésus dans mon dos.

J'endure la souffrance deux heures durant, puis les douleurs se rapprochent. En sueur, pliée en deux, gémissante, je pousse de toutes mes forces dans un grand hurlement jusqu'à la délivrance.

— C'est un garçon ! crient les femmes à l'unisson.

Une fois le cordon coupé, Mauricette pose le petit sur mon ventre et m'aide à faire gicler une goutte de lait dans chacun de ses yeux afin de le protéger des ophtalmies. Après une toilette au beurre frais et à l'eau bouillie, mon petit est chaudement emmailloté, et je peux enfin l'allaiter. La matrone enterre le cordon ombilical sous le rosier rouge devant la maison pour que mon bébé ait un joli teint, puis elle me tend un bol de bouillon :

— Bois, Célestine, ça va te requinquer.

C'est un garçon également, auquel Mauricette a donné naissance ce matin de la commune de Beauvoir-en-Lyons. Un gros bébé aux cheveux bruns.

Mon petit ne possède qu'un fin duvet plutôt clair, mais il est difficile d'en prévoir la couleur à venir.

Fous de joie, les enfants m'entourent de beaucoup d'affection, et Fernand contemple avec émotion notre nouvelle merveille.

Nous offrons au groupe un verre de cidre en l'honneur du nouveau-né.

Je suis comblée de bonheur. Mon petit se porte comme un charme et offre aux regards une jolie frimousse. Il est né le jour de la Sainte-Dorothée.

8 février

Ce matin, Mauricette vient chercher mon petit bézot pour le conduire à l'église. Sur place les y attendent Suzanne, son mari Louis, que j'ai choisi pour parrain, mon père Edmond et ma mère Héloïse, désignée comme marraine. Aucune famille du côté de Fernand, et pour cause : un conflit d'héritage avec sa sœur Germaine, seule parente qu'il lui reste. Mon petit est chaudement emmailloté. On lui distingue à peine le visage. Il porte la robe de baptême, maintes fois revêtue, mais soigneusement conservée, héritée de mon grand-père.

Considérée comme impure jusqu'à mes relevailles, je ne suis pas admise à l'office.

La volée de cloches m'avertit de la fin de la cérémonie. Enfin ! J'ai hâte de recevoir mes invités.

Leur arrivée à la maison a lieu dans une bonne humeur communicative.

Je m'en réfère à Suzanne, laquelle me dépeint la cérémonie dans ses moindres détails :

— Ton petit n'a pas pleuré, même si l'eau bénite était bien froide. À peine un petit sursaut de surprise et une grimace comique.

Je me représente la cuve octogonale ornée de sculptures, composées de sept têtes humaines, de croix et de fleurs. J'ai assisté à tant de baptêmes que je pourrais la dessiner les yeux fermés.

Monsieur l'abbé Dubreuil a placé le chrémeau sur la tête de mon bébé qui devra le conserver durant neuf jours.

Le parrain a ensuite sonné les cloches avec beaucoup de talent, ce qui lui a valu les applaudissements de l'assemblée.

Selon la croyance, mon fils héritera d'une jolie voix. Il a lancé les dragées aux enfants à la sortie de la messe. Exclus de l'office, ils ont pris leur revanche pour s'élancer dans un chaos désopilant.

Suzanne me tend mon fils baptisé et nommé Marcel.

Le choix de ce prénom me procure une vive émotion. Suzanne s'en aperçoit et, prenant ma main dans la sienne, elle m'adresse un sourire de compassion.

— J'ai pensé que cela te ferait plaisir, insiste-t-elle.

— Je suis très touchée, confié-je, des larmes dans les yeux. Tu ne pouvais pas rendre de plus grand honneur à notre oncle Marcel.

Maman a cuisiné le repas depuis sa demeure et le réchauffe dans l'âtre sur le cagniard.

Les hommes et les enfants prennent l'air dans le jardin.

Mauricette, d'ordinaire si expansive, nous scrute sans mot dire, l'œil interrogateur. Native de Gournay-en-Bray, ce n'est qu'en épousant un fermier d'Hodeng qu'elle intégra la région.

Sous le regard de Suzanne, je décide de lui confier un peu de notre passé familial :

— Marcel était notre oncle maternel, un maréchal-ferrant. Homme généreux, dévoué, une crème d'être humain, il faisait l'unanimité auprès des villageois qui le surnommaient le Mar. Enfants, avec Suzanne et nos deux frères, j'aimais l'observer lorsqu'il travaillait à la forge. L'oncle, bâti comme une armoire, était une force de la nature. Le paysan, le charretier ou parfois un commis amenaient le cheval à ferrer. Marcel leur faisait la conversation dans une perpétuelle bonne humeur tout en tirant le soufflet de cuir usé. Nous le regardions, tandis que, vêtu d'un long tablier de toile et armé d'une longue pince, il ôtait du feu le fer rouge qui noircissait au contact de l'air. D'un geste précis et cadencé, il le travaillait au marteau sur l'enclume pour le façonner. Le bruit sourd des coups donnés sur le métal nous fascinait. Puis le paysan maintenait le pied du cheval, et mon oncle, un maillet à la main, mettait en place le fer. C'était la partie dangereuse du métier, une ruade étant si vite arrivée. Nous attendions justement ce moment, car Marcel nous laissait jouer avec le soufflet. C'était à tour de rôle à qui attraperait la poignée brillante et tirerait la « queue de vache ». Cela n'allait pas sans certaines disputes, quelquefois, mais, nullement gêné par nos cris, Marcel nous complimentait sur notre ardeur à attiser le feu. Il eut le béguin pour une fille de la côte normande. Quand il lui rendait visite, il nous écrivait pour nous donner de ses nouvelles ; parfois, même, il y ajoutait à mon intention – car j'étais la plus jeune – une petite violette.

J'hésite à continuer. Mauricette est pendue à mes lèvres. Maman et Suzanne me supplient du regard de ne pas poursuivre.

Mauricette rompt le silence :

— Qu'est devenu votre oncle par la suite ?

Je prends sur moi et ajoute sobrement :

— Il s'installa finalement sur la côte. Ses lettres se firent plus rares jusqu'au jour où on apprit son décès dans un accident.

— Qu'est-il arrivé ? insiste Mauricette, plus curieuse que jamais.

— Il s'est noyé, inventé-je en un éclair.

Puis, pour couper court à la discussion, j'enchaîne aussitôt :

— Quand il disparut, notre père fit tourner un moment la forge jusqu'à ce que le mari de Denise, notre sœur cadette, prenne le relais.

Je devine les soupirs de soulagement de Suzanne et de maman.

— Je connais la forge de votre sœur Laniel, mais j'en ignorais l'histoire. Quelle triste fin pour un homme aussi bon ! conclut Mauricette.

Heureusement, elle ne peut connaître la rumeur sur le trésor caché.

On apostrophe les hommes et les enfants, les invitant à se mettre à table.

Louis, le parrain, excelle dans l'art de conquérir les enfants. Blagueur, il les amuse de mimiques qui donnent vie à ses longues moustaches brunes. Peu à peu, les adultes aussi sont pris au jeu, et des sourires apparaissent sur tous les visages.

J'apprends que le petit garçon né le même jour que Marcel a été baptisé hier sous le prénom de Léopold.

L'attitude serviable de ma fille Jeanne force l'admiration. En outre, elle n'a pas son pareil pour réaliser des desserts aussi savoureux qu'esthétiques. Pour la nouvelle année, elle avait ainsi cuit des aguignettes en forme de tête de cerf d'une grande justesse et, aujourd'hui, sa galette des Rois, façonnée en berceau, est saisissante de réalisme.

— C'est une artiste ! s'écrie Mauricette.

Selon la coutume, nous demeurons debout. Les hommes ôtent leur chapeau, tandis qu'Yvonne, la benjamine, se glisse sous la table pour désigner le destinataire de la part. L'occasion de bien des éclats de rire lorsqu'elle se trompe de prénom ou redonne plusieurs fois le même. L'oncle Louis et moi sommes ainsi nommés six fois.

Petits et grands se régalent.

Moins méticuleuse et néanmoins bonne cuisinière, Louise excelle surtout dans des plats traditionnels et familiaux. Ces aptitudes reflètent leurs caractères diamétralement opposés. Jeanne, la discrète, se montre réservée, attentive et coquette, tandis que Louise, au caractère bien trempé, volubile et franche, n'hésite pas à ruer dans les brancards, au grand dam de celui qui en pâtit. Elles s'entendent pourtant à merveille ; sans doute sont-elles complémentaires.

La journée se poursuit agréablement, mais les invités s'esquivent tôt malgré mes protestations.

— Repose-toi, Célestine, me conseillent-ils chaleureusement.

Leur présence me manque déjà...

Mes trois prochaines semaines ne seront dévouées qu'à mon enfant. Interdiction pour moi d'effectuer des tâches ménagères, de tirer l'eau de notre puits, d'effleurer le pain et même de partager la couche de mon époux avant mes relevailles.

J'ai la chance de pouvoir compter sur mes deux aînées. Dans les champs, l'activité est heureusement moins éprouvante, les contraignant seulement pour quelques heures au ramassage des cailloux.

***

27 mai 2007

Interrompant brusquement sa lecture, Lise tenta d'interpréter le mensonge de Célestine. La noyade de l'oncle Marcel avait-elle été accidentelle ou criminelle ? Que recelait ce secret de famille indicible ? Et quel était ce trésor auquel Célestine faisait allusion ?

Avait-il un rapport avec la dissimulation du journal ?

Renan pénétra dans la pièce alors qu'elle achevait sa réflexion. La jeune femme lui fit part de sa découverte, et il écarquilla ses yeux à la manière d'un grand enfant.

En vérité, depuis qu'elle avait appris le décès de sa grand-mère ce matin, Lise était écrasée de douleur, muselée par le choc. Renan avait préféré se retirer afin de la laisser seule, car demeurer impuissant face à la tristesse de sa douce lui était insupportable.

Ce journal lui changerait les idées.

Il tenta de l'égayer un peu en suggérant :

— Imagine que ton héroïne ait planqué un fabuleux trésor et qu'elle t'en révèle la cachette.

Lise sourit. Le mot « trésor » faisait toujours autant d'émules.

— Excitant, mais peu compatible avec le niveau de vie de l'époque. Je m'interroge sur la raison qui a poussé l'héroïne à enfouir son journal jusqu'à l'oubli. Pourquoi ne pas l'avoir légué à un de ses enfants ? Peut-être renferme-t-il de trop lourds secrets ? Dans ce cas, pourquoi ne pas l'avoir détruit ? L'héroïne n'en a peut-être pas eu le temps ?

— Oh là là ! s'exclama Renan. Que de questions ! Viens plutôt t'aérer. Les mésanges ont construit leur nid juste au-dessus de la maisonnette que je leur ai installée.

Lise accepta l'invitation et fut satisfaite de respirer l'air printanier. Cependant, quand le soir fut tombé, elle reprit le fil de sa lecture avec une curiosité accrue.

3

Sortilège

14 février 1880

Ce sont les jours gras du carême entrant.

Comme je ne peux malheureusement pas cuisiner, ce sont Jeanne et Louise qui nous mijotent un bon repas.

Les pâtés de lapin et le jambon, accompagnés de petits carrés de pommes de terre rissolées, sont une merveille. On entame le camembert de Bray et, pour le dessert, il y a des beignets aux pommes.

Une ripaille de plusieurs jours qui nous permettra de supporter le jeûne des quarante jours à venir.

Mes filles s'entendent pour cuisiner ensemble, mais je ne peux m'empêcher de distribuer mes ordres afin de superviser leurs tâches, ce qui fait soupirer Louise.

Fernand a repris ses habitudes de boisson plus tôt que prévu, et les festivités des jours gras lui fournissent l'occasion de bien des débordements. Alphonse n'est plus son unique compagnon de débauche ; il y a aussi Totor, Brutus et Gégé. J'ignore d'où viennent tous ces surnoms. Ils se rejoignent chez Brutus, lequel, veuf, n'a pas à craindre les remontrances d'une épouse. Je remarque que la réserve de bouteilles s'amenuise au fil de ses allées et venues. Afin sans doute de s'épargner mes reproches, il rentre le plus tard possible, alors que j'ai déjà rédigé mon journal et gagné le lit.

15 février

C'est lundi gras et, comme chaque année, nous nous rendons chez Desmoulins afin d'y déguster le cidre de l'automne passé. Y sont conviés d'autres paysans, producteurs de cidre, qui ont apporté leurs bouteilles afin d'en partager la dégustation.

Nous apportons quelques tartes aux pommes. Yolande a cuisiné du poulet au cidre, qui est un vrai régal, et des desserts tous plus riches les uns que les autres : gâteau à la crème de lait, tartes aux amandes et aux noix, douillons et beignets.

Fernand abuse de cette boisson, si bien que des douleurs au ventre l'obligent à se tordre et à rentrer précipitamment à la maison.

Quant à moi, j'ai un peu de mal à déguster ces mets, d'autant que nous sommes conviés demain chez Suzanne pour la Saint-Cochon.

16 février

Comme chaque année, pour souligner le mardi gras, un cochon est abattu derrière la maison de Suzanne.

On pénètre chez ma sœur par un long couloir sombre qui oblique à droite vers la salle principale. Des broderies suspendues égayent les murs, mais, il n'empêche, ce couloir a toujours impressionné les enfants.

Comme un fait exprès, le voisin, Léandre, se met à hurler au moment où nous traversons ce corridor, ce qui a le don de faire sursauter Yvonne.

— Tais-toi donc, s'exaspère Suzanne.

Puis, regrettant ses cris, elle le rejoint pour le réconforter jusqu'à ce que la crise soit passée. Le pauvre n'est pas bien méchant, mais, sans famille, la solitude lui monte à la tête.

Heureusement, les enfants s'empressent d'aller jouer, égayant l'atmosphère de leurs rires joyeux. Jeanne apprend des comptines à Yvonne, Bertille et Hortense.

— Qu'est-ce qu'elle a donc fait, la petite hirondelle ? Elle nous a volé trois p'tits sacs de blé. Nous la rattraperons, la petite hirondelle, et nous lui donnerons trois p'tits coups d'bâtons. Un, deux, trois.

Marcel ouvre grand ses yeux et esquisse quelques sourires en entendant sa grande sœur chanter.

Suzanne a invité des voisins, et chacun s'active, sachant exactement ce qu'il a à faire, avec la promesse des ripailles du midi.

On amène le cochon qui hurle désespérément, déclenchant une nouvelle crise de Léandre. Il reste à l'intérieur avec nous, les femmes, moi, ma mère et les enfants, trop petits pour assister à un tel spectacle. Ne pouvant agir jusqu'à mes relevailles, j'assiste, impuissante, au ballet des allées et venues, à la batterie de casseroles et de marmites, tantôt vides, tantôt emplies de sang et des divers morceaux du pauvre animal. Louise et Jeanne sont venues hier éplucher les pommes de terre, les aulx et les oignons. La viande pétrie passe au hachoir, puis est placée dans un entonnoir, où est fixé le boyau. Bientôt, un long serpent coloré en sort.

On garnit les oreilles et les pattes de chair à saucisse, on porte les jambons au saloir pendant que sur le fourneau rôtissent une poêlée de pommes de terre et de belles côtelettes. Ma sœur est en nage sous une telle agitation. Le repas est apprécié de tous, et le vin coule à flots.

Les enfants profitent de l'accalmie pour nous faire des farces : Gaston cache la queue du cochon dans une des poches de l'oncle Louis, Étienne enferme le chat dans la chambre, et Paul-Alfonse se déguise avec les habits de fête de son père. Nous rions beaucoup. Le soir, on brûle monsieur Carnaval sur le bûcher devant la mare.

Ainsi, ce feu réduit en cendres le froid et la tristesse de l'hiver et permettra aux couleurs vives du printemps de s'installer. J'aimerais que ma vie renaisse aussi des cendres de cet hiver bien trop long. Mon petit Marcel a besoin d'une maman en pleine forme.

On joue aux cartes jusqu'à trois heures du matin pendant que Suzanne nous comble de beignets.

17 février

Aujourd'hui, mercredi des Cendres, plus question de ripailler. On replonge dans la savourée.

Les cendres, obtenues en brûlant les rameaux bénits de l'an passé, sont imposées au front des pénitents pour l'entrée en carême.

Les enfants s'amusent à comparer la marque que l'abbé leur a tracée.

18 février

J'effectue une visite à Jeanine, ce matin. Une longue marche qui m'aide à éliminer les excès des jours précédents.

Il fait un soleil radieux et prometteur comme me le confirme Rolande, jamais à court de dictons :

— *Soleil de carême-prenant est souvent là pour longtemps.*

Mes filles nous ont cuisiné ce midi des tripes au cidre, accompagnées de délicieuses pommes de terre poêlées. Je me languis de ne pouvoir les assister, même si j'apprécie leur aide gracieuse. Elles améliorent leurs plats de jour en jour. La relève est assurée. Encore dix jours et je pourrai à nouveau vivre normalement.

L'image de l'oncle Marcel apparaît chaque fois que je rédige ces quelques lignes, image sans doute ravivée par la répétition de son prénom auprès de mon bébé.

J'imagine le bonheur qu'il aurait eu à le connaître.

Nul doute que cette histoire de trésor a un fond de vérité, l'homme étant si généreux.

Par une nuit de février 1848, un homme à cheval se présenta au village, poursuivi par une dizaine d'autres.

C'est à cet endroit que les assaillants perdirent sa trace, ayant pris du retard à cause d'une tempête de neige au-dessus de Forges-les-Eaux. Leur arrivée à Hodeng fut cependant remarquée par quelques villageois, réveillés en pleine nuit ou insomniaques. Les hommes se renseignèrent sur le passage d'un cavalier, un certain M. Gilles, comte et banquier de Fécamp, qui les avait escroqués avant de prendre la fuite. Cependant, personne n'avait entendu la première monture, la neige feutrant le claquement des sabots. Les hommes décidèrent de poursuivre vers l'est.

Les journaux de l'époque relatèrent les faits. L'homme avait proposé à ses clients des crédits et l'achat d'actions, qui s'était avéré suicidaire, ruinant leurs acheteurs.

L'homme, pris de peur, s'était sauvé à cheval, prenant une belle avance sur ses pisteurs.

Très tôt, le lendemain matin, avant le lever du jour, M. Billecoq père avait aperçu de la lumière à la forge. L'oncle Marcel ferrait un cheval en pleine nuit !

La rumeur se répandit comme une traînée de poudre : l'oncle Marcel avait aidé le fuyard, riche de surcroît, en échange de quoi l'homme lui aurait confié un sac de pièces d'or. Le banquier était-il réellement en tort ? L'oncle Marcel de mon enfance n'aurait jamais aidé un homme malhonnête à s'en sortir. Ce trésor fantasmé était-il une légende ? Notre famille n'avait jamais pu mettre la main dessus, en tout cas.

29 février

Aujourd'hui a lieu ma cérémonie de relevailles. Pendant que j'arrange ma tenue, je surprends le jeu de deux écureuils sous les pommiers. Après la rudesse des mois passés, chacun se languit du printemps. Leurs poursuites semblent envoyer un pied de nez à l'hiver.

Accompagnée de Mauricette, j'assiste à l'office à l'entrée de l'église. Du bas de la nef, mon regard embrasse la magnifique voûte en bois en forme de bateau inversé.

À la fin des vêpres, l'abbé m'accompagne jusqu'au chœur afin de me bénir. Je retrouve ainsi avec soulagement ma place dans la communauté.

Les brioches de Mauricette sanctifiées par le prêtre sont partagées à la sortie de l'église entre mes parents, Suzanne, mon amie Jeanine et Suzie, la voisine. Enfin, je revis !

Dommage que, passé la joie de la naissance, Fernand se soit remis à boire de plus belle.

Ses yeux fuyants et ses gestes nerveux trahissent une inquiétude quasi permanente. Je me sens d'autant plus démunie qu'il refuse tout dialogue et s'en va fâché lorsque j'insiste, une bonne excuse pour retourner au café, ce que je veux éviter à tout prix. Alors, je me tais.

Quand Petit Louis passe en fin de journée pour le fermage, Fernand s'est volatilisé.

Louis Deslandes cultive nos terres et apporte en échange du grain pour nos poules, du fourrage et du foin pour nos vaches Elma et Cassandre, ainsi que pour les lapins. En guise de collation, je lui présente la terrine et le pâté.

Petit Louis, plaisant en conversation, a toujours un mot pour les enfants auxquels il apporte du papier déclassé, son fils étant ouvrier dans une papeterie à Vascœuil. Discret, pas le genre à se mêler des affaires des autres, il ne me questionne même pas sur l'absence de Fernand. Je m'en étonne jusqu'à ce qu'il me confie ses tourments.

Alberte, sa femme, a attrapé un méchant coup de froid, et le médecin craint une infection aux poumons. Du repos, rien que du repos !

— Tu la connais, me dit-il. Alberte ne peut pas rester en place plus d'une demi-heure et c'est bien ce qui m'inquiète.

Je compatis :

— Que veux-tu, nous ne sommes pas coutumiers de lamentations ! Mais elle se doit d'être raisonnable. Prépare-lui donc un bon lait de poule.

Fernand rentre tard, tandis que, penchée sur la table, je m'efforce de trouver les mots à la lueur de la chandelle. Le bruit de ses pas me surprend, mais j'ai le temps de dissimuler mon journal. Pour unique réponse à mes questions, j'obtiens des grognements signifiant sans doute une grande fatigue.

Il ne souhaite pas dîner, ayant soi-disant mangé un bout chez Alphonse, et se met au lit. Son attitude m'angoisse de plus en plus.

3 mars

Le printemps qui renaît met du baume au cœur de tous les villageois.

Fouquette, le boulanger, la charrette emplie des pains dorés pour sa tournée quotidienne, annonce sa venue avec une petite trompette. Une nuée de gamins déboulent des maisons tels des étourneaux afin de ramener le pain familial, mais surtout de faire la course avec le mulet qui accompagne Fouquette.

Avec ce soleil prometteur, les vaches ont quitté l'étable pour les verts pâturages. Les moutons, eux, sont mis à contribution pour fertiliser les champs les plus éloignés des fermes. Cela évite au charretier la peine d'y épandre le fumier.

La bergère du village, Élyette, a ainsi installé sa roulotte dans un des champs des Lanfroy. Aisément reconnaissable à son toit rouge, elle rehausse d'une touche de couleur la nature environnante.

Après avoir confié Marcel et Yvonne à Suzie, j'entreprends une visite à Alberte Deslandes. Chemin faisant, je croise Fonfon, le laitier de la ferme des Desmoulins, et Dubonnet, qui prélève l'eau de la mare avec son pucheux pour la porter en tonneau à quelques familles écallées.

La pauvre Alberte est toute décatie et ne cesse de tousser. À chaque nouvelle saccade, la toux paraît lui arracher l'intérieur des poumons. J'ai mal pour elle, et le Dr Beaudriard ne trouve pas de remède à cette pulmonie. Alberte me narre sa récente amitié avec Mme Desmoulins. Depuis le réveillon, les deux femmes ne se quittent plus. Confuse, Alberte avoue avoir sollicité les services de leurs moutons pour fertiliser ses champs au lieu de ceux d'Élyette. Entre deux quintes de toux, elle se ronge les sangs en craignant que la bergère s'en offusque. Je tente de la rassurer. Elle a tort de s'en faire. Élyette a bien assez de travail. J'ai d'ailleurs aperçu sa roulotte. Pour Alberte, avoir commis cette maladresse reste impardonnable, à tel point que cette roulotte rouge dans les champs s'apparente à une tache qui symbolise sa faute. Cela tourne à l'obsession. Je lui propose un peu de lecture pour se changer les idées, mais elle refuse, n'en ayant ni l'envie ni la force.

6 mars

Après cet hiver bien rude, le printemps se profile avec une douceur inespérée pour un mois de mars. Profitant de la clémence du temps, les fermiers sèment l'avoine sur la terre devenue amoureuse, et les femmes entament les premières lessives. Notre cour se prête cette année au déroulement des opérations.

Pendant que je trais les vaches, un chineux toque à ma porte. Je l'entends crier comme un poissonnier :

— Y a-t'y quelqu'un ?

Je le sermonne un peu :

— Pas si fort ! Faut pas effaroucher les vaches !

Après un bref passage par la maison, je lui tends une tranche de pain à la crème avec laquelle il s'éloigne.

Au boucan que les vaches font, le voisin surgit par la brèche de la haie. Il reluque toujours ce que les autres font.

Je lui crie :

— *Tu m'argâd, ta ? Rés vra qu'un quin r'gâd ben un évequ' !*

L'agacement me pousse à employer le patois. Je m'interdis cependant son usage devant les enfants afin qu'ils s'expriment correctement. En outre, le patois scolaire est prohibé par maître Renard.

Ma voisine Suzie parvient sur ces entrefaites avec sa brouette de linge, suivie de Jeanine et de Cassandre, la lessivière, venue couler la lessive avec son pucheux. Elles ont croisé le chemin du chineux.

Cassandre nous confie :

— Malheur à celui qui refuse un sou ou un morceau de pain à un miséreux. Il risque de subir le sort des vaches sèches. C'est arrivé à l'une de mes sœurs. Plus de lait pendant plusieurs semaines, si bien qu'elle a dû donner du buis à ses vaches pour les désenvoûter.

La tâche de lessivage nous astreint durant deux jours.

À maintes reprises, le linge est nettoyé à l'eau bouillante dans la grosse toile de chanvre emplie de cendres. Lorsque ce premier travail est achevé, nous le portons au lavoir pour le battre et faire ressortir les dernières mousses. Demain, si le temps se maintient, nous perpétuerons le mouvement. Ma mère garde Marcel et Yvonne pendant mon absence.

Mon petit poussin esquisse déjà ses premiers sourires. J'ai grand-peine à l'abandonner. Heureusement, Jeanine est d'une compagnie agréable. Bavarde comme une pie, sémillante, jamais médisante, elle sera toujours ma meilleure amie, mon rayon de soleil. Dans la revue *Le Foyer* qu'elle me prête, je découvre des anecdotes et des récits de voyage qui m'évadent loin de nos campagnes. Ainsi, le mois dernier, un marin nous contait son arrivée au milieu des indigènes d'Afrique. Le journal achève sa course chez Suzanne, qui y relève des patrons de broderie.

À cette heure, de nombreuses femmes du village battent leur linge au lavoir, le visage tourné vers le coq de l'église :

— Le vent est à l'est, constate Roberte. Le linge devrait bien sécher.

Dès notre arrivée, tous les regards convergent vers moi :

— Comme tu as bon teint, se hasarde Thérèse Lanfroy, et on dirait bien que tu as retrouvé ta ligne de jeune épouse.

Les autres femmes approuvent à leur tour, m'arrosant de compliments élogieux, mais somme toute embarrassants.

Percevant ma gêne, elles entreprennent de me taquiner :

— Attention, ma belle, le bon Fernand risque de remettre le couvert plus tôt que prévu !

— Ah non, fais-je. Mes six enfants me donnent bien assez de travail.

— Certaines femmes commencent précocement et en élèvent une bonne douzaine, renchérit Suzie en riant.

S'ensuivent un silence un peu pesant et des regards jetés à la dérobée vers Thérèse Lanfroy.

Il se trouve que sa fille Marie vient de tomber enceinte à tout juste quinze ans.

Suzie, confuse d'avoir amorcé le sujet, n'en mène pas large.

— Elle a fait Quasimodo avant Pâques ! se moque gentiment Roberte.

Thérèse Lanfroy, la maman, ne rit pas :

— Si ce n'était que cela ! Non, c'est bien pire, une vraie catastrophe. Le garçon, un horsain d'Yvetot, s'en est allé. De plus, l'Église renie les filles mères. J'aurais dû m'en douter, c'était ben c'qui d'vait arriver vu la Cat'rie qu'y avait d'vant chez nous !

Nous tentons de rassurer Thérèse.

En observatrice muette, Ernestine, dite madame Potin, n'a pas perdu une miette de la conversation.

Elle affirme soudain avec aplomb :

— Faut pas exciter les frelons, rapport à Marie qui n'est pas farouche.

Ces propos résonnent comme une insulte aux oreilles de Thérèse.

Le ton monte.

— Non, mais de quoi j'me mêle ? fulmine Mme Lanfroy.

Cette situation est suffisamment inconfortable pour qu'on s'autorise à critiquer sa fille. Elle assène un coup de poing dans l'épaule d'Ernestine, qui manque de basculer dans la mare.

Les hommes à la porte du café observent la scène d'un œil amusé, puis ils commencent à applaudir pour encourager le combat.

Les femmes soutiennent Mme Lanfroy dans la difficulté à éduquer et à tenir les jeunes filles. Pour Ernestine, le cas est différent puisqu'elle n'a élevé que des garçons, lesquels sont indépendants depuis longtemps.

Ridiculisée, elle reprend son linge et tourne les talons sous les hourras de l'assistance.

Puis les hommes rentrent à l'intérieur du café-épicerie. Roberte Deslongchamps, la femme d'Alphonse, engage alors la conversation :

— Nos hommes se fréquentent un peu trop ces jours-ci, non ? Samedi passé, ils ont bu la tournée de l'archevêque. Max ne devrait pas encourager de telles beuveries dans son établissement.

Comme je me contente de hausser les épaules en signe d'impuissance, elle insiste :

— Le mien n'est même pas allé aux vêpres dimanche. À son retour, la goutte lui sortait par les yeux. La méchanceté l'envahit parfois. Le pire est encore avec ses copains de chasse lorsqu'il boit l'absinthe.

Je déteste étaler ma vie privée au grand jour, quitte à paraître trop distante ; c'est pourquoi mes commentaires sont concis :

— Fernand participe encore aux offices, mais, passé l'émotion de la naissance, il a bien vite retrouvé ses anciennes habitudes.

13 mars

J'allaite mon petit Marcel ce matin lorsque l'épeinte sonne à mort par huit coups, annonçant le décès d'Alberte Deslandes.

Le son lugubre du glas résonne tristement à mes oreilles. Chacun d'entre nous, qu'il soit à la maison ou aux champs, interrompt son travail et prie pour la défunte.

En soirée, nous rejoignons la maison de Petit Louis pour la veillée mortuaire.

Un drap blanc est suspendu au-dessus de l'entrée, figurant une chapelle ardente.

Après avoir occulté les miroirs, les crieurs de mort ont déposé l'assiette d'eau bénite ainsi que le buis sur une chaise drapée de blanc. Nous récitons des prières avec les autres femmes tard dans la nuit. Sur le coup de minuit, Petit Louis sort la dame-jeanne avec la goutte pour offrir un coup.

À une heure, nous prenons une collation avant de rentrer. L'enterrement aura lieu dès demain.

14 mars

Se déroule aujourd'hui l'inhumation d'Alberte au cimetière d'Hodeng.

Nous nous rendons à la maison de Petit Louis, tout au bout du pré Caillot.

Oscar, le fournier, ami de la famille Deslandes, faisant office de pleureur, prend la tête du cortège. Il est vêtu d'un long manteau et d'un chapeau à large bord et porte le dormant.

Monsieur le curé et ses quatre enfants de chœur le talonnent. Vient ensuite le cercueil porté par les quatre fils Deslandes, crêpe au chapeau. Suivent Petit Louis et les deux filles coiffées de thérèses.

Nous nous glissons dans le cortège, vêtus sombrement. Mes filles et moi portons une voilette, et Fernand ne s'est pas rasé comme il se doit pour une inhumation.

Après l'oraison funèbre, les employés funéraires descendent le cercueil dans la tombe, et Oscar laisse tomber le dormant dessus.

Alberte étant une personne très appréciée, c'est tout un village en larmes qui lui rend un dernier hommage. Cela serre le cœur d'assister à la peine de Petit Louis et de ses enfants.

17 mars

Ce matin, accompagnée d'Yvonne et de Marcel, je rends visite à Jeanine. Yvonne a hâte de la revoir et l'apprécie autant que sa grand-mère, surtout que celle-ci doit lui montrer les jeunes agneaux, âgés de quinze jours à peine.

Jeanine élève quelques animaux, un mouton et trois brebis dont elle revend les agneaux chaque année. N'ayant pas un terrain suffisamment grand, elle confie les bêtes à Élyette, la bergère, qui passe les prendre de bon matin. Bien entendu, elle veille elle-même à la croissance des agneaux en présence de leur mère. En prenant de l'âge, Jeanine a aussi fait l'acquisition d'un âne pour transporter les courses achetées au marchand ambulant et surtout la farine lorsqu'elle se rend au moulin.

Yvonne est enchantée de caresser les animaux et de les prendre dans ses bras.

C'est une des belles images que nous offre la campagne !

Jeanine m'annonce que le fils du notaire d'Argueil, Alfred Bergouignan, ne publiera pas le journal

L'Ébauche brayonne ce mois-ci, car il s'est fracturé la jambe en tombant de cheval et ne peut se rendre à Gournay pour en réaliser l'impression.

21 mars

Aujourd'hui se déroule la bénédiction des rameaux. Une semaine s'est écoulée depuis l'enterrement d'Alberte. La procession nous entraîne jusqu'au cimetière, dont nous faisons le tour avant d'accomplir le rite d'Attolite Portas. Selon la tradition, par trois fois nous tentons ainsi de pénétrer dans l'église qui reste close, puis on nous ouvre. Le buis est béni au cours de l'office.

Gaston et Paul-Alfred portent leur soutanelle rouge d'enfants de chœur, comme les autres garçons du village, tandis qu'au milieu d'eux l'abbé Dubreuil a bien du mal à dire les vêpres, car un mauvais rhume le fait éternuer sans cesse.

On quitte l'église pour le cimetière. Des rameaux de buis sont accrochés à la « croix d'Hosanna » et sur les tombes familiales. L'abbé nous invite ensuite à regagner l'église afin de clôturer l'office.

Élyette, la bergère, nous rejoint à ce moment, et tout le monde se retourne pour voir qui entre.

Puis des murmures s'élèvent dans la foule, murmures qui s'apparentent bientôt à un bourdonnement conspirateur. Des regards noirs lui sont jetés de part et d'autre.

Ai-je manqué quelque chose ?

Jeanine et Suzanne sont aussi déconcertées que moi... Roberte Deslongchamps, en voisine avertie, éclaire ma lanterne.

Il y a un mois environ, l'abbé Dubreuil a découvert sous le tissu qui recouvre l'autel une page tirée du *Grand Albert*, le livre de la sorcellerie normande. Il est dit que ces formules magiques se renforcent sous l'effet des prières d'un homme d'Église.

L'abbé ne découvrit le papier qu'en fin d'office, en passant la main sur le relief qu'il formait avec le tissu. Habitué à ce genre de pratique, il fit mine de n'avoir rien remarqué et disparut dans la sacristie dans l'espoir de s'en débarrasser plus tard. Cependant, son geste n'avait échappé ni à Ernestine, dite madame Potin, ni aux époux Billecoq qui l'accompagnaient. Lorsque l'abbé se fut absenté dans sa sacristie pour ôter sa chasuble, M. Billecoq s'approcha de l'autel et découvrit le feuillet.

Il n'en perçut pas immédiatement la signification, mais imagina que seul un berger ou une bergère pouvait détenir un tel grimoire. Or, à Hodeng, de bergère il n'y en avait qu'une, les autres étant des saisonniers des villages voisins. Et puis, Élyette tenait sans doute le *Grand Albert* de sa grand-mère la Margaux, célèbre sorcière du temps passé.

Alberte tomba malade la semaine suivante, et M. Billecoq trouva la coïncidence étrange, d'autant que Petit Louis avait évoqué en début d'année l'histoire des moutons.

Élyette, voyant ses services repoussés, avait bien des raisons de se venger d'Alberte.

Sous le porche de l'église se déroule une scène inhabituelle : M. Billecoq empoigne Élyette afin qu'elle rende des comptes à la communauté. Un cercle de paroissiens se constitue autour d'eux. Suzanne, Jeanine et moi observons la scène de loin.

Élyette reconnaît que la page de formules lui appartient, mais jure qu'elle a souhaité la recharger afin de protéger son troupeau de la maladie. Personne ne la croit, et les quolibets de sorcière et de malfaisante commencent à fuser.

— Comme la Margaux, tu utilises tes maléfices contre la vie des gens qui te déplaisent. Sais-tu ce qu'ils lui ont fait, à ta grand-mère ? Veux-tu finir comme elle ?

Peu habituée au monde des hommes, mais plutôt à celui, solitaire, des prairies, où elle peut rêvasser en toute quiétude, la pauvre femme se sent vite oppressée.

Billecoq insiste, la bousculant aux épaules :

— Hein ! Si la Margaux lisait l'avenir dans les entrailles de mouton, pourquoi n'a-t-elle pas prédit ce qui l'attendait ? Les moutons faisaient grève, ce jour-là ?

Les autres ricanent tandis que la petite est au bord des larmes devant tant de cruauté. Heureusement, elle parvient à se dégager et s'enfuit par les allées du cimetière.

L'abbé, n'ayant assisté qu'à l'issue de l'altercation, recommande le calme et la rédemption.

La foule s'éparpille alors à travers les sentes du village.

De retour à la maison, je dépose un brin de buis sur chaque crucifix et dans l'armoire. On dit que les rameaux bénits chassent les mauvaises influences des demeures et les protègent de la foudre.

J'en offre aussi à nos vaches afin que les sorciers les épargnent. Bien sûr, je brûle ceux de l'an dernier. Ce faisant, je ne peux m'empêcher de songer à Élyette.

La Margaux n'était pas une mauvaise femme, mais elle possédait certains pouvoirs que sans doute beaucoup lui enviaient. Ses facultés étaient pourtant populaires, au départ, puisque les gens la consultaient pour connaître leur avenir ou pour arrêter le feu. La Margaux délivrait des formules pour faire « passer » les bébés ou pour guérir de mauvaises fièvres. Aurait-elle rendu des services illégaux ou concocté des bouillons de onze heures ? On raconte que des faits étranges eurent lieu dans la commune. M. Caillot, le cantonnier, grimpa sur une échelle le long de l'église et, tout à coup, les barreaux se mirent à trembler, l'échelle tout entière fut prise de spasmes saccadés et s'éloigna du mur pour revenir cogner dessus aussitôt. Quelques habitués du café furent témoins de la scène. Ils jurèrent tous que l'échelle était ensorcelée et que personne ne pouvait la maintenir. Finalement, l'échelle bascula, entraînant M. Caillot vers une chute mortelle contre le toit voisin. Or, le brave homme se révoltait perpétuellement contre les actes de la Margaux, « la maléfique », comme il la nommait. Puis, ce fut le tour de M. Julien, dont le cheval devint soudainement enragé et lui donna un coup de sabot mortel. Il y eut aussi M. Barrois, maître Michel et M. Gros.

Assez, c'est assez, avaient dû estimer les habitants puisqu'on retrouva la Margaux avec une balle de carabine en pleine tête.

Lorsque la police se présenta, on conclut à l'œuvre d'un bandit de grand chemin comme il en passait quotidiennement sur nos routes.

Fanny, sa fille, se retrouva seule alors qu'elle n'avait que quinze ans et vécut comme bergère, à l'écart du village jusqu'à ce qu'un homme lui donne Élyette.

Depuis, on n'entendit plus parler de pouvoirs maléfiques jusqu'à aujourd'hui.

Une question me taraude cependant : les bergers sont-ils tous des sorciers ou les hommes les craignent-ils parce qu'ils sont solitaires ?

4

Chez Max

28 mars

Le vent du nord vous coupe de froid et il hoche les arbres.

Jeudi saint, un instrument de bois ayant été croché à la place des bronzes, ce sont les crécelles de l'abbé Dubreuil qui annoncent l'office. Dans l'église, les statues ont été occultées d'un voile violet.

Je raconte à Yvonne :

— Les cloches s'envolent pour Rome et elles seront de retour dimanche.

— Alberte Deslandes va revenir avec les cloches ? me demande-t-elle.

Les enfants ont des questions parfois cocasses.

Je lui explique qu'Alberte est au ciel et qu'elle ne réapparaîtra pas.

Le lendemain, les enfants commis de ferme et les clergeots démarchent les habitants pour la quête des œufs. Nous leur confions la récolte de la semaine, hormis ceux du Vendredi saint, qui contiennent des crapauds. Encore une belle leçon d'apprentissage pour ma fille.

En échange, ils nous offrent des bon-Dieu, sorte de grandes hosties qu'Yvonne range avec soin dans le buffet. Autre figure active du village, maître Renard confie à chaque famille une fiole d'eau bénite.

En ce jour de Pâques, les cloches retentissent avec une grande vigueur. Il faut dire que chacun a hâte de décarêmer, même monsieur le curé qui s'empresse d'allumer le cierge pascal afin de commencer la cérémonie.

Je suis assise à côté de Rolande, la voisine de Jeanine, qui me fait la conversation sur le vent de ces derniers jours à grand renfort de dictons :

— *Le vent du Samedi saint souffle jusqu'à la Pentecôte au moins* ou *Qui coule la lessive le saint Vendredi veut la mort de son mari.*

J'imagine tout à coup la maison de Rolande emplie de livres contenant des dictons qu'elle apprendrait par cœur chaque soir.

Ainsi que le veut la coutume, on étrenne les toilettes de Pâques. Chacun des membres de la famille endosse une pièce de vêtement neuve fabriquée l'hiver passé ; Jeanne, de surplus, s'est acheté une robe au colporteur.

Pendant l'office, l'abbé susurre quelques mots à Isidore, le bedeau, qui disparaît un instant pour revenir ensuite dans l'église. Dans l'assemblée, nous sourions.

En effet, il n'est de secret pour personne que le bedeau aille relever les noms de ceux qui jouent aux dominos chez Max pendant la messe de Pâques. Ce pauvre Isidore a dû se faire recevoir par Max, me dis-je, amusée.

Mes pensées sont interrompues par le coup de maillet porté par le prêtre sur le billot de bois attenant à l'autel pour signifier la mort du Christ. Marcel a un mouvement de sursaut et se met à pleurer. Heureusement, je réussis à l'apaiser sous les regards bienveillants de mes voisines.

Nous saluons Petit Louis, qui porte le crêpe à son chapeau et des gants noirs en guise de deuil. Puisqu'il est seul, nous l'invitons pour le déjeuner du pâqueret.

Les enfants l'amusent. Yvonne n'a de cesse de jouer avec Marcel. Après lui avoir offert ses doigts qu'il cramponne fermement et tente de mettre dans sa bouche, elle disparaît, le laissant perplexe quelques secondes et resurgit inopinément, provoquant chez lui des babillements enchantés.

La Semaine sainte fut difficile pour tous, composée d'un unique repas le soir, sans viande, ni œufs ni lait. Aussi, les appétits sont-ils décuplés ce midi.

Je trousse l'omelette avec de l'huile de faine, extraite il y a un an. Nous buvons du lait et je cuis du poulet à la crème avec des pommes de terre. En dessert, la tarte et les gâteaux aux pommes sont à l'honneur.

Petit Louis apprécie notre hospitalité. Alberte lui manque beaucoup. En revanche, et c'est mieux ainsi, il semble ignorer les rumeurs concernant Élyette, car il a été souffrant le jour des Rameaux.

16 avril

La nature s'éveille dans une explosion de couleurs, synonyme de renouveau. Les coucous et les fleurs de pissenlits égayent les prairies tandis que les sous-bois se couvrent de jonquilles et de jacinthes bleues. J'admire le poirier et les cerisiers, couverts de fleurs.

Comme le printemps semble bon !

En rendant une visite impromptue à mon amie Jeanine, j'ai la surprise de découvrir chez elle une petite fille blonde d'environ six ou sept ans, belle comme le jour, mais terrifiée comme un animal sauvage.

— Voici Blanche, ma petite-fille, la fille d'Antonin, m'explique Jeanine. Un petit poussin de la haie. La maman, qui boit plus que de raison, a tendance à s'en prendre à la petite.

— Comme tu es jolie, Blanche ! Sais-tu que j'ai une fille d'à peu près ton âge ? Vous pourriez sûrement jouer ensemble. Elle se prénomme Yvonne.

La petite esquisse un sourire, mais ne répond rien. Elle serre juste un peu plus fort le linge noué qu'elle porte à sa bouche et qui donne l'apparence d'un poupon de tissu.

Afin de préserver Blanche, Jeanine m'entraîne vers le cellier pour me relater les derniers événements :

— La pauvre enfant a essuyé tous les outrages de sa mère : attachée au lit, enfermée au cellier et battue presque à sang. Son corps en est encore tout marqué. Comment peut-on faire subir de telles abominations à un enfant ?

Je contemple avec compassion le corps tout chétif de la petite fille.

Jeanine, comme pour illustrer mes pensées, ajoute :

— J'espère encore qu'elle ne la privait pas de nourriture.

J'en ai les larmes aux yeux. Un petit être si vulnérable. Les adultes se transforment parfois en monstres hideux sous l'effet de l'alcool. Quel fléau !

— Il va lui falloir du temps avant de pouvoir faire à nouveau confiance à une grande personne, mais les enfants ont des capacités qu'on ne soupçonne pas. Je reviendrai demain avec Yvonne, c'est promis.

— Cela lui fera le plus grand bien, j'en suis sûre, prétend Jeanine sans conviction. Je vais la remplumer. Quand elle aura goûté à la cuisine de sa grand-mère, elle ne voudra plus partir.

17 avril

Fidèle à ma promesse, j'amène Yvonne et Marcel chez Jeanine aujourd'hui.

Il ne faut pas longtemps à Blanche pour se dérider, approcher Yvonne et le bébé et se sentir en confiance.

Pendant que Marcel se repose et que les petites jouent à cli'-muchett, Jeanine et moi feuilletons les revues et les journaux déposés par ses amis parisiens.

Dans *Le Petit Journal*, il y a tout un article sur les bandits du monde entier.

L'Australien Ned Kelly, accusé de vols qu'il redistribue ensuite à sa famille, se bat contre la police et devient une icône populaire en son pays.

On reparle de la bande de Montreuil à Paris. Les gangsters pénétraient dans les maisons d'honnêtes gens, la nuit, à l'aide d'un complice de petite taille, surnommé le raton qui parvenait à se faufiler par les ouvertures les plus étroites et allait ouvrir la porte à ses deux complices. Le trio dérobait ensuite tranquillement tous leurs biens. Parfois, les propriétaires surgissaient et étaient assassinés, comme cette femme, massacrée à coups de couteau pour un revolver, une montre et des cigares.

Cette histoire nous fait froid dans le dos, d'autant que la clémence aveugle du président de la République gracia les deux malfaiteurs. Il n'y a plus de justice !

L'article fait référence aux bandits de campagne du siècle dernier, surnommés « les chauffeurs », qui brûlaient les pieds des fermiers au feu à l'âtre afin qu'ils leur donnent la cachette de leur magot. Bien renseignés, les malfaiteurs sévissaient après une grosse vente de bétail, lorsque les propriétaires disposaient sur eux d'une somme d'argent conséquente.

Ces tortionnaires avaient été arrêtés, puis guillotinés, et on n'avait heureusement plus revu de telles pratiques dans les campagnes.

Malheureusement, pas d'édition de *L'Ébauche* encore ce mois-ci. Il nous faudra un peu de patience avant de pouvoir y lire les quelques lignes concernant Hodeng et ses environs.

3 mai

À présent se déroulent les rogations à travers la campagne. La procession débute derrière l'église pour emprunter la côte des Maréchaux, longer les champs jusqu'à la croix de Mésangueville et s'en revenir le long du Bièvredent jusqu'au moulin. Tout le village est présent : Lucie, Augustin et Mathilde, Jeanine et Blanche, mes sœurs Denise et Suzanne avec leurs enfants. Dans le ciel azur, le soleil vigoureux réchauffe les visages et les cœurs. Que la campagne est belle ! Autour du moulin du père Gibeaux, la plaine vallonnée a revêtu son long drap multicolore, les parcelles verdies par le blé et l'avoine y côtoient le jaune vif des champs de colza. Les vaches normandes paissent, barbouillant leur robe mouchetée de marron ou de noir dans l'herbe des bocages. En arrière-plan, le printemps a sublimé la toile, déployant sur les arbres un camaïeu de verts, tantôt tendres ou tantôt ombrés, rehaussés çà et là du blanc d'une aubépine.

Les conversations vont bon train entre les femmes de paysans. Il y est question des semis que Rolande ne peut s'empêcher d'illustrer d'un dicton :

— *Qui n'a pas semé à la Sainte-Croix, au lieu d'un grain en mettra trois.*

Des sourires amusés et des hochements de tête saluent la justesse du propos.

— Mais d'où connaissez-vous tous ces dictons ? s'enquiert Jeanine.

— Maman nous les apprenait quand nous étions enfants et elle m'a légué son fameux almanach.

Je n'avais pas totalement tort en imaginant Rolande au milieu de tous ses livres.

Nous apercevons Élyette au loin dans la campagne, accompagnée de ses trois chiens. Jeanine confirme qu'elle est passée de bon matin sur la route afin de mener les troupeaux avant le passage des charretiers. Les claies ont été disposées en enclos autour des moutons et demeureront au même endroit tant qu'il restera un seul brin d'herbe à brouter. Les chiens effectuent admirablement leur va-et-vient autour des bêtes et de temps à autre Élyette attrape avec le crochet de la houlette l'animal qu'elle veut observer. Sa cabane à roulettes l'accompagne partout.

Personne n'émet de remarque sur son évidente absence.

On demande à Dieu de bénir et de faire fructifier les travaux des champs. La procession s'achève dans la propriété des Le Roy.

À la grande fierté de Suzanne, Bertille a été désignée fille de la vierge. Elle est vêtue pour la circonstance d'une jolie robe blanche et porte un ruban bleu dans la chevelure. En sautoir, une médaille d'argent orne son cou.

La photo de groupe est prise par M. Le Roy sur les marches du perron. Cette cérémonie me projette trois ans plus tôt lorsque Jeanne fut choisie, elle aussi, comme petite fille vouée. Quelle satisfaction, ce fameux jour ! J'en conserve précieusement la photo.

16 mai

Ce jour de Pentecôte est traditionnellement celui de la fête au village.

En cet honneur, un verre de cidre nous est proposé à la sortie de l'église. J'arbore mon corsage fleuri ajusté de baleines, ma jupe blanche ouvragée de broderies et, par-dessus, mon tablier blanc à dentelle.

Ma calipette est nouée sous ma gorge, ainsi que le suggère le costume traditionnel.

Complimentée par les autres femmes pour l'élégance de ma toilette, je reçois aussi les regards flatteurs des hommes. Fernand se pavane en ma compagnie tout en exhibant son chapeau à large bord des grandes occasions.

Les visiteurs affluent des villages alentour, la fanfare résonne, des tours de poney ou de calèche enthousiasment les enfants. En après-midi, des activités s'organisent dans les prairies : courses en sac ou à la brouette, pêche à la ligne pour les petits et mât de cocagne pour les plus grands. Le long de la mare, une marchande ambulante vend ses rubans, attirant une foule de jeunes filles empressées.

Une belle journée, chaude et ensoleillée, presque estivale. Quel bonheur !

Durant quelques heures, Suzanne et moi faisons sauter les crêpes pour les visiteurs.

Augustin et Lucie Le Roy nous tiennent compagnie un long moment. Mathilde et Camille, satisfaites de leurs nouveaux rubans, rejoignent Louise et Jeanne. Toutes les quatre, dans un joyeux brouhaha, s'en vont à la rencontre des jeunes gens du village.

La famille Desmoulins est là au grand complet. Hector et Yolande nous annoncent le mariage de leur fille Zélie dans trois semaines et nous convient à y participer.

Aussi flattées l'une que l'autre, nous acceptons immédiatement. Louise va être folle de joie. Depuis que les bans ont été criés lors de la dernière messe, elle ne rêve que de participer à la noce. Je la soupçonne d'avoir des vues sur Ernest Desmoulins, même si elle ne m'en parle pas. Sa manière de le regarder et de minauder devant lui ne me trompe pas.

Puis j'aperçois ma sœur Denise ; elle semble guetter le moment opportun pour venir jusqu'à moi. C'est chose faite lorsque Suzanne me quitte pour aller bavacher avec des amis. Elle s'approche d'un pas emprunté et me lance avec un sourire timide :

— Bonjour, Célestine. Comment vont les affaires ?

— Il ne faut pas se plaindre. Beaucoup de visiteurs cette année.

— Pourrais-tu me préparer une de tes crêpes si appétissantes ?

Je m'exécute en souriant.

Ayant aperçu Marcel couché dans son couffin, elle s'approche de lui et me clame :

— Quel beau bambin ! On dirait bien qu'il a les yeux bleus.

En roulant la crêpe dans du papier, je m'étonne, moi aussi :

— Il se pourrait bien qu'il ait les yeux de l'oncle Marcel.

— Comme c'est amusant, conçoit Denise, et tellement émouvant !

Je réalise à quel point l'oncle a marqué nos existences à tous et regrette pour la centième fois que mes enfants ne l'aient pas connu.

La vie est parfois bien cruelle !

Je suggère qu'on aille boire un verre ensemble chez Max. Ce pourrait être l'occasion de jouer une partie de dominos. Denise accepte et je débauche aussi Suzanne et Jeanine.

Louise et Jeanne acceptent volontiers de nous remplacer dans l'élaboration des crêpes et de jeter un œil sur les cadets. Je fais plus volontiers confiance à Jeanne qu'à Louise, laquelle risque de faire abstraction de sa mission si elle croise Ernest.

Cette journée patronale est la seule occasion qu'ont les femmes de se rendre au Veau-qui-tète.

Afin d'éviter la compagnie féminine, les habitués ont momentanément déserté l'endroit pour quelque ferme écallée. Ils s'y retrouveront en fin de journée.

La porte est grande ouverte ; on entre chez Max comme au moulin.

Autour des tables, un joyeux charivari, entrecoupé du bruit des verres que Pauline, la femme de Max, dispose sur un plateau et de celui, plus sourd, des soucoupes d'additions placées sur les tables.

Le patron, vêtu de son tablier, essuie les verres derrière le comptoir en zinc sculpté de fleurs de pommier. Trônant sur le bar devant lui, la fontaine à eau en étain avoisine les carafes et les chouquets.

Derrière lui sur les étagères sont rangés avec soin les verres et les ballons, ceux pour l'eau-de-vie, l'absinthe, la liqueur, l'eau et les moques à cidre.

Le soleil, filtrant au travers des bouteilles d'eau de Seltz, réfléchit contre les murs de facétieux reflets bleus.

Quatre enfants aux joues rouges accourent pour quémander à leur mère quelque argent, nous frôlant et manquant de renverser les bouteilles sur leur passage. Les mères les réprimandent et les renvoient aussi sec.

Nous croisons Élyette, la bergère, qui quitte l'endroit au moment même où nous entrons. Ses oripeaux ordinaires ont été troqués pour une longue robe de lin. Cette tenue la rend bien jolie et tellement jeune. A-t-elle seulement vingt ans ?

Les enfants Fontaine jouent à la toupie du roi, tandis que la majorité des clientes s'essayent à la manille.

J'apprécie ces distractions, en vogue croissante dans la région, sans doute grâce à Jeanine qui me les a apprises. Pas question cependant d'y jouer avec Suzanne, pour qui les cartes sont de véritables inventions du diable.

Au milieu de la salle, le poêle de fonte émaillée maintient le café au chaud et colore les joues des joueuses de dominos.

À peine nous sommes-nous installés sur les bancs autour d'une table qu'Ernestine, dite madame Potin, se met à jaser sur Élyette :

— Comment cette sorcière peut-elle encore se montrer en public ?

Cette phrase, jetée comme un venin, stoppe net les conversations, arrêtant les joueurs de cartes et de dominos dans leur élan. Dans l'air se profile comme une attente.

D'un naturel philanthrope, Max ironise :

— Le comble de l'économie : coucher sur la paille qu'on voit dans l'œil de son voisin et se chauffer avec la poutre qu'on a dans le sien.

Un étranger, assis derrière nous, se met soudainement à rire, suivi bientôt par toute l'assistance. J'aperçois son reflet dans le miroir, situé devant moi, entre l'affiche des cloches de Corneville et l'almanach des postes illustré du port de Fécamp.

C'est un homme d'une cinquantaine d'années, élégant dans son costume et son chapeau haut de forme. Derrière lui, la modeste patère soutient son long manteau noir en queue de pie.

Les conversations reprennent autour des tables, et les dominos se mêlent à nouveau.

Devant l'air hébété d'Ernestine, Max reprend :

— Il faut être trois pour apprécier une bonne histoire : un pour la raconter, un pour la goûter et un pour ne pas la comprendre, car le plaisir des deux premiers est doublé par l'incompréhension du troisième.

L'homme redouble de rire, ce qui contrarie fortement Ernestine. Être ainsi humiliée devant un inconnu aussi bien mis, sans doute un notable, pensez donc !

Pauline, la femme de Max, s'amuse elle aussi en ramassant les verres.

— Vous êtes amateur d'Alphonse Allais, me semble-t-il, reprend le bourgeois en faisant sourire ses moustaches.

— Oui, avoue Max en désignant la page illustrée d'un journal. Ma femme et moi sommes allés le voir jouer au Quartier latin avec les Hydropathes. Un délicieux moment ! Je conserve la revue en souvenir.

— Sur ce journal figure une caricature : un homme aux cheveux blancs, vêtu d'une blouse et d'un brassard estampillé FUMISTE, remue à l'aide d'un pilon plusieurs feuilles de journaux, des casseroles et des seringues volant autour de lui.

— Alphonse Allais envisageait d'être pharmacien, mais il est aujourd'hui journaliste, explique Max devant nos visages dépités.

— J'ai assisté à leur représentation l'an passé, enchaîne l'homme. *Hydropathes, chantons en chœur la noble chanson des liqueurs.*

Ernestine, qu'on n'avait plus entendue jusque-là, se lève promptement. En quittant le café, elle lance à l'intention de Max :

— Quand on ne croit pas en Dieu, on ne croit pas au diable.

— Pas faux, répond Max, nullement outré.

Max est athée, ce n'est un secret pour personne. Jamais un nom n'aura été aussi mal porté, d'ailleurs, puisqu'il s'appelle Lemoine.

Il se plaît d'ordinaire à raconter à la compagnie qu'il a cessé de croire en Dieu le jour où son grand-père, fervent catholique, a été tué pendant son sommeil par la chute d'un crucifix mal fixé.

Cette histoire étant célèbre à mille lieues à la ronde, les gens de passage supplient souvent Max de la raconter à nouveau. Il ne se fait pas prier, la conte avec emphase, fort de nouvelles trouvailles qu'il ajoute à chaque version.

Si les habitués du bistrot rient fort, l'histoire au départ n'était pas du goût de tout le monde et évidemment pas de monsieur le curé ni des quelques dévotes de la paroisse. Néanmoins, il leur a suffi d'observer Max, sa gentillesse et sa disponibilité pour comprendre que cet humour contribue uniquement à le faire apprécier de tous.

Comme l'illustre cet écriteau derrière le bar : L'HABIT NE FAIT PAS LE MOINE.

Max disparaît momentanément à la cave avec un plateau de bouteilles vides. Pendant ce temps, Pauline, sa femme, vient prendre notre commande.

— Je paye ma tournée, annoncé-je, du cidre pour toutes les quatre ainsi qu'une boîte de dominos.

Je touille les dominos, chacun tire son lot et j'interroge :

— Qui est-ce qui pose ?

Suzanne a le « tout noir », tandis que j'ai le « double blanc ».

Bien décidée à gagner la partie, elle pose la première.

Cependant, rien n'est écrit à l'avance. Contrainte de tirer deux fois de suite, Suzanne accumule les pièces et, pour finir, c'est moi qui pose mon dernier domino.

S'ensuit une fin de partie serrée entre Denise et Jeanine.

L'homme élégant a commandé une absinthe que Pauline lui verse délicatement. Le bourgeois, dans un geste rituel, pose un sucre sur la cuillère ajourée, puis instille par-dessus l'eau d'une carafe à deux becs. L'absinthe est troublée.

Négligeant la partie, je ne peux détacher mes yeux du miroir. Il est plutôt rare de voir servir une absinthe, nos paysans étant plutôt amateurs de goutte. J'imagine Alphonse consommant cet alcool avec ses amis de Gournay. Finalement, je m'interroge : que vient faire ce monsieur par ici ?

Perdue dans mes pensées, je ne remarque pas que l'homme m'observe lui aussi. Il me sourit.

Gênée, je n'ose plus lever les yeux dans cette direction. Suzanne, face à moi, se distrait du manège et me donne un léger coup de genou.

Jeanine, infortunée perdante, en est quitte pour payer sa tournée. La bouteille de cidre réapparaît alors sur la table.

Pour le troisième tour dédié à Suzanne, nous nous enhardissons à commander à Pauline un verre de fil-en-six, qu'elle nous sert dans une demoiselle.

L'homme se lève et se poste devant notre table :

— Je vous offre vos rafraîchissements, nous annonce-t-il en souriant.

Puis, sans cesser de me regarder, il nous complimente :

— Vous êtes bien charmantes, mesdames.

Un peu émues, nous rions et le remercions.

Sur ces entrefaites, Max remonte de la cave, portant les bouteilles emplies de vin. L'homme le surprend en lui demandant :

— Et le comble de la distraction, le connaissez-vous ?

— Non, répond Max.

L'autre enchaîne :

— C'est d'avoir perdu ses lunettes et de les mettre pour les chercher.

Les deux hommes rient de bon cœur, et l'écho de leurs rires fait des émules autour des tables voisines.

— Au revoir, au plaisir.

— Au revoir, monsieur..., hésite Max.

— Léopold Boisard. Je suis notaire et nouvellement installé à Gournay-en-Bray.

— Maxence Lemoine. Ce fut un plaisir.

L'homme adresse à Max un dernier signe vers l'écriteau apposé sur la porte – ON EST PRIÉ DE NE PAS CLAQUER L'APÔTRE –, puis se retire en souriant.

La dernière partie de dominos achevée, Suzanne me raille sur mes succès masculins que le fil des années n'émousse pas. Jeanine et Denise approuvent avec aplomb.

Je corrige mi-flattée, mi-modeste :

— Vous êtes bien aimables. Mais, en matière de séduction, la relève est assurée par mes filles. Elles fréquenteront d'ailleurs le bal, ce soir.

Je ne m'attarde pas sur le sujet, craignant une remarque déplaisante de Suzanne. En effet, ce n'est guère au goût de l'abbé Dubreuil que les jeunes gens aillent gambiller tard le soir, mais il faut bien que jeunesse se passe.

Aussi, j'aborde délicatement un autre thème :

— Nous célébrons la communion d'Alfred dans un mois, le 27 juin. Suzanne, en qualité de marraine, je compte sur ta présence. Et vous, Jeanine et Denise, seriez-vous disponibles et partantes ?

Les réponses ne se font pas attendre, et les sourires ravis de mes voisines me vont droit au cœur.

Je questionne Max sur les nouvelles de la région :

— *L'Ébauche* nous manque, vivement le rétablissement d'Alfred, dis-je.

Max relate alors les méfaits d'un gang de voleurs qui sévit sur la région de Gournay-en-Bray :

— Ces messieurs sont vêtus d'élégants costumes. Ils se prétendent commerçants en graines pour les lapins et les volailles. Fréquentant soi-disant les grandes foires comme celles de Rouen, ils en imposent par leur allure, mais surtout par leur éloquence. Ainsi, les paysans, confiants, les introduisent dans la ferme afin de leur faire voir leur basse-cour. Les brigands reviennent la nuit afin de dérober les volailles, les lapins et quelques outils agricoles, puis vont les revendre ailleurs pour revenir à nouveau les dérober. La machinerie est bien huilée, et les gens se font prendre à coup sûr. Le hasard veut que chacun d'entre eux porte une blessure physique. L'un a une jambe de bois, l'autre, une longue balafre sur le visage, un tel boite, tandis que l'autre porte un œil de verre. Les gens se méfient encore moins des personnes mutilées.

— Oui, confirme Pauline à notre intention, c'est ce monsieur Boisard, qui était assis derrière vous, qui a évoqué le sujet. Ces brigands originaires de Beauvais sévissent maintenant à Gournay. On les appelle le « gang des estropiés » par rapport à leurs particularités.

— Eh bien, il ne manquait plus que cela, fulmine Suzanne, que Beauvais nous envoie sa vermine !

— Mais personne n'a pu les arrêter ? questionné-je naïvement.

— Non, affirme Max, car ils disparaissent après chaque méfait pour changer de secteur et récidiver ailleurs. En plus, ils sont nombreux et agissent par deux ou trois, mais jamais les mêmes ensemble. La police ne veut pas intervenir sans preuve suffisante, car ils revendent le fruit de leur larcin aussi sec.

— Quelle bande d'incapables ! peste Suzanne. Nous avons intérêt à surveiller nos habitations.

— Jusqu'au jour où l'honnête citoyen fera justice par lui-même..., conclut Pauline.

Max ne perd jamais le nord et ne peut s'empêcher de citer à nouveau Alphonse Allais :

— Les gendarmes ont grand tort de malmener les criminels. Sans eux, ils n'existeraient pas.

Nous rions de bon cœur à cet à-propos et quittons le café le sourire aux lèvres.

— Au revoir, mesdames, nous salue Max en mimant une révérence.

Je remporte quelques crêpes, comme au jour de la Chandeleur. Certains morceaux iront à mes poules afin qu'elles soient de bonnes pondeuses.

Fernand s'est attardé à la foire. Il rentrera sûrement avec les chaussures à bascule.

***

27 mai 2007

Nostalgique, Lise se remémora les fêtes de son enfance dans le village de sa grand-mère. À cette époque, une multitude de jeux était proposée aux enfants : extirper une bougie d'un récipient d'eau avec les dents, puis, de la même manière, une cuillère au milieu de la farine, effectuer des allers-retours à cloche-pied ou lancer des boules de chaussette au chamboule-tout. À la clé, des paquets de bonbons et surtout de belles parties de rire. Les adultes n'étaient pas en reste. Les hommes se défiaient en grimpant au mât de cocagne, enduits de savon, afin d'aller décrocher des paquets gourmands.

Lise réalisa que le progrès nous avait amené davantage de confort et une espérance de vie optimiste, mais qu'au final, le temps qu'on s'accordait pour en profiter s'était réduit.

Le carillon de grand-mère sonna sept coups, et elle fut forcée d'interrompre sa lecture. Ce carillon exhalait lui aussi un parfum d'enfance, souvenir des vacances à La Neuville-au-Pont, des jeux d'eau avec les cousins, de la cueillette des mûres, du chemin des noisettes et des trésors cachés dans les malles du grenier.

Lise éprouvait une empathie grandissante à l'égard de Célestine.

Leur philosophie du bonheur était la même : savoir apprécier ces instants précieux, ces petits riens qu'offre la vie.

À l'instar du facteur Cheval qui, à la même époque, ramassait chaque caillou trouvé sur son chemin pour en bâtir un palais, Célestine avait réuni dans son journal chacun de ces moments. Raison de plus pour ne pas les avoir détruits.

Tout au plus aurait-elle pu les léguer à sa descendance, comme le témoin d'un passé dont ils étaient les acteurs.

Quel était le sort des journaux intimes après la mort de leur propriétaire ? Leur survivaient-ils longtemps ? Qui les lisait ?

La jeune femme réalisa qu'au vu de son épaisseur, le journal de Célestine ne pouvait contenir qu'un fragment de sa vie. À moins que cette existence n'ait été brève... L'espérance de vie à cette époque n'avoisinait-elle pas les quarante ans ?

5

Noces paysannes

17 mai 1880

Je me rends aujourd'hui au moulin de Fantoche afin d'y acheter de la farine. Entre deux quintes de toux, Fantoche me demande des nouvelles de la famille et aussi de la ferme des Desmoulins, avec lesquels il est très ami. En effet, peu de meuniers sont assez serviables pour aller directement livrer la farine à la ferme après avoir moulu leur blé.

M. Desmoulins mettant un point d'honneur à remercier les honnêtes gens, Fantoche s'en retourne souvent la charrette chargée de bon cidre.

Une fois notre carriole chargée du précieux sac, Yvonne saute dedans et nous rentrons gaiement à la maison.

Sur notre chemin, nous croisons Roustache, le tambour du village, ainsi surnommé à cause de ses longues bacchantes rousses, qui fait jouer son instrument dans les rues du village :

— Avis à la population ! Par décision du gouvernement Jules Grévy, le 14 juillet devient fête nationale.

En cet honneur, un grand bal sera donné sur la place du village.

Jeanne et Lucie, qui avaient la permission de minuit pour le bal hier soir, ont toutes deux respecté leur engagement. Malgré une nuit abrégée, il n'était pas question d'arriver en retard à leur travail à la ferme. À leurs rires qui cessent dès que je les approche, je devine qu'une idylle s'est nouée entre Ernest et Louise. Afin d'assouvir ma curiosité, je les titille sur le ton de la plaisanterie quant au déroulement de leur soirée. Ont-elles rencontré le prince charmant ?

Détournant mon attention, elles me relatent le comportement de Mathilde Le Roy. J'apprends ainsi que l'amie de Jeanne, qui avait elle aussi l'autorisation de minuit, s'en est laissé conter par un jeune homme de Forges-les-Eaux, un neveu de Fonfon le laitier, venu passer quelques jours chez sa grand-mère. Mathilde ne s'est finalement glissée dans sa chambre qu'à deux heures du matin. Ses parents l'attendaient de pied ferme.

Ainsi, quand Jeanne rend visite à Mathilde, elle la trouve éplorée. Le couperet est tombé : interdiction de revoir le jeune homme et de sortir au bal dans les deux années qui suivent, y compris à celui du 14 juillet.

Fernand rentre encore avec les chaussures à bascule. Il s'est arrêté chez Max avec Alphonse pour y boire la goutte. L'alcool le rend mauvais. Je ne supporte plus ses propos inaudibles, ses râles et son haleine fétide. J'ai honte de l'image qu'il adresse à ses enfants. Quand va-t-il cesser de boire ?

19 mai

Je me rends de bonne heure au four à pain derrière l'église.

Il y a là Fouquette, le boulanger, qui a bien voulu allumer le four, Oscar, le fournier, qui prend le relais pour enfourner les pains qu'apportent tour à tour les femmes du village, et Max, qui a rejoint les deux hommes. J'ai pétri ma pâte hier avec la farine de Fantoche et le levain de la dernière tournée, puis l'ai laissé lever entre deux linges dans la maie à côté de la cheminée.

Les hommes me saluent avec respect, Oscar se saisit de la grande pelle pour enfourner mon pain sur la sole. Ce four est un lieu de rencontres et de conversations. J'y côtoie Rolande, qui m'inonde de ses dictons habituels :

— *À la Saint-Yves, le beau temps ôte au laboureur ses dents.*

Autrement dit, si le temps est trop chaud, la herse reste à la ferme.

J'en profite pour lui demander des nouvelles de ses fils, ouvriers agricoles tous les quatre, en espérant qu'elle n'aura pas de dicton concernant quatre garçons.

Fort heureusement, Rolande me confie aussi des nouvelles de la ferme Charvet, là où deux de ses fils sont embauchés et pour qui j'ai arraché les betteraves l'automne passé.

Mme Charvet souffre de crises de goutte qui la font hurler de douleur, paraît-il.

Son mari ne doit pas être à la noce.

J'entrevois Jeanine et Mauricette, et nous bavachons un instant principalement à propos des enfants.

Je donne des nouvelles de mon petit Marcel, qui se porte comme un charme et fait ma joie chaque jour que Dieu fait. Jeanine s'inquiète pour Blanche, laquelle, toujours triste, réclame souvent sa maman. Nous en concluons qu'un enfant ne cesse jamais d'aimer sa mère. En attendant la cuisson du pain, Jeanine me propose de venir découvrir l'édition de *L'Ébauche*, enfin reparue.

Alfred Bergouignan, qui possède un joli trait de crayon et de l'humour, s'est illustré lui-même, à dos de cheval, souriant et jetant ses cannes dans des buissons.

Il y est question essentiellement des marchés de la région. Un article, cependant, titre de manière amusante : *Les estropiés courent toujours.*

Tout ce que nous a raconté Max y figure avec, en prime, les témoignages des fermiers mécontents et les illustrations de lapins attrapés par les oreilles et de poules déposées dans des paniers.

On y lit les noms de paysans de Mésangueville, de Beauvoir, d'Argueil, de Saint-Samson. Il s'agit essentiellement de grosses fermes possédant une soixantaine de lapins et une trentaine de poulets, ce qui laisse entendre que le gang a de nombreux membres et qu'il est équipé de moyens conséquents pour pouvoir transporter tout ce petit monde.

La diffusion de cet article va sans doute endiguer le phénomène. Les paysans seront à l'avenir plus méfiants.

M. Desmoulins, quant à lui, possède deux gros chiens qu'il place la nuit dans la ferme.

Nous revenons quelque temps plus tard afin de récupérer notre pain. Le mien est aisément reconnaissable aux initiales FB, que j'ai incrustées dans la pâte.

23 mai

Je me décide enfin à rendre une visite à ma sœur Denise.

Depuis que nous sommes réconciliées, j'envisage notre rencontre avec un peu plus d'optimisme.

Denise m'accueille chaleureusement, comme pour compenser la fraîcheur de sa maison, qui, coincée dans la ruelle des Maréchaux, ne voit pas beaucoup le soleil. C'est une maison assez basse, au sol recouvert de tommettes et aux murs blancs ornés de poutres. La maison qu'occupait l'oncle Marcel.

Quelques tableaux de paysages normands habillent le mur sur lequel est appuyé le grand buffet tandis qu'un vestiaire pourvu d'un grand miroir permet de se dévêtir. Deux fenêtres éclairent la pièce principale, l'une donnant directement sur la rue et l'autre, minuscule, sur le mur perpendiculaire. Cette fenêtre permet une vision lointaine sur la côte des Maréchaux et sur la forge. Question pratique, à laquelle l'oncle Marcel avait songé, qui lui permettait de voir si des clients l'attendaient. Aujourd'hui, c'est Léonce, le mari de Denise, qui bénéficie de cet avantage. Quant à ma sœur, elle peut surveiller à loisir et en toute discrétion, les allées et venues dans la ruelle.

Est-ce de là que l'oncle Marcel avait aperçu le fuyard cette fameuse nuit ?

Je pose la question à Denise, qui a d'ores et déjà réfléchi cent fois à la question.

— Tu sais, j'ai toujours pour voisin monsieur Billecoq fils, une vraie langue de vipère, comme son paternel. C'est vraiment la dernière personne à qui on peut accorder sa confiance. Dommage que l'oncle ait été aperçu par le paternel ce fameux matin. En même temps, si Billecoq père avait vu le fuyard avant, il l'aurait à coup sûr dénoncé à ses assaillants. Une qui a eu moins de chance, c'est la Margaux.

— Comment cela ? Quel rapport avec cette histoire ?

— Je l'ai appris il y a peu de temps. Voilà…

Léonce entre sur ces entrefaites pour prendre un coup de café, ce qui fait taire Denise, Léonce ayant une sainte horreur des ragots.

Nous nous saluons, et je promets de revenir sans tarder.

5 juin

Zélie Desmoulins nous présente son futur époux lors de la tournée d'invitation. Un charmant jeune homme, grand et costaud, au rire facile et sonore. Ce noiraud forme un joli couple avec la blonde Zélie. Les deux fiancés nous proposent un verre de cidre et une épingle de mariée.

Nous trinquons et mangeons du neufchâtel avec du pain en guise de bouchée.

Fernand est exaspéré par l'intrusion d'un renard qui nous a égorgé deux poules. Mon homme devra de surcroît réparer le grillage. Après le passage des tourtereaux, il se rend chez Alphonse qui lui paye une rincette. À son retour, la goutte lui sort par les yeux.

Sans souper, il part ronquer.

Ma fille Louise ne conçoit pas ma soumission.

— Ton père ne m'écoute pas. Un jour, tu réaliseras que la vie de couple n'est pas toujours aussi simple.

Elle se renfrogne en prétendant :

— Le garçon que j'épouserai saura m'obéir.

D'après son père, Ernest Desmoulins est du genre opiniâtre. S'ils continuaient à se fréquenter, j'ignore qui l'emporterait.

7 juin

Durant la cuisson de notre pain au four communal, je me hâte de rejoindre la maison de Denise, car je suis restée sur ma faim lors de notre dernière rencontre.

— Bonjour, Célestine. On ne s'est jamais autant vues que ces jours-ci, ironise-t-elle.

Puis, sans me faire languir, elle en vient aux faits :

— Margaux, la mère d'Élyette, aurait été aperçue par monsieur Billecoq père, le matin où le banquier a quitté la maison de Marcel. Comme tu sais, les bergers mènent leurs moutons au parc de très bonne heure, afin de ne pas gêner la circulation des charretiers. Elle est sans doute tombée nez à nez avec le cavalier. Étant donné son amitié avec l'oncle, la Margaux est entrée le voir, ce qui n'a pas échappé non plus à Billecoq père. Il s'est ensuite dit que la Margaux avait voulu sa part de la récompense et que l'oncle avait pactisé avec elle.

— Je n'ose imaginer les ragots à l'époque à propos de l'oncle. Pactiser avec la Margaux équivalait à faire commerce avec le diable.

— Exactement. Les langues ont dû se délier pour envenimer les choses.

Je réfléchis quelques instants avant d'échafauder une hypothèse :

— N'est-ce pas plutôt pour cette raison qu'on a assassiné la Margaux, car sa roulotte a été fouillée de fond en comble ?

— Sans doute, ça ou la sorcellerie, qui sait ? Comment savoir maintenant ? Ce qui est sûr, c'est que le trésor n'est ni ici ni dans la forge. Nous avons tout retourné avant de nous installer ici.

En contemplant l'un des tableaux représentant une des plages normandes, elle conclut :

— S'il y a eu des pièces, l'oncle les aura emportées lors de son séjour sur la côte normande. Il ne les aurait pas laissées ici.

Je sors juste avant l'arrivée de Léonce pour le café. Il était temps. Cinq minutes plus tôt et je n'aurais pas connu le dénouement de l'histoire.

11 juin

Fernand se rend chez le coiffeur avec les garçons en vue de la cérémonie de demain.

La configuration de la lune le permet puisque, descendante, elle empêchera une repousse trop rapide du cheveu.

En fin d'après-midi se déroule la fête de l'armoire chez les futurs mariés. Auparavant, nous accompagnons la famille Desmoulins pour une grande parade à travers le village. La première charrette transporte les parents et la couturière de la future mariée, munie de son rouet, qui distribue des paquets d'épingles aux jeunes filles rencontrées. S'ensuit la diligence des deux fiancés, puis, sur une charrette à foin trône, plein comme un œuf, le joli meuble réalisé par un menuisier de Gournay-en-Bray. Clarabelle, une belle vache normande, ferme la marche, à la grande joie des petits et des grands. Zélie l'a choisie le matin même dans le troupeau de ses parents.

Pour nous autres, invités, c'est un plaisir d'accompagner le cortège en chantant et en criant afin que les habitants sortent des maisons et nous saluent.

13 juin

Le mariage de Zélie Desmoulins et de Paul Varnier est une réussite. Les femmes rejoignent la mariée dans sa chambre pour l'assister dans sa toilette. Elle a opté pour une robe blanche ornée de dentelle avec un voile de tulle bleu pâle. Au-dessus de son chignon est arrangé un miroir au pourtour de chenille avec une rose blanche ; son bouquet est composé de fleurs d'oranger, d'une rose blanche et d'iris bleus et jaunes. Le rituel des chaussures, offertes le matin même par le futur époux qui les lui a passées, a marqué l'abandon de la jeune femme.

Avant le départ pour l'église, un repas froid est servi dans la salle à manger pour les invités.

Au menu : du pâté de lapin accompagné d'un verre de cidre.

Puis s'organise notre cortège, précédé du violoneux.

Vient ensuite la mariée au bras du garçon d'honneur, son frère Ernest. Il arbore un ruban blanc en sautoir qui sera bleu au retour.

Le marié a revêtu un costume sombre, dont le veston est agrémenté d'une fleur d'oranger et d'un nœud de satin blanc. Il exhibe la quenouille, surmontée d'un bouquet, qu'il abandonnera à l'église jusqu'au prochain mariage.

Avant de partir à l'église, Mme Varnier a glissé dans la poche de son fils une pincée de sel en lui promettant :

— Personne n'ira vous embêter pendant l'office !

Ce geste superstitieux évite qu'un jaloux ne prononce une parole pendant la bénédiction et ne perturbe le mariage.

Suivent les parents élégamment vêtus : Hector Desmoulins, fier comme un pape, et Yolande, visiblement émue à l'idée de marier son aînée, qui se tourmente pour des broutilles.

Les enfants d'honneur et les invités, en grand nombre, ont peine à trouver une place dans l'église.

Les invités se répartissent comme il se doit, à gauche pour les femmes et à droite pour les hommes, tandis que les mariés s'installent au milieu de la nef. Je côtoie ma sœur Suzanne. Zélie a déposé le coin de son voile sur les genoux de Paul, signifiant qu'elle serait une bonne maîtresse de maison.

Le prêtre bénit les anneaux et la pièce du mariage présentés par le marié. Au cours de l'échange des alliances, la mariée ne plie pas le doigt. Cet acte signifierait qu'elle porterait la culotte ou que le mari serait cocu. Ce fut le cas pour le mariage des Duval.

Nous en avions beaucoup ri à l'époque, et le présage s'est plus ou moins vérifié puisque le pauvre Duval se fait mener par le bout du nez par sa femme.

La cloche retentit, et la sortie des mariés progresse sous les applaudissements et au son des coups de fusil. Des tables s'improvisent sur des planches et des tréteaux à côté de la mare. Les demoiselles d'honneur distribuent des épingles pendant que les garçons servent à boire aux gens du village.

Zélie subit l'épreuve du balai qu'elle ramasse avant d'entrer dans sa demeure, démontrant qu'elle sait tenir une maison.

Les mariés reçoivent leurs cadeaux. J'ai brodé depuis des mois une parure de draps à leurs initiales. Zélie a l'air ravi.

Le banquet se tient chez les Desmoulins, dans la cour de ferme sous les tonnelles. Nous sommes cinquante convives. Par chance, le soleil brille et il fait chaud. En attendant d'être servis, nous pouvons admirer le linge de la mariée qui emménagera avec son nouvel époux dans une des dépendances de la ferme agencée en habitation.

Puis nous nous promenons jusqu'aux herbages clôturés, bocage normand où paissent la dizaine de vaches des Desmoulins. Les deux génisses de l'année ont été amputées sur une oreille, comme le veut la croyance, car l'année étant bissexte, c'est le gage de leur survie.

M. Desmoulins nous dévoile avec satisfaction sa nouvelle acquisition : un énorme pressoir à cidre, une des premières installations électriques de Normandie.

Après avoir souligné le prix considérable de cette machine, fournie par la maison Boulard à Rouen, il nous en détaille le fonctionnement :

— Un scientifique a démontré que les pommes devaient être pressées lentement pour bien rendre tout leur jus. Il s'agit donc d'exercer une tension constante grâce à un piston hydraulique. Sur le côté, les pommes sont transportées jusqu'à une râpe un peu surélevée ; un conduit ramène la pulpe jusqu'à la presse tournante. Le jus s'écoule de manière régulière dans des futailles en contrebas, l'ensemble étant alimenté par un simple moteur.

Devant nos regards ébahis, il reprend avec une certaine jubilation :

— Cette machine permettra un meilleur rendement et une économie de main-d'œuvre. Les moteurs sont une invention révolutionnaire et, pour l'instant, seules cinq cidreries en sont équipées en Seine-Inférieure.

Propriétaire d'immenses vergers, M. Desmoulins produira désormais de grandes quantités de cidre qu'il vendra dans tout le pays de Bray. Pour la mise en route de la machine, il a convié son neveu Baptiste, ancien ouvrier d'une usine de Fécamp.

Ce beau jeune homme de vingt-cinq ans, grand, brun et robuste, possède des traits remarquables, une peau lisse et sans défaut, des lèvres épaisses et bien ourlées au-dessus desquelles se dessine une fine moustache. Je n'ai jamais vu d'yeux aussi bleus. Il ne fait aucun doute qu'il sera vite entouré d'une nuée de jeunes filles. Je jette un bref regard à l'assemblée féminine pour savoir quel effet il produit et je surprends les yeux de Suzanne, qui l'examine avec méfiance, comme s'il s'agissait d'un drôle d'insecte.

Emberniqué par tant de curiosité, Baptiste concède affablement aux demandes des invités. Je découvre ainsi qu'il réside en bord de mer à Étretat.

Il nous dépeint la côte escarpée, les falaises de craie, dont le sommet est accessible à pied, leur arche creusée par l'érosion, et le vent qui décuple parfois les vagues. L'existence intrépide des pêcheurs, naviguant de longs mois jusqu'aux îles de Terre-Neuve, suscite son admiration. En un instant, il nous projette dans de lointaines contrées que nous ne visiterons sans doute jamais. Sa courtoisie naturelle dénote une certaine éducation.

Difficile pourtant d'appréhender sa personnalité. Tantôt exalté, tantôt ailleurs, son regard laisserait supposer une politesse feinte. À moins que ces absences ne révèlent un tempérament de rêveur.

M. Desmoulins promet de nous inviter pour une démonstration cet automne. Son neveu restera dans la région pour aider les ouvriers agricoles, puis il récoltera les pommes et les pressera.

À table, le menu comporte de la soupe, du bœuf bouilli, du poulet au blanc avec des pommes de terre et des haricots verts, le trou normand, le gigot, la salade, un beau plateau de fromages assortis – camembert, neufchâtel, fromage de foin, carrés frais Gervais de Ferrières-en-Bray – et la pièce montée.

Le tout est arrosé de cidre bouché et de vin.

Hector a chaud aux oreilles.

— Remets-la au mâle, petit, proclame-t-il à un de ses fils en lui tendant le chouquet vide.

Celui qui ne connaîtrait pas M. Desmoulins le définirait comme un homme rieur mais taciturne, avec sa grande moustache et ses yeux espiègles. Néanmoins, après quelques verres, il s'arme d'une voix retentissante pour raconter sans fin des histoires et rire à gorge déployée. La présence de Baptiste déchaîne son ardeur.

Elle lui ravive de somptueux souvenirs d'enfance chez des cousins d'Étretat, ses premières navigations et une régate réalisée avec les gosses du pays. Étant plus robuste que les enfants de son âge, ses coups de rame étaient plus puissants, si bien qu'il avait remporté la course.

Et il s'emporte, tout fier encore de la revivre. Joignant son geste au récit, il rame et rame encore !

Interpellé par le visage amusé de Baptiste, M. Desmoulins, lui ayant entouré les épaules, le secoue affectueusement et affirme :

— Ah ! je l'aime bien, ce petit !

Puis s'accomplit la tradition de la jarretière et de ses rubans rouges et blancs. Un jeune homme se faufile sous la table afin de les soustraire à la jeune épouse, les filles d'honneur les fractionnent et les vendent aux convives. Après coup, un des garçons d'honneur dérobe la jarretière de la mariée qu'il jette ensuite aux filles nubiles. Louise, Jeanne et Françoise se la partagent.

La mariée est ensuite délestée d'une de ses chaussures ; les enchères rapportées lui attribuent un verre de vin. Après le banquet, les hommes entament la bouteille de goutte, tandis que les femmes conversent sous les pommiers.

Les enfants s'en donnent à cœur joie tout l'après-midi, jouant à cli'-muchett et boni bona.

Les yeux bleus de Marcel suscitent l'admiration des invités, en particulier celle d'Alphonsine Desmoulins, passionnée par les bambins, qui le fait rire aux éclats.

Je lie connaissance avec les Varnier, parents du marié, des personnes charmantes. Baptiste se joint à notre conversation. Cultivé et amateur de lecture, il oriente le dialogue sur les écrivains normands.

— Dans ma région, nous confie-t-il, on ne jure que par un certain Guy de Maupassant, auteur de nouvelles.

— Ici, on évoque plutôt Flaubert, l'écrivain rouennais, décédé au mois de mai dernier, dis-je.

La conversation tourne vite court, les Varnier ne sachant lire ni l'un ni l'autre.

Je remercie ma mère de nous avoir permis de fréquenter les bancs de l'école.

Elle nous répète encore avec beaucoup de sagesse :

— Le plus pauvre des hommes, s'il a reçu l'instruction, est en réalité très riche.

Mes aînés savent lire et compter, mais Fernand n'a pas eu cette veine.

Puis nous nous rapprochons des hommes. Baptiste a apporté une chopine de bénédictine de Fécamp, une sorte de liqueur issue de la distillation de vingt-sept plantes.

— Ma sœur Eulalie est ouvrière à la maison d'Alexandre le Grand et elle appose les sceaux sur les cachets de cire ornant les bouteilles, nous confie Baptiste avec fierté.

Chacun admire sur le cachet la représentation de l'abbaye des moines bénédictins et du prieur.

L'essence des plantes confère au mélange une saveur unique et surprenante. Je n'ai jamais rien bu d'équivalent.

Chacun apprécie la dégustation, puis on dose le calvados.

Les tasses ont contenu le pousse-café, puis le rince-cochon et la partante. On entame à présent le retour.

« Faut pas partir sur une patte », prétendent les bons Normands.

Les hommes, qui marchent comme des quins qui s'en reviennent de vêpres, entreprennent de chiner Baptiste en le surnommant « le horsain ». Puis ils emplissent son verre dans le but de l'enivrer. Pas dupe, le jeune homme trinque, mais ne boit qu'à petites lampées.

Yolande m'accompagne dans sa chaumière afin que j'y couche Marcel pour la sieste.

J'entrevois de jolis meubles comme l'horloge de style Louis XV avec son cadran en faïence, son bouquet de roses et ses tourterelles.

Dans la chambre se dresse une armoire monumentale. La sculpture sur le volet représente deux colombes becquetant la même grappe de raisin avec une corbeille débordante de fleurs et de fruits. Ce meuble richement ouvragé provient de Bayeux et leur a été offert en cadeau de mariage. Quand Mme Desmoulins m'en ouvre les portes, je pousse un cri d'admiration. Les rayonnages sont pleins à craquer de linge finement brodé.

À notre retour, les musiciens se mettent à jouer et nous dansons. Quel bon moment !

Les hommes jouent aux cartes et rient fort. Ils tentent une danse, mais ils titubent, ce qui les contraint à se rasseoir.

Au dîner, on mange les restes du midi, auxquels on ajoute de la soupe aux légumes. Une fois qu'elle est avalée, M. Desmoulins et les autres hommes proclament en chœur :

— Encore une soupe que les Anglais n'auront pas !

Les femmes accompagnent Zélie à la chambre nuptiale. La jeune mariée doit refaire son lit qui est en portefeuille, ôter les orties qu'on y a déposées et décrocher les grelots du sommier.

Cette journée heureuse est pourtant assombrie par Fernand, qui fait un repas de viau.

À la honte que j'éprouve face à son ivresse au souper succède une colère sourde, contenue. Mon regard est sans doute empli de reproches puisqu'il m'affronte en public.

— Tu ne m'autorises jamais à boire, me sert-il en haussant le ton.

— Je ne t'interdis rien, d'autant que, d'ordinaire, tu ne t'embarrasses pas de mon avis, lui répliqué-je.

Demeurent dans mon esprit les paroles de Louise à ce sujet. Le regard des autres femmes m'indispose. Les hommes prennent parti pour Fernand :

— Rien ne va plus dans une maison lorsque la poule se met à chanter plus fort que le coq !

Bien entendu, aucune des femmes ne m'apporte son soutien. Le devoir d'une dame est d'encenser son mari et de le seconder en toutes circonstances. C'en est trop !

Je quitte la table pour aller déverser près du puits des larmes de rage.

Seul Baptiste vient me consoler :

— Le fait est connu : un homme qui boit n'a plus de raisonnement.

Réconfortée par ces attentions, je rejoins les convives, tandis qu'il part à l'étable nourrir les bêtes. Mme Desmoulins m'observe avec compassion, mais les hommes ne détournent même pas le regard.

La conversation a repris sur le cours du blé ; Fernand reste silencieux. Nous rentrons au lever du jour, abandonnant à Louise et à Jeanne la joie de dénicher les mariés pour leur faire goûter la rôtie. Ernest les raccompagnera.

Ce midi, nous réitérons notre entrée chez Desmoulins pour le réchaud du mariage. D'après l'expression populaire, on mange la paille du lit de la bru.

Louise fréquente ostensiblement Ernest, ce qui amuse visiblement M. Desmoulins :

— Quel tempérament ! Elle me rappelle Tornade, mon premier cheval, qui avait cassé sa longe à force de tirer dessus et s'était enfui.

Ne sachant que répondre, je prends le parti d'en rire et conclus :

— J'ignore d'où elle tient ce caractère tumultueux. Pas de ses parents. Peut-être d'une vieille tante que j'ai connue enfant...

— Nul besoin de chercher aussi loin..., commente Hector.

Je rougis à l'évocation implicite de mon courroux de la veille.

— J'apprécie les caractères audacieux, reprend-il. Mon fils Ernest est plutôt fougueux, lui aussi. Entre eux, il va y avoir des étincelles !

Fernand conserve une attitude conflictuelle.

14 juin

Après de tels banquets, le menu d'aujourd'hui paraît frugal. La bouillie du repas contient uniquement du lait, de la farine et des croûtes de pain, ce qui n'empêche pas Yvonne et Marcel de lécher la cuillère. Je touille des œufs brayons, y incorpore de la crème fraîche et les cuits en bain-marie, parfumant le tout de ciboulette. Les herbes du jardin relèvent facilement un plat et j'en apprécie la saveur.

Ce soir, Fernand a encore bu la goutte, ce qui l'a rendu mauvais. Il n'a pas apprécié que je le remette à sa place au mariage. Je lui tiens tête et il me crie, irascible, en se levant de table :

— J'te vas fout' eun' calot'.

En voulant esquiver le coup, je me cogne le bras et la tête sur le coin de la cheminée.

Prise de rage, je ne contrôle plus mes gestes et me saisis du pic à feu :

— Essaie encore une fois et je te l'enfonce dans les côtes.

Fernand a un mouvement de recul et reste stupéfait devant ma détermination.

Yvonne se met à pleurer. Mon cœur bat la chamade. Il me faut un bon moment pour m'apaiser et pour la consoler.

Par chance, les autres, à l'extérieur, n'ont rien vu.

Je culpabilise aussitôt, me reprochant d'avoir confronté Yvonne à une telle violence.

Les images se figent dans leur petite tête et peuvent influencer – qui sait ? – leurs gestes futurs.

Je ne pouvais cependant pas laisser Fernand prendre le dessus. On dit qu'ils recommencent ensuite lorsqu'ils en ont pris l'habitude.

15 juin

J'écope d'un bleu sur l'épaule et d'une joue écarlate ce matin. Après avoir préparé la savourée pour le soir, je rapporte du marché d'Hodeng un pain de dix livres pour la semaine.

Suzanne, en confidente, m'assure :

— Ne te tracasse pas. Les hommes ont parfois des coups de sang, mais Fernand est un bon gars et il va se radoucir, n'aie crainte.

— Selon moi, il ne s'est jamais remis de la perte de notre cher Armand. J'entends encore la toux sifflante du petit qui le tenait éveillé jour et nuit. Tu me comprendras si j'affirme que, pour toute maman, assister, impuissante, à la souffrance de son enfant relève du calvaire. J'aurais tant aimé prendre sa place ! C'est depuis ce jour que Fernand a trouvé son réconfort dans la boisson. Trois ans déjà ! Et moi, dans tout ça ? Ma tristesse a été aussi immense que la sienne.

— Les hommes sont plus fragiles… en dépit des apparences, prétend ma sœur. Leur donner l'illusion qu'ils règnent en maîtres sur leur famille est préférable, principalement en société. Sous peine d'offenser son orgueil, essaie de ne pas le contredire, surtout lorsqu'il est ivre.

Mon mari puise son réconfort dans la bouteille, et moi, auprès de ma sœur aînée. Encore une fois, je sors de chez elle ragaillardie en prévoyant à l'avenir d'ignorer Fernand. Cela me sied plutôt bien. Le lit conjugal est froid depuis la naissance de Marcel, et j'espère bien ne pas retomber enceinte.

6

Au rythme des saisons

16 juin

Ce matin, il fait un froid de quin, à peine croyable pour un mois de juin. Forcée de rallumer le feu, j'ai peine à enflammer la bourrée, car le temps est encore humide. Décidément, quelle drôle d'année puisqu'en plus d'être bissexte elle comportera treize lunes ! Le présage d'un soleil peu présent et d'une pénurie de fruits sur les arbres. Sur le cagniard, je prépare la soupe avec des morceaux de lard et des pommes de terre. Demain, Fernand, Alfred et les filles l'emporteront aux champs ; en fin de matinée, après l'école, Gaston les rejoindra. Il n'y a jamais trop de bras pour les foins.

17 juin

Le temps est heureusement plus clément aujourd'hui pour le premier jour de fenaison.

Fernand, vêtu de sa blaude, accroche à sa ceinture sa pierre à aiguiser et sa corne de bovin, dans laquelle il versera de l'eau vinaigrée.

M. Desmoulins m'a assuré :

— Alfred est costaud pour son âge. Il peut apprendre à faucher de petites parcelles.

Après la traite des vaches et la cuisine du repas du midi, Louise et Jeanne participent aux travaux des champs avec les autres enfants de la ferme.

Travaillant souvent en couple, les ouvriers ont débuté leur journée dès l'aurore. Les hommes fauchent, et les femmes, avec leur fourche et des râteaux, retournent les andains qu'ils ont laissés derrière eux. Quand les meules sont formées, liées et chargées sur le chariot, Alfred, accompagné du fermier, conduit les chevaux pour les ramener à la ferme. Cela l'amuse beaucoup.

J'allais, moi aussi, aider à la ferme avant la naissance d'Yvonne. J'œuvrais derrière Fernand, la fierté de M. Desmoulins, tant par son courage que par sa rapidité. Lorsque Yolande apportait le panier de victuailles contenant le fromage, le bout de lard et la bouteille de vin pour la collation de dix heures, mon Fernand avait déjà fauché son arpent de prairie.

Je reprendrai le chemin de la ferme l'an prochain. Yvonne fréquentera les bancs de l'école en octobre pour ses cinq ans ; Marcel demeurera chez Marguerite, la nourrice.

En attendant, chaque été, je garde les jumeaux Doucet, car leurs parents s'emploient eux aussi au fauchage.

Âgés de cinq ans, Paul et Léon me mènent la vie un peu dure. Comme le souligne si souvent la voisine :

— Y font un boucan d'tous les diables !

Ils m'accompagnent avec Yvonne pendant que je trais nos vaches Elma et Cassandre, puis, avec des roseaux, je leur fabrique de grandes pailles afin qu'ils boivent le lait tiède à même la canne. De vrais petits veaux.

Puis nous donnons du grain aux poules et ils cherchent les œufs.

En cours d'après-midi, le ramoneur sillonne le village avec un jeune garçon fluet surnommé Flipou, qui apprend son métier. Pour cinquante centimes, ils nettoient notre cheminée. Les enfants sont ravis d'assister à l'enlevage de la suie, et je dois sans cesse les éloigner afin qu'ils ne finissent pas noirs comme des charbonniers.

Ils s'assoient enfin sagement sur la bancelle autour de la table en observant le spectacle. C'est la première fois que je les vois aussi dociles.

Aussi, lorsque passe le marchand de bonbons qui crie « À la gui, à la gui, à la guimauve ! », je leur offre pour un sou une belle torsade de guimauve rose et blanche.

Le soir, après avoir fauché de l'herbe pour les lapins, je repasse le linge des Doucet, car la lessivière est passée la semaine dernière. Cela me permet de me remplumer en cas de coup dur.

24 juin

Cet après-midi, comme chaque année à la Saint-Jean, je participe à la cueillette des « simples », ces plantes médicinales que l'on retrouve dans les herbages du village. Marcel demeure chez ma mère pendant qu'Yvonne et Blanche m'accompagnent. Blanche a gagné en assurance au contact de ma fille, et Jeanine prévoit de la faire entrer à l'école à la rentrée prochaine en même temps qu'Yvonne. Nous rejoignons Suzanne, Bertille et Hortense.

Une cohue inhabituelle d'ouvriers afflue vers les fermes du village pour la deuxième louée de l'année. À pied ou en carriole, des ouvriers en casquette, des bergers, leur chien tenu en laisse, des charretiers, le fouet sur l'épaule, des servantes, un bouquet épinglé au corsage, des batteux, sac sur le dos ou des faucheux, des épis de blé à la boutonnière, se dirigent d'un pas vigoureux vers le centre du village. Dès l'aube dans les fermes, le rituel impose au patron de réunir ses ouvriers autour de la table commune. Portefeuille à la main, il leur règle leur terme passé. Ceux qui espèrent trouver mieux ailleurs le revendiquent et on discute affaires. L'après-midi, le fermier en chapeau accueille la main-d'œuvre supplémentaire en vue des moissons à venir. En passant devant la ferme des Desmoulins, on peut entendre aux éclats de voix que les salaires se négocient sec.

Cependant, aucun ouvrier de M. Desmoulins n'irait se vendre ailleurs, le patron étant généreux et compréhensif du moment qu'on met du cœur à l'ouvrage.

Chemin faisant, nous avançons dans un rayon de soleil vers les prairies de Mésangueville. Une légère brise agite la frondaison des arbres.

À notre approche, deux perdrix s'envolent dans des gloussements sonores.

En chemin, avec Suzanne, je m'arrête fréquemment pour cueillir des fleurs de sureau, réputées guérir les maux des yeux et celles des tilleuls pour leur vertu apaisante. Les filles portent un grand intérêt à la découverte de ces fleurs, même si Yvonne trépigne d'être trop petite pour les atteindre. Heureusement, la cueillette des fleurs des prés est à sa portée. Nous mettons à contribution nos trois filles afin qu'elles découvrent la valériane apaisante, la camomille et la reine-des-prés, laquelle luttera contre la fièvre. Yvonne s'en donne à cœur joie, gambadant derrière les grandes dans les herbes fleuries, découvrant une valériane et s'écriant :

— J'en ai trouvé une toute seule !

Suzanne et moi, nous rions de bon cœur de la voir disparaître dans des herbes aussi hautes qu'elle et réapparaître un peu plus loin.

Infatigable, mon Yvonne ! Moi qui craignais que la marche ne soit trop fatigante pour ses petites jambes. Eh bien, non, elle marche ravie et sans coinquer à l'aller comme au retour.

Il faudra patienter jusqu'en août pour cueillir les lys qui, macérés dans de l'eau-de-vie et appliqués ensuite sur la peau, soigneront les blessures et les infections.

À la tombée de la nuit est allumé le feu de la Saint-Jean. C'est l'occasion pour les jeunes du village de mesurer leurs forces dans des combats et de prouver leur courage dans des jeux singuliers. La prouesse de sauter par-dessus le feu est un classique qui suscite toujours l'admiration des jeunes filles. Jeanne est élue reine des jeunes filles du village, et on donne un bal devant le café de Max.

27 juin

C'est la communion de Gaston. Il porte son costume du dimanche, celui qui appartenait à Alfred et que j'ai dû retoucher pour la circonstance. Un nœud de satin blanc orne la poche de son veston. Consciencieux, il a appris par cœur son catéchisme. Il faut dire que c'est un enfant attentif avec une bonne mémoire. La procession a lieu depuis le presbytère jusqu'à l'église.

Malheureusement, le temps s'est graissé, et il se met à pleuvoir à seaux, obligeant les communiants à accélérer le pas.

Notre église est joliment fleurie pour l'occasion. Ma sœur Suzanne et Justine Bourgeaux ont fixé des roses au bout de chaque banc et déposé sur l'autel deux énormes bouquets de fleurs de lin et de marguerites. L'abbé Dubreuil et les clergeots ont fière allure dans un tel décor. Seize enfants au total font leur communion, dix filles et six garçons.

Les filles portent des robes blanches toutes plus ravissantes les unes que les autres, et les garçons ont enrubanné leur cierge d'un nœud de soie.

La famille Bucaille offre le pain bénit.

— Quelle jolie cérémonie ! se réjouit Suzanne au sortir de l'office.

À l'église, les Le Roy et les Desmoulins sont présents à leurs places attitrées. Nous les saluons après l'office.

Baptiste suscite l'admiration des jeunes filles qui lui lancent des œillades charmeuses.

Fait étonnant, la porte de l'église étant demeurée ouverte, un chat y pénètre. Il n'est pas noir, fort heureusement. Il n'empêche que l'abbé Dubreuil, surpris par sa présence, fait tomber à terre l'hostie qu'il tendait à Suzanne. Il lui en redonne une autre aussitôt, puis ramasse l'hostie souillée afin de la manger lui-même.

Ce geste surprend tellement les enfants qu'ils m'en reparlent tout le long du chemin.

Nous recevons chez nous la famille proche. Suzanne et Léon, le mari de Denise, sont respectivement la marraine et le parrain de Gaston. Jeanine, comme promis, est de la fête.

À la maison, je place le cierge dans la fouinette de la cheminée. L'hiver, j'y emmagasine les braises afin de rallumer le feu plus facilement.

***

27 mai 2007

Abandonnant un instant la lecture du journal, Lise observa l'emplacement décrit par son héroïne.

Elle s'était toujours imaginé que cette petite niche abritait autrefois une statue de Sainte Vierge. Satisfaite d'avoir obtenu sa réponse, elle reprit en souriant le fil du récit.

***

27 juin 1880

J'ai dressé une jolie table avec la vaisselle en faïence décorée d'œillets roses, les moques pour le cidre et les couverts en étain hérités de ma grand-mère Henriette. Avec la nappe et les serviettes que j'ai brodées cet hiver, le chemin de table réalisé avec des épis de blé, d'escourgeons, des bleuets, des coquelicots et des fleurs de lin, il me tarde de recevoir mes invités. Nous déjeunons d'un civet de lapin et de pieds-de-mouton que j'ai dénichés au marché. Je mitonne ces champignons à feu doux dans une casserole afin qu'ils restent tendres et j'y incorpore le cidre et la crème en fin de cuisson. En accompagnement, je sers des carottes, des pommes de terre nouvelles et plusieurs choux blancs du jardin. Pour finir, je présente du neufchâtel, du camembert de Bray et des brioches de Gournay.

Les conversations s'animent, et un brouhaha emplit bientôt la pièce, chacun haussant le ton pour mieux se faire entendre.

Seule ma sœur Denise, en retrait, assise à l'avant de sa chaise, paraît absente. Contraste saisissant avec Louis à sa droite, dont la voix survole l'assemblée.

Faussement débonnaire, il s'embrase facilement sur les sujets qui le passionnent. Ainsi, la protection de la nature et des animaux demeure un sujet sensible. Bûcheron de métier, il n'aurait pas coupé un arbre entre avril et octobre avant que la sève ne soit retombée. Néanmoins, le sujet qui lui tient le plus à cœur est celui de la chasse et, en particulier celui de la chasse à courre qu'il désavoue.

Dans sa jeunesse, il a travaillé comme casseur de bois à la verrerie du Landel à Bézancourt. Autant le travail des souffleurs de verre suscitait son admiration, autant il réprouvait leurs distractions. Ces nobles, après des journées entières devant la chaleur des fours, n'aspiraient en effet qu'au grand air, ce qui est bien légitime. Or, ils chassaient les cerfs et les chevreuils dans des courses effrénées jusqu'à l'épuisement de l'animal. Cela révulsait Louis, fervent défenseur d'une chasse « propre » ayant pour but de réguler les espèces.

Afin de calmer la ferveur de son mari, Suzanne oriente la conversation sur la ferme des Desmoulins et en particulier sur le nouveau venu qu'elle dénomme « le horsain », affirmant avec véhémence :

— Les étrangers sont des oiseaux de mauvais augure. Heureusement que je n'ai pas de fille à marier, car je la surveillerais de près. De toute façon, on ignore tout de lui !

Je trouverais Suzanne assez injuste si j'ignorais ce à quoi elle faisait référence.

Heureusement, Fernand prend la défense de Louis :

— C'est un bon travailleur, mais il a toujours trente-six quins à tuer ; alors, il se fait souvent chahuter. Cet été, il sera assigné au travail de berger jusqu'à l'automne.

Léonce, le mari de Denise, parle des affaires de la forge, qui marchent bon an mal an, sans plus.

Après la pluie du matin, le ciel se crève d'une ouverture bleutée, propice à la promenade.

Les sansonnets s'en donnent à cœur joie dans le cerisier, et Louis s'empresse de les pourchasser, bientôt imité par tous les enfants. Afin de les amuser, il leur imite le vol stationnaire d'un émouchet. Tout ce petit monde a grand besoin de se défouler.

Nos pas nous mènent vers la forêt toute proche. Les hommes nous accompagnent et les enfants nous précèdent en se poursuivant à coups de tignons. Mes aînées poussent le landau de Marcel à tour de rôle. Yvonne et Blanche se joignent à elles. Blanche semble admirative devant Jeanne, comme s'il s'agissait de sa grande sœur.

Jeanine est rassurée : la petite prend peu à peu sa place parmi nous. C'est ainsi que, grimpant la côte de Beauvoir, notre joyeux groupe atteint cette belle hêtraie que Gaston nomme la « forêt cathédrale », illustrant la hauteur des arbres. L'excursion offre de beaux points de vue sur les vallons et sur les minuscules herbages enclavés ; elle nous entraîne vers des arbres remarquables, hêtres à patte d'éléphant ou hêtres centenaires, jusqu'à une jolie mare tapissée de minuscules feuilles vertes. Les cadets jouent à la petite hirondelle, tandis que les filles réalisent de beaux bouquets avec les iris d'eau.

Tout à la joie d'observer le jeu des enfants et de profiter du grand air, Denise se déride enfin.

Son premier fils, Hugo, qui a tout juste dix ans, s'entend à merveille avec Alfred, qui lui apprend à reconnaître le chant des oiseaux et à distinguer à leur écorce les hêtres des frênes. Maîtrisant la forêt comme sa poche, il sait repérer la forme du croissant de lune propice à la pousse des champignons. En amateur averti, il possède ses « planques », débusquant les cèpes dans des recoins ignorés des sabotiers eux-mêmes, et les morilles sur les talus bordés de frênes. Jeanine, ravie du déroulement de la journée, évoque ses enfants plus âgés et placés en ferme à Beauvoir.

Quant à Étienne et Robert, les fils de Suzanne, ils sont employés eux aussi chez M. Desmoulins.

Le sujet passe des moissons aux projets de fin d'année.

Habituellement, Suzanne et moi, nous nous rendons à Rouen à l'occasion de la foire Saint-Romain afin de visiter nos deux frères, tenanciers d'un café.

Nous en profitons pour faire le marché, ramener du fromage et du linge.

Bien décidée à me rapprocher de Denise, je lui propose de nous accompagner, mais elle refuse comme à l'accoutumée.

Fernand a encore bu plus que de raison, mais il semble mieux endurer le vin que la goutte. Il n'empêche, j'ai de plus en plus de peine à supporter ses grognements, ses raclements de gorge, sa présence même. Tout m'exaspère.

J'en viens à préférer qu'il parte à la ferme et me laisse seule avec les enfants.

Je pense à Lucie, si seule lors des absences d'Augustin. Elle semble avoir organisé sa vie de manière à ne pas en souffrir. Je prends la résolution de vivre davantage pour moi en ignorant totalement l'existence de Fernand.

28 juin

Je cuis ce midi du chou-fleur avec des pommes de terre. Il s'accommode parfaitement avec le talon de jambon que j'ai taillé en petits dés.

Comme il restait un morceau de brioche de la communion, je prépare des croûtes normandes. Je sucre et je beurre chaque morceau, que je trempe ensuite dans l'œuf. Il ne me reste plus qu'à les dorer à la poêle. Un vrai régal pour Fernand et les enfants, qui s'en lèchent les babines.

Puis, je descends faire une visite à Jeanine, qui m'attend avec frénésie avec l'exemplaire de *L'Ébauche brayonne*.

Chaque mois, un village est à l'honneur, quelques lignes lui sont consacrées, et l'église y est représentée. Les caricatures de personnages publics y sont croquées avec délice, et des commentaires humoristiques leur sont attribués. Hodeng-Hodenger a été choisi pour cette édition.

D'après Albert Bergouignan, *Hodeng* signifie « maison sur la hauteur », et ce village a fusionné avec Hodenger, qui possédait lui aussi sa maison d'en haut.

Aujourd'hui, difficile de localiser ces habitations. Du passé ne subsiste que l'église du seizième siècle et le cimetière.

Albert a représenté avec brio l'église avec son haut clocher, l'ébauche de quelques croix du cimetière, et on y aperçoit la cheminée fumante du Veau-qui-tète.

Plus loin dans l'article, il a esquissé un champ de blé à côté duquel reposent des gerbes enrubannées et un panier garni de provisions, signe éminent de la proche moisson.

12 juillet

Les enfants partent tôt ce matin, bien avant le lever du soleil. Les filles prêteront main-forte à Yolande dans l'élaboration du repas des ouvriers. Voisines et parentes les rejoindront tour à tour. Il s'agit surtout d'éplucher les carottes, les navets et les pommes de terre, une dinde et des lapins ayant été sacrifiés en vue de ce repas.

Yolande a le don de préparer cette viande en la faisant revenir avec des oignons et en l'arrosant de cidre. Le lapin, souvent considéré comme un mets de pauvre, devient alors un plat digne d'une auberge normande.

Alors que les enfants Doucet jouent sous les pommiers avec Yvonne, la marchande ambulante passe en voiture à cheval en agitant sa cloche et en criant :

— Commerce de peaux, ferrailles, métaux, ho !

Les enfants, excités, se mettent à galoper derrière elle en reprenant son refrain, m'infligeant une course effrénée pour les rattraper.

Puis intervient Roustache, avec son tambour et sa grosse voix :

— Avis à la population ! Par décision du gouvernement Jules Grévy, les communards déportés en Nouvelle-Calédonie sont amnistiés et pourront rejoindre le territoire français.

Gaston me questionne au retour de l'école, car le sujet d'histoire du lendemain portera sur le mouvement communard.

Je dois faire appel à ma mémoire :

— À Paris, juste après l'invasion des Prussiens, les habitants sortaient d'une misère noire et on leur ordonna de payer les dettes et les loyers dont ils avaient été exemptés lors de l'occupation. En outre, Adolphe Thiers, chef du gouvernement de l'époque, déserta Paris avec l'Assemblée pour s'installer à Versailles, ce qui acheva d'échauffer le peuple. D'autant plus que les Prussiens, toujours présents, avaient accès librement à la capitale. Les ouvriers, qui n'avaient pas été désarmés, se révoltèrent contre Thiers et furent réprimés.

— Mais pourquoi les appelle-t-on « communards » ? s'intéresse Gaston.

— Ils ont eux-mêmes nommé leur mouvement, « Commune de Paris », en opposition avec les Versaillais, et ont adopté le drapeau rouge. Révolutionnaires dans l'âme, ils prétendaient combattre pour toute la France. Par répression, des centaines de communards furent fusillés et certains furent déportés en Nouvelle-Calédonie. On parla beaucoup de cette femme si courageuse, Louise Michel, déportée elle aussi. Elle va enfin pouvoir rejoindre les siens.

Gaston est ravi d'avoir découvert une tranche d'histoire. Curieux et attentif, il suscite toujours l'admiration de M. Renard.

7

Baptiste

14 juillet

Pour la première fois, le 14 juillet est accordé comme fête nationale. C'est l'opportunité pour les villages d'Hodeng et de Beauvoir de se regrouper autour du bal. Ma mère accepte de garder Marcel.

Les habitants sont accueillis par le prêchi-prêcha de Fontaine, le maire, auquel succède le discours élaboré d'Augustin Le Roy. Avec prestance, Augustin remercie le gouvernement pour cette journée exceptionnelle et, à titre personnel, il nous gratifie d'un feu d'artifice innovant, « comme à Paris ». Mathilde a l'autorisation d'y assister, mais pas celle de rester pour le bal. Augustin n'a qu'une parole.

En outre, dès le mois prochain, elle entrera en pension à l'École de pharmacie de Paris.

Le café de Max est réquisitionné, les tables et les bancs, extraits pour être disposés sur la place en forme de « U », délimitant un espace pour la danse. Un accordéoniste d'Argueil entonne des chansons entraînantes.

Le maire semble ravi d'accorder un jour de repos et de fête à ses habitants. Augustin et Lucie demeurent à ses côtés. Élyette, la bergère, se met à danser avec Baptiste, l'entraînant dans des valses endiablées, riant beaucoup et dévoilant ses jolies dents. Je me surprends à envier sa jeunesse, éprouvant presque de la jalousie pour le couple qu'ils forment, séduisant et épanoui. Danser m'aiderait à chasser ces mauvaises ondes ; aussi, j'invite Jeanine à valser. Petit Louis m'entraîne ensuite dans un paso-doble.

Au moment où nous frôlons le couple Baptiste-Élyette, Baptiste me sourit sous le regard étonné de sa partenaire. Fernand ne manque évidemment pas les tournées de Max au Veau-qui-tète.

Les grandes profitent de la fin du bal, et je raccompagne les trois autres presque à regret. Comme j'aimerais avoir encore leur âge !

Chemin faisant, je me signe en apercevant une étoile filante et récite un pater.

Quelques vauriens du village ont effrayé Yvonne en lui campant les dames blanches, sortes de fantômes qui hantent les bois et les plaines la nuit. C'est pire que le père Lapouque, qui ne l'angoisse plus. Elle est si terrorisée qu'elle hurle dès qu'elle entend la chouette, et je dois la faire dormir à mes côtés.

15 juillet

Ce matin, l'annonce de Roustache, tambour battant, attire les foudres des villageois.

— Avis à la population ! Par décision du gouvernement Jules Grévy du 12 juillet, le dimanche pourra être travaillé comme tout autre jour. L'employeur sera libre d'accorder ou non un jour de repos et de fixer ce jour.

Une grogne générale assombrit tout le village.

— Ils nous ont offert le 14 juillet pour mieux nous endormir ! crie Thérèse Lanfroy.

— Chance pour celui qui a un riche patron, car il aura son dimanche, fulmine Roberte Deslongchamps.

— On ne devrait pas l'accepter et refuser de travailler. S'il y avait une grève générale, le gouvernement serait bien obligé de revoir sa loi, poursuit Grandcerf.

— Quand on voit comment le gouvernement met fin à l'opposition du peuple, cela n'incite pas à brandir le drapeau rouge, se résigne Billecoq sous les sifflements des habitants.

— Il ne faut pas baisser les bras pour autant, reprend Thérèse Lanfroy, sinon que vont-ils nous obliger à accepter après ?

— Billecoq a raison, se risque Roustache. Aux patrons de voir ce qu'ils vont accorder à leurs ouvriers.

Il se fait huer, car nul n'ignore que son employeur, riche propriétaire de la briqueterie du Chemin vert, accorde de bonne grâce les jours de congé.

L'affaire tourne mal. Roustache devient rouge de colère et manque d'en ravaler ses moustaches.

Fontaine, le maire, intervient et somme les habitants de rejoindre leur ferme et d'en discuter avec leur patron.

21 juillet

Le long chariot des Desmoulins est passé tôt ce matin afin d'embarquer à son bord les enfants et Fernand en vue de la moisson.

Levée avant l'aurore, je trais les vaches et prépare le repas du midi, frugal, puisque mes moissonneurs ne viendront pas manger, le plusai étant offert par le patron.

S'ensuit le ballet incessant des chariots menant les ouvriers vers les champs et revenant emplis des gerbes liées.

Ces va-et-vient dureront plusieurs semaines, déposant à la maison mes enfants harassés par les travaux pénibles et le manque de sommeil. Gaston est aussi de la partie. Il n'y a jamais assez de bras pour les moissons. Quant à moi, j'y retournerai l'an prochain. Yvonne effectuant sa rentrée en octobre, je confierai Marcel à la nourrice qui se chargera aussi de garder les enfants Doucet.

28 juillet

Nous sommes conviés chez les Le Roy afin de fêter le départ de Mathilde pour l'École de pharmacie de Paris. Jeanne a le cœur lourd de devoir quitter son amie d'enfance pour une durée beaucoup trop longue.

Mais, en réalité, les enfants et Fernand sont surtout courbatus par une semaine de rudes moissons. Il est entendu que nous ne resterons pas tard.

Pour l'occasion, Lucie nous a préparé un gâteau Napoléon, vraiment délicieux.

Plusieurs couches de pâte le composent, entre lesquelles se glisse une belle épaisseur de crème. Vraiment très réussi !

M. Le Roy annonce qu'il restera lui aussi plusieurs semaines à Paris en août pour son travail et afin de pouvoir installer Mathilde correctement.

Lucie se retrouverait donc seule pour une longue période, car elle refuse de se rendre à la capitale avec son mari.

— Quel ennui ! assure-t-elle. Et que ferai-je lorsque tu partiras pour d'interminables journées en réunion ? Si encore j'avais une amie avec moi ! Dommage que Célestine ne soit pas disponible.

— Je refuse de te laisser seule ici, réfutait Augustin. On ne sait jamais ce qui peut arriver.

— Ne t'inquiète pas. J'irai visiter ma sœur à Beauvais. Elle sera ravie de m'accueillir. Célestine, puis-je vous demander de jeter un œil chez nous lorsque vous passerez devant la maison ? Histoire de vous assurer que tout va bien.

Bien entendu, j'acquiesce, ravie de pouvoir me rendre utile.

6 août

Les moissons sont terminées. Avec elles disparaissent les besognes interminables dans des chemises trempées de sueur.

Les ouvriers ont lié la dernière gerbe avec des rubans pour l'offrir à M. Desmoulins, et Yolande reçoit quant à elle une glane tout embaumée de fleurs.

Les chariots passent pleins à craquer des dernières gerbes de blé, transportant les ouvriers qui chantent à tue-tête, sous le regard amusé des passants. Certains sont munis de cornes de terre qu'ils font sonner comme une longue plainte, puis ils entonnent de longs chants tristes signifiant que la séparation est proche.

Sur le dernier chariot, signe évident de la dernière récolte, le mai de moisson. Il s'agit d'un grand arbuste, décoré de rubans et placé à l'arrière du dernier chariot, sur lequel on a pendu un coq vivant par les pattes. À ses côtés sont disposés un bouquet et une fourche. Le dernier épi est offert à l'abbé Dubreuil.

Les hommes sont harassés. Heureusement que M. Desmoulins offrait de bonnes collations et du jambinet afin qu'ils tiennent le coup.

Les épis de blé ayant été coupés à la faucille, puis glanés, les chaumes restés sur place serviront à garnir les toitures ; les tiges de seigle seront utilisées comme lien pour les andains de foin de l'an prochain.

Le battage se fera au fléau durant quelques mois par les ouvriers de la ferme.

Pour la plus grande joie de ses employés, M. Desmoulins, satisfait de sa récolte, annonce d'une voix forte et enjouée qu'il ne touchera pas au sacro-saint dimanche.

La ripaille est offerte aux ouvriers avant leur retour comme une récompense pour les travaux passés.

M. Desmoulins préside toujours en bout de table. Les fils sont assis au milieu des ouvriers sans distinction de rang, tandis que Yolande, sa mère et ses filles s'affairent en cuisine et au service de table.

Ce repas se compose d'une soupe grasse, de cochonnailles, d'un civet de lapin, d'un poulet rôti et du pot-au-feu. On termine par les fromages et une brioche, et le vin coule à flots.

7 août

C'est la fête des moissons.

Ce matin a lieu la messe de grâces. Les filles sont vêtues de blanc.

La nef en forme de berceau est parée de multiples tresses de paille. Rivalisant de beauté, les bouquets de moisson de chaque ferme décorent l'autel. À la sortie de l'église ont lieu les jeux traditionnels.

Nous sommes conviés à la ferme pour manger et danser. Mes filles, parées de leurs plus belles robes, ont arrangé leurs cheveux avec de jolis nœuds. Louise toupine depuis le matin. Toujours amourachée d'Ernest Desmoulins, elle bavache avec Jeanne, laquelle espère rencontrer un des ouvriers agricoles embauchés pour la saison. Peu lui importe qu'il soit originaire de la région. Nulle n'a de vue sur Baptiste, trop mystérieux à leur goût.

Durant tout l'après-midi, Alfred et Gaston pourchassent les filles de la ferme avec des grenouilles et des orvets. Yvonne aimerait courir derrière eux, mais, éconduite par les plus grands, elle revient vers moi en pleurant. M. Desmoulins titille Louise en la surnommant « la tornade », par analogie avec son ancien cheval. Hector éprouve ainsi ludiquement son caractère. Louise a fort heureusement le sens de l'humour et, pas fâchée pour deux sous, rit de la plaisanterie. Marcel s'amuse avec un jouet fabriqué par un ouvrier. L'objet en forme de cheval a été confectionné avec un bouchon en liège et des bâtonnets. À la nuit tombante, je vais coucher Marcel dans la chaumière.

Parmi les enfants, les plus grands se sont entendus pour aller écouter le chant des grenouilles à la mare écallée du village. Parmi eux, Paul-Alfred et Gaston suivent les enfants Desmoulins, tandis que mes deux aînées préfèrent rester en compagnie des adultes.

Un des avantages de voir grandir ses enfants, c'est de pouvoir leur faire confiance.

Ainsi, quand ils s'en reviennent, l'un d'eux trempé jusqu'au cou, je sais immédiatement que mes petits n'y sont pour rien.

Pendant leur absence, les fermiers ont allumé un grand feu au milieu de la cour. L'un des jeunes hommes interprète alors un air entraînant sur son harmonica. Nous dansons la farandole autour du feu. Fernand nous abandonne assez vite pour aller jouer aux cartes avec M. Desmoulins, Edgard et Adrien, deux saisonniers. Il fait preuve d'une exceptionnelle sobriété. Surgit ensuite le joueur de vielle, chargé de faire danser les paysans. Des cris de joie saluent son arrivée.

Les ouvriers sont tous présents, les aoûteux mais également les batteux. Les mains des batteux sont noires à force de battre le grain à longueur d'année. Ils ne les lavent d'ailleurs jamais afin qu'elles puissent mieux résister aux piqûres des chardons.

Allègrement, ils débauchent les jeunes filles pour un paso-doble. Spontanément, je danse avec Baptiste. Il me fixe intensément en me frôlant la hanche. Fascinée, j'observe ses yeux bleus, dans lesquels scintillent des éclats d'or. Le bord de la pupille est ourlé de vert. Baptiste me sourit, visiblement flatté par l'attention que je lui porte. D'abord gênée qu'il puisse lire dans mes pensées, je suis toute retournée lorsqu'il me saisit par la taille. A-t-il pressenti mon trouble ?

Je révoque aussitôt cette pensée. Le mariage et la maternité tempèrent les ardeurs des femmes. Je revis probablement mes émois de jeune fille lors des premières fêtes de la moisson. Suscitant chez les hommes beaucoup d'intérêt, je ressentais moi-même en leur présence une vive excitation. Prétextant aller jeter un œil sur le sommeil de Marcel, je quitte le cercle des danseurs. Tandis que je contourne le verger pour rejoindre la chaumière, mes yeux s'habituent sans peine à la pénombre, la pleine lune donnant une clarté suffisante pour éclairer mon chemin.

Lorsqu'enfin je parviens à l'entrée et m'apprête à refermer la porte, je perçois des pas derrière moi.

Sous le clair de lune se dessine la silhouette de Baptiste. Sans un mot, il me saisit par la taille et m'embrasse délicatement, puis de plus en plus fougueusement. L'idée de le repousser ne m'effleure pas une seconde. Sa beauté m'ensorcelle, et la sensation de ce corps robuste contre le mien m'inonde de bonheur. Je me laisse aller au plaisir de l'instant en toute légèreté.

8 août

Les glanes des moissons récupérées chez Desmoulins s'en vont rejoindre dans le coffre les miettes du gâteau des Rois. Espérons qu'ils portent chance à notre famille, car l'année bissexte est loin d'être close.

Pendant l'office de ce matin, je remarque Baptiste assis sur le banc des hommes. Tandis que je me penche pour ramasser le poupon de Marcel, nos regards se croisent. Le sien, volontairement insistant, trahit son désir de me revoir. J'en suis très émue. Est-il possible, à mon âge, de vibrer pour un si jeune homme ?

Perdue dans mes pensées, je remarque à peine la présence de Rolande à côté de moi. Le soleil brille au-dehors. La promesse d'une journée radieuse que Rolande ne manque pas d'illustrer.

— *Le mois d'août est toujours chaud, quand le premier de l'an est beau.*

— Encore faut-il se souvenir du temps du jour de l'An, dis-je.

— Je note chaque jour le temps qu'il fait. C'est devenu une habitude.

Décidément, Rolande est la spécialiste du village en matière de saisons.

15 août

En l'honneur de l'Assomption, la fanfare du village s'est déplacée jusqu'à l'église. Alors que les trompettes échauffent nos oreilles, les tambours et la grosse caisse font vibrer les murs et trembler nos corps jusqu'aux entrailles. Yvonne se bouche les oreilles, et Marcel se met à pleurer. Je l'emmène dehors jusqu'à la fin des vêpres.

Lucien Renard, l'instituteur, sort le premier. Gaston l'appelle maître Renard et ajoute parfois « par l'odeur, alléché ». Depuis les dernières lois sur l'enseignement visant à exclure les ecclésiastiques de l'enseignement, il est déconseillé aux instituteurs de se montrer à l'église sous peine de voir leur avenir compromis. Aussi, M. Renard ne s'y rend que pour les grandes célébrations et ne s'y attarde que rarement. Il fait pourtant une exception, car il est désireux de m'entretenir sur un sujet sérieux.

Après m'avoir saluée courtoisement, il caresse la joue d'un Marcel souriant, toute peur envolée. Selon M. Renard, Gaston ne devrait pas quitter l'école pour aller travailler à la ferme. Comme tous les enfants de son âge, mon fils doit s'absenter régulièrement en raison des travaux des champs, du sarclage du lin ou des betteraves. Or, il est vraiment doué, m'assure l'instituteur qui le trouve assez curieux, et il aurait les capacités pour obtenir des diplômes et devenir instituteur.

À ces mots, je ne peux réprimer ma joie : un de mes fils enseignant à l'école, quelle fierté !

Gaston nous ayant rejoint, le maître s'adresse directement à lui :

— Aimerais-tu devenir instituteur ? Tu me seconderais dans un premier temps, puis je te confierais la classe lors de mes tâches administratives à la mairie.

Heureux et flatté par ces remarques élogieuses, Gaston promet d'y réfléchir.

Sur cette joyeuse note, nous nous rendons à l'église afin de saluer la famille Desmoulins.

Ernest et Louise se tiennent en retrait à l'extérieur.

Baptiste nous salue, et je lui réponds poliment, sans affectation. Il s'arrange pour franchir le seuil de l'église à mes côtés, me frôler la main et y déposer un papier soigneusement plié. Je poursuis ma conversation avec Mme Desmoulins et le regarde s'éloigner tout guilleret.

De retour à la maison, je peux lire ceci : *Rendez-vous mercredi après-midi ici même à trois heures. Ton Baptiste.*

17 août

La ferme des Lanfroy se situe de l'autre côté de la route.

C'est ainsi qu'en gardant les petits Doucet et Yvonne, je ne peux qu'observer le va-et-vient des ouvriers transportant les sacs de grain jusqu'au grenier.

Ils avancent à la chaîne, suant et soufflant sous le poids des sacs de cent kilos qu'ils mènent par la petite échelle de bois au colombier et reçoivent bientôt la visite du patron, qui ouvre un sac, jauge le grain. En connaisseur, il le recueille dans le creux de sa main, l'éprouve avec l'ongle, puis laisse tomber la poignée de grains dans le sac. Il donne son avis visiblement satisfait au conducteur, et les deux hommes échangent pendant un long moment, observant le lent ballet des ouvriers. Le patron leur tend une bouteille située au pied de l'échelle, sans doute du vin que Thérèse Lanfroy aura coupé avec de l'eau. Les ouvriers s'accordent une pause. L'air visiblement satisfait, bombant le torse, M. Lanfroy disparaît.

Les ouvriers reprennent ensuite leurs efforts, à l'exception d'un seul d'entre eux qui se tient à l'écart. Et pour cause, on le dirait en train de conter fleurette à la seconde fille des Lanfroy. Accoudé au mur du colombier, il lui prend le bras de temps à autre. Les autres le sifflent et lui envoient des propos que je n'entends pas, faisant rire la jeune femme à gorge déployée. Alors que j'allais rentrer surgit Mme Lanfroy, d'un pas précipité et rouge de colère. Elle s'en vient rechercher sa fille. Elle lui prend le bras pour l'éloigner de l'ouvrier, auquel elle donne l'ordre de reprendre son travail.

Mme Lanfroy a fort à faire avec ses filles. D'abord Marie, qui devrait accoucher dans les prochaines semaines sans que le futur père soit réapparu. Alors, si la cadette s'y met aussi !

Je n'aimerais pas que mes filles se trouvent en pareille situation. J'ai assez de mon petit Marcel à élever pour le moment.

À la pensée du papier griffonné par Baptiste, je ne peux m'empêcher de sourire. Il n'y a pas d'âge pour revivre des émois de jeune fille et se donner des rendez-vous galants. Fort heureusement, on gagne en expérience avec l'âge.

Je frissonne en repensant à notre baiser et suis tout excitée à l'idée de quitter la maison demain.

18 août

Au souvenir de cette journée, mon corps entier est parcouru de frissons délicieux. Après m'être longuement coiffée devant le miroir de la chambre, je confie Marcel et Yvonne à Suzie.

Les aînés et Fernand travaillent à la ferme, et Gaston assiste M. Renard à l'école. Je prétends aller fleurir l'église en emportant des marguerites et des œillets.

Trois heures viennent de sonner lorsque j'atteins le porche. À la fois embarrassée et coupable, je suis presque soulagée de trouver la place déserte. Après avoir disposé les fleurs dans des vases sur l'autel, je sursaute en découvrant Baptiste de l'autre côté. Tout en m'entraînant dans la plaine derrière le bâtiment qui fait office de four à pain, il me confie s'être langui de ma présence. Enlacés, nous nous embrassons tendrement. Je dois freiner ses élans de jeune étalon. Si l'on nous voyait ?

Cet endroit n'étant pas très sûr, Baptiste propose de nous retrouver le lendemain dans la prairie où il garde ses moutons. Il me décrit l'endroit, après la côte des Maréchaux sur la route de Mésangueville. Il s'agit du lieu-dit pré Caillot.

Le soir, j'écoute distraitement Gaston me raconter sa journée. Pendant la classe, Albert Lomballe a fait bissexte en chahutant, renversant le seau d'eau destiné à laver le tableau.

Ainsi, mon fils a dû punir pour la première fois un camarade en le mettant au coin à genoux sur une bûche.

19 août

Abandonnant de nouveau mes petits aux mains de Suzie, je prétexte une visite à ma sœur Suzanne. La maison de ma sœur se trouve en effet sur le trajet, au cas où on m'apercevrait.

Avec le bocage qui l'entoure et son emplacement en contrebas, le parc ne laisse rien entrevoir et cela me rassure. Au milieu se trouvent des dizaines de pommiers, de nouvelles variétés que M. Desmoulins a plantées à titre d'essai pour son cidre. Longeant les bosquets de mûres, je chemine longtemps avant d'apercevoir Baptiste. Délaissant ses moutons, il court à ma rencontre, et nous nous embrassons voluptueusement. Puis, assis au pied d'un pommier qui nous offre son ombre en gage de bienvenue, nous devenons amants. J'en oublie tous mes tracas. En un éclair, je redeviens une femme amoureuse et aimée. Ma tête reposant sur son épaule et ses bras sur ma poitrine, je regarde le soleil à travers les branches du pommier. Baptiste fait l'éloge de ma beauté et de ma fraîcheur. Dans ses bras, je me figure jeune et libre, et je lui dévoile à quel point ses yeux m'ont subjuguée. Avec tous ses attributs, pourquoi ne rencontre-t-il pas une jeune fille pour construire sa vie ?

— Aucune personne intéressante jusqu'à ce jour, m'avoue-t-il entre deux baisers.

Au village, les mères, méfiantes, ne laissent pas leurs filles l'approcher. Les hommes, eux, le raillent sur ses rêveries ou sur son ignorance du patois local, mais ils semblent tout de même l'apprécier pour son ardeur au travail.

Toutefois, il ne fera jamais partie de leurs amis. Les Desmoulins, heureusement, sont aux petits soins pour lui. Impatient, il rêve d'être en automne pour faire tourner le moulin.

Je l'interroge sur Élyette, la bergère. Entre eux, rien ne s'est produit. Elle restera sans doute une bonne amie.

En me susurrant que c'est une femme comme moi dont il rêve, il m'encourage à raconter ma vie de famille. Je lui en dévoile les hauts et les bas, le bonheur d'être mère, la fierté devant la réussite de mes enfants et les amours tout neufs de Louise. Il m'assure qu'il aime les bambins, mais qu'il n'est pas prêt à devenir père.

Puis je lui confesse mes problèmes de couple avec Fernand, son penchant pour l'alcool et sa rudesse. Baptiste compatit avec moi et me console.

— À l'ombre de ce pommier, me dit-il soudain, nous ressemblons à Adam et Ève au jour du péché originel. Tu m'as offert la pomme que j'ai croquée avec délice.

J'aurais rougi à ces mots dix ans plus tôt.

— Essaie donc de croquer dans cette pomme verte, et c'est toi qui expieras par la douleur, lui dis-je sur un ton moqueur.

Baptiste fait alors mine de croquer le fruit et de se tordre de souffrance. Nous en rions un bon moment, et je réalise qu'il est encore un enfant. Puis il m'aide à remettre en place ma chevelure et à ôter les brins d'herbe collés à ma robe. Nous nous reverrons le mercredi suivant. En cas d'empêchement, l'un comme l'autre glissera un papier entre deux poutres sous le porche de l'église. C'est ainsi que, le cœur léger, je longe l'habitation de Suzanne au moment où elle sort pour arroser ses fleurs. Elle me trouve une mine superbe et les joues bien roses. Je la remercie et prétends que la marche rapide me procure de belles couleurs. J'allais voir s'il y avait des mûres, mais elles étaient encore un peu surettes.

8

Une silhouette inquiétante

22 août

Après avoir prêté Frontine à Suzie ce matin, je cuisine les saucisses ramenées la veille de la voiture du boucher, puis je prépare la frênette.

À cet effet, je fais bouillir la chicorée de chez Max et j'y ajoute les feuilles de frêne. Il suffit de laisser infuser le tout pendant une bonne semaine dans le tonneau après y avoir déposé du sucre et de la levure.

C'est une sorte de cidre très léger qui désaltère volontiers lors des après-midi d'été et que Suzanne apprécie particulièrement lors de nos veillées.

Le tonneau étant empli, je me dirige vers le centre du village. J'ai pris l'habitude de longer la maison des Le Roy et de pénétrer dans la cour afin de m'assurer que tout va bien.

J'aperçois cependant la porte entrouverte et me réjouis à l'idée de revoir Lucie, sans doute rentrée de chez sa sœur à Beauvais.

Pas de bruit ni de présence dans la grande salle, ni dans le bureau. J'appelle Lucie, mais mes appels restent sans réponse. Il me semble cependant entendre des murmures dans la chambre du fond et, en m'approchant, je distingue nettement des gémissements et des soupirs qui me font sourire. Il semblerait qu'Augustin soit rentré lui aussi.

Alors que je m'éloigne à pas feutrés, la porte de la chambre s'ouvre pour laisser sortir Lucie en corsage, un châle sur les épaules. Elle est suivie de près par... le Dr Beaudriard. Les bras m'en tombent.

Nullement gênée, Lucie ne se démonte pas et affirme simplement :

— Désolée, Célestine, le docteur allait partir. Je suis tout à vous dans quelques minutes. Nous avons des tas de choses à nous raconter.

Je décline l'invitation, préférant revenir le lendemain.

23 août

Comme prévu, je me rends chez Lucie.

Elle me reçoit avec de grands éclats de rire :

— Si j'avais prévu votre visite hier... Le pauvre docteur en était tout retourné. Je lui ai dit que vous étiez une amie proche et que vous gardiez les secrets comme personne. Mais entrez donc, Célestine. Asseyez-vous. J'ai préparé de l'orangeade.

Je pénètre dans la salle de séjour et m'assoit sur une des chaises capitonnées de tenture jaune. La pièce est entièrement colorée de jaune, ce qui procure une sorte d'apaisement.

— Nous avons peint nos murs de la même couleur qu'à Paris, souligne Lucie, car c'était la grande mode à l'époque où nous sommes partis.

La fenêtre, grande ouverte, laisse pénétrer en toute sérénité le soleil et l'air dénué de vent.

Je me lève pour admirer le jardin. On peut apercevoir sur l'herbe la fontaine, dont la vasque est en forme de coquille Saint-Jacques, chapeautée d'une statue de femme déversant l'eau d'une jarre.

Sur la droite, une mare avec des nénuphars est recouverte d'un panneau grillagé.

Sans doute Lucie a-t-elle voulu se prémunir des attaques du héron, chapardeur de poissons.

Lucie interrompt mes pensées en surgissant avec deux verres et une carafe d'orangeade.

Nous hésitons toutes les deux à aborder le sujet délicat de ma venue.

Un silence appesantit quelque peu l'ambiance feutrée de la salle. Je décide de l'interrompre sans doute maladroitement, mais le sujet n'est pas simple :

— Je ne vous juge pas, vous savez. Vos aventures ne me regardent en rien…

— Vous avez l'air toujours si parfaite en mère comme en épouse. Aussi, je ne prête pas attention aux quelques rumeurs entendues dernièrement. Voilà, c'est une longue histoire. Marielle, ma femme de ménage, me contait que les rumeurs vont bon train au café de Max, où son mari a ses quartiers depuis quelque temps. Il s'est dit qu'on vous voyait beaucoup emprunter le chemin de l'église peu de temps avant ou après un certain Baptiste. Max les a découragés de propager des rumeurs non fondées sur une dame aussi respectable que vous. Finalement, les hommes ont émis des hypothèses sur Élyette, la bergère. Apparemment, il était juste question de commérages, sans plus. Méfiez-vous, Célestine, car vous m'aviez avoué que votre Fernand fréquentait lui aussi beaucoup ce commerce. Je vous apprécie beaucoup et je ne voudrais pas que vous ayez des ennuis.

Rougissante, je la remercie chaleureusement et ajoute :

— Un secret en vaut bien un autre. Je compte aussi sur votre discrétion. Entre femmes délaissées, nous nous comprenons.

— Et entre rédactrices de journaux intimes.

Nous levons nos verres d'orangeade et trinquons :

— Au bonheur des femmes et à leur liberté !

Après cette parenthèse, je rentre à la maison le sourire aux lèvres.

25 août

Comme pour faire taire la croyance selon laquelle l'année bissexte est pauvre en fruits, la cueillette de mirabelles est productive. Les branches du mirabellier ployant sous le nombre de fruits, les filles ont empli de grands paniers hier soir. Je poursuis la récolte ce matin, puis je prépare une tarte que j'apporte au four à pain, profitant des dernières chaleurs de la sole. L'odeur sucrée et parfumée de la tarte sortant du four m'enchante tout au long du chemin. Je ramasse aussi les fruits abîmés qui serviront pour le bouilleur. Fernand va le voir samedi pour faire la goutte, il va encore rentrer dans un bel état !

Les confitures bouillonnent bientôt dans la bassine, attirant sitôt les guêpes que j'éloigne à coups de torchon. Marcel babille dans son berceau et joue à attraper ses pieds. Égayés par le chant de la grive musicienne, les écureuils se poursuivent sur les écorces des arbres en tournoyant à toute allure.

Pour la première fois depuis des mois, je me sens heureuse.

Fidèle aux conseils de Lucie, je rejoins le centre en empruntant la route d'en haut afin de ne pas longer le café. En passant sous le porche de l'église, ne trouvant personne, je découvre cette missive à l'intérieur de notre cachette :

Ma douce fleur,
Je ne peux malheureusement pas te voir aujourd'hui. Je dois entretenir le pressoir à cidre.
À la minute où tu as lâché ma main l'autre soir, mon cœur n'a cessé de battre pour toi. Je suis retourné à mes occupations ordinaires avec un entrain tout neuf.
Mes lèvres ont gardé le goût sucré des tiennes et mes mains sont encore empreintes de la douceur de ta peau. Mes nuits s'habillent de doux rêves qui reflètent ton visage, et mes journées paraissent bien vides. J'ai hâte de te revoir et te convie demain au jardin d'Éden.

26 août

Imaginer une raison pour retourner à l'église aujourd'hui est laborieux. Évoquant un mal de dents naissant, j'annonce que je vais planter un clou à l'effigie de sainte Apolline sous le porche.

Suzie ne s'en étonne pas et accepte volontiers de jeter un œil sur les enfants. Quelle voisine en or ! À ma grande joie, aucune lettre ne contredira nos projets.

Je bondis en entendant :

— Bonjour, Célestine !

C'est la matrone Mauricette qui vient fleurir l'église.

Elle s'amuse de ma surprise :

— On croirait que vous avez vu un fantôme !

Une fois remise de son fou rire, elle s'inquiète de la santé de Marcel.

Après avoir conversé quelques minutes avec elle, je me retire en prétendant une visite à Suzanne. À première vue, cependant, ma sœur n'est pas chez elle.

Il fait un soleil radieux. Baptiste m'attend avec des coupures de journaux qui relatent la vie de l'écrivain de son canton, Guy de Maupassant, ainsi que deux de ses contes. Il me les lit à haute voix.

J'apprécie le style de l'auteur, bien que ses personnages me fassent un peu frémir par leur cruauté. Même si la vie dans nos campagnes n'est pas toute rose, je préfère en retenir le bon côté.

Nos choix de livres et nos tempéraments diffèrent. Malgré sa nature poétique, Baptiste est friand de contes fantastiques ou policiers, tandis que mon âme plus romantique s'effraie de toute forme de violence. Comme bien des femmes, je raffole des histoires d'amour. Je ne le crie pas sur les toits, car il ne faut pas endormir son âme avec des niaiseries, comme l'atteste ma sœur Suzanne.

Puis, soudain, j'ai l'étrange impression qu'on nous épie. Est-ce l'apparition inopinée de Mauricette, tout à l'heure, qui m'a rendue nerveuse ou nous observe-t-on réellement ?

Ces pensées fugaces sont vite oubliées lorsque Baptiste me conte sa région.

Il me décrit la mer, le bruit des galets qui s'entrechoquent, emportés par les vagues et les arches sculptées par l'érosion sur les falaises d'Étretat. Plongée dans ses yeux bleus et imaginant le bruit de la mer, je marche en sa compagnie le long d'une plage.

— Attention ! s'écrie-t-il. Les galets vont rouler sous tes pieds et te faire basculer. Attrape ma main.

Je m'amuse de sa fantaisie et de ses récits colorés.

Il promet qu'un jour il m'emmènera. Je souris à cette idée, chassant mes pensées matérielles pour lui répondre que ce sera fantastique.

Nous nous aimons sous les pommiers, suscitant la curiosité de deux moutons que nos rires et nos gestes font fuir. Baptiste me murmure que je suis belle en caressant mes longs cheveux bouclés, et j'ai envie de le croire.

Suzanne me hèle alors que je tente de passer discrètement devant chez elle.

— J'ai rencontré la matrone, qui m'a affirmé que tu venais chez moi et je me suis hâtée pour rentrer, m'explique-t-elle.

Ignorant quoi répondre, je prétends que le soleil m'a entraînée vers une promenade champêtre. Laissant une Suzanne incrédule, je pars sans attendre sa réaction.

27 août

Pour la première fois, Yvonne m'accompagne à la voiture du boulanger.

Je souhaite le bonjour à Fouquette. Il y a là Marielle, la femme de ménage de Lucie Le Roy, que je salue également, mais qui ne me répond pas et s'efforce de ne pas croiser mon regard. Je soupire en la regardant s'éloigner. C'est alors qu'arrive Ernestine, dite madame Potin. Pendant que le marchand sculpte l'encoche sur la taille en guise de paiement, madame Potin me regarde fixement. Le boulanger tend le morceau de bois à Yvonne, qui le saisit d'un air étonné, oubliant de dire merci et se reprenant aussitôt.

Ernestine sourit :

— Faut pas oublier les bonnes manières !

Puis elle reprend :

— Tu connais la nouvelle ? Il paraît que Baptiste, le berger des Desmoulins, est amoureux et qu'il a une maîtresse.

Décidément, c'est ma journée ! M'efforçant de rester impassible, je mime l'étonnement.

Ernestine triomphe d'avoir suscité chez moi un tel effet, mais sa joie est de courte durée.

En effet, je ne pose aucune question et prends congé.

De retour à la maison, je dois expliquer à Yvonne à quoi sert le bâton rendu par le commerçant :

— Cette branche de chêne est fendue en deux parties, une pour le boulanger et l'autre pour le client. En fonction du poids de pain acheté, une, six ou neuf livres, le boulanger entaille les deux parties avec un signe reconnaissable, soit un trait, une croix ou un rond. Au moment du paiement, les deux morceaux sont assemblés et on enlève la longueur équivalente à ce qui est payé.

Yvonne ouvre de grands yeux. Lorsque je l'incite à reformuler mes explications, elle s'exécute sans difficulté, même si à son âge les notions d'argent sont encore obscures.

Je profite de la sieste des deux petits pour revivre mentalement mes rendez-vous avec Baptiste. Qui aurait intérêt à nous surveiller ?

Outre les clients du café qui ne m'ont pas vue passer puisque j'ai emprunté l'itinéraire d'en haut, j'entrevois spontanément Élyette. Éconduite par Baptiste au 14 juillet comme il me l'a confirmé, elle pourrait nous observer à la dérobée. Vagabondant comme un cabri à travers les prairies, Élyette n'aurait aucun mal à nous approcher en toute discrétion.

Ne me suis-je pas sentie épiée la dernière fois ?

Je m'angoisse à l'idée que notre histoire puisse éclater au grand jour.

Après tout, l'année bissexte n'a pas encore livré son lot de malheurs

5 septembre

C'est au tour de notre famille d'offrir le pain bénit. Je l'ai amené à cuire au four d'Oscar, il y a deux jours. Les enfants le distribuent dans l'assistance sur un plateau qu'ils ont décoré de fleurs des champs. Au retour de la messe, j'en dépose un petit morceau sur les piles de linge afin de protéger la maison et j'en offre à chaque poule en évitant soigneusement le coq qui m'aurait sauté au visage.

Conformément à leur promesse lors de la Saint-Gilles, les Desmoulins nous emmènent pêcher sur les rives de l'Andelle. L'escapade est très agréable.

Deux voitures sont attelées. La première que conduit Hector transporte les adultes, Suzanne, Louis, Yolande, Fernand et moi avec Yvonne sur les genoux. La charrette à lait de Fonfon inclut les huit enfants : Alphonsine et Pierre Desmoulins, Gaston et Alfred, Bertille et Hortense, ainsi qu'Étienne et Robert. Mes deux grandes filles sont absentes. L'aînée tient compagnie à Ernest, tandis que Jeanne est chez Mathilde, laquelle est rentrée depuis quelques jours avec son père. Quant à Marcel, ma mère est heureuse de le garder.

Sur le chemin, les charrettes brinquebalent de toutes parts, à la grande joie des garçons qui crient à tue-tête. Le faciès de Fonfon, qui m'évoque résolument celui d'un sanglier, buriné à force d'être toujours le nez au vent, s'anime de francs éclats de rire.

Un pique-nique est improvisé sur les berges de la rivière. Suzanne et moi, nous avons préparé de la poule au blanc, tout le monde raffolant de ce plat normand. Traditionnellement, il est servi le dimanche de Pâques. Je suis fidèlement la recette de ma mère : cuire la poule à feu très doux avec des carottes, des navets, des poireaux et des oignons dans une sauce blanche mouillée de cidre et d'eau.

Un festin !

Les hommes pêchent la truite, tandis que nous, les femmes, restons assises au bord de l'eau. C'est une belle journée ensoleillée, et la rivière a ses filets de lumière qu'il fait bon contempler. Yvonne se place derrière chaque pêcheur pour observer le va-et-vient des lancers et des prises.

Hector révèle qu'un de ses cousins de Dieppe, Nestor, pêche les anguilles à la laine. Il immerge une épuisette avec des vers de terre entourés de laine ; l'anguille, en mangeant le ver, se prend les dents dans la laine et il n'y a plus qu'à la remonter. Suzanne assure qu'elle n'en mangerait pas. Ces animaux l'effrayent, car ils sont trop proches cousins des vipères et des couleuvres. Cela fait rire M. Desmoulins qui assure que, cuisinées comme Nenesse, la femme de Nestor, les cuisine, elle en mangerait assurément.

Yolande confirme : Nenesse prépare les anguilles en matelote avec des crevettes, des moules, du cidre et de la crème, et c'est divin.

Puis les hommes s'éloignent un peu, nous laissant bavacher entre nous.

Suzanne imagine me révéler, elle aussi, une nouvelle sur Baptiste. Je tremble à cette idée, mais ma peur est vite estompée.

— Baptiste a une maîtresse. D'après Louis, cette nouvelle fait les gorges chaudes des habitués du café. Il s'agirait selon eux d'Élyette, la bergère.

Je contiens un fou rire et tempère ironiquement ses affirmations :

— Ce n'est aucunement une surprise. Il suffisait de les voir danser ensemble au 14 juillet !

— Il n'empêche, atteste Suzanne, quelque peu offensée. On ne peut pas faire plus original : un horsain et une sorcière. Une pomme gâtée en gâte cent.

— On dirait Rolande avec ses dictons, fais-je avec un rire moqueur. Tu es mauvaise langue. On ne connaît jamais vraiment les gens.

— Et l'oncle Marcel alors, et la bague ? Crois-tu qu'il se serait ainsi noyé ?

Prise de court, je ne peux répliquer, car Yolande nous rejoint.

— Qui s'est noyé ? questionne-t-elle.

— Nous évoquions la mort de notre oncle Marcel, dis-je.

— Le Mar, se souvient-elle, nostalgique. Je le revois comme si c'était hier, son sourire, ses blagues, sa constante bonne humeur. Nous sortions souvent danser au bal et étions très proches. Sa disparition accidentelle m'a marquée.

Ses regrets sont emportés par la nuée d'enfants qui, tel un vol d'étourneaux, s'abattent sur nous pour quémander leur goûter.

J'ai emporté pour la collation des douillons, agrémentés de cerises du jardin, et M. Desmoulins s'est muni de cidre.

La journée ravit les petits et les grands, dix truites couronnant de succès les hommes.

Le soir même, je prépare le poisson, et chacun peut se régaler.

15 septembre

Comme chaque semaine, Marie, la marchande de lait, s'en est venue de Mésangueville porter le lait aux habitants. À sa gouaille qui clame : « À mon bon lait chaud ! », les enfants jaillissent des habitations un pot à la main pour quémander le précieux breuvage. Pour les plus chétifs, ce sera du lait d'ânesse ou de chèvre. C'est ainsi que Jeanine tente de remplumer Blanche, mais je ne l'aperçois pas.

Marie, au teint mat, un fichu sur la tête pour se préserver du soleil, a toujours un bon mot ou une tape affectueuse pour chacun d'eux. Je n'ai recours à ses services qu'en de rares occasions, lorsque nos vaches Elma et Cassandre ne donnent plus assez de lait. Cependant, elle me reconnaît toujours et me hèle d'un salut tandis que je passe à proximité.

Pour la discrétion, en tout cas, ce n'est pas garanti !

Déjà presque un mois que Baptiste et moi sommes devenus amants.

En montant la côte des Maréchaux menant au pré Caillot, j'entrevois une silhouette qui longe la forge de Denise et se faufile furtivement à travers la ruelle. Elle se campe ensuite contre la maison de Denise, du côté où se trouve la petite fenêtre. Cette ombre, munie d'un tricorne, me regarde fixement en faisant de grands gestes comme si elle me demandait de l'approcher.

Alors que j'atteins la venelle, la silhouette a disparu.

Ai-je eu la berlue ? Pas une trace de l'ombre dans la ruelle et aucune échappatoire possible.

Je confie cette bizarrerie à Baptiste, ainsi que mes peurs à propos d'Élyette.

— N'écoute pas tous les ragots à son sujet, me conseille-t-il. Cette bergère est une fille honnête, mais les gens d'ici craignant ce qui leur est étranger, ils lui attribuent toutes sortes de maléfices.

— Mais les bergers n'ont-ils pas un pouvoir de sorcellerie ? Elle possède ce grimoire, le *Grand Albert*, tout de même.

— Je l'ignorais, m'avoue Baptiste. Cela ne signifie pas qu'elle l'utilise à mauvais escient.

— Et à propos de nous deux ? Ne pourrait-elle pas m'en vouloir de te fréquenter, alors que tu l'as éconduite ?

— Élyette ne m'en a tenu aucun grief. D'autres gars étaient présents en cette fête du 14 juillet, ceux de Beauvoir en particulier, et il s'est dit qu'aucun d'eux n'était rentré seul.

J'aimerais me sentir apaisée par les propos de Baptiste, mais j'ai des doutes sur la connaissance qu'il a d'Élyette. La preuve : il ignorait l'existence du grimoire.

Voyant mon air préoccupé, il me prend la main et, changeant de sujet, il élabore des projets pour nous deux, comme celui de partir vivre loin d'ici.

Mais pourrais-je aussi facilement abandonner mon existence actuelle ?

Je l'incite à la patience ; les enfants sont encore petits…

Il souhaite me rendre heureuse en m'arrachant aux mains brutales de Fernand. Je mérite mieux que ce destin, et il sait qu'il peut m'apporter satisfaction. Sa jeunesse et sa fougue me font chavirer, dissipant ma résistance.

19 septembre

L'invitation annuelle des Le Roy a lieu ce dimanche. Une année s'est écoulée depuis que Lucie m'a encouragée à écrire ce journal. Je la remercie, et nous partageons le même sentiment : ces écritures sont comme une empreinte qui nous lie à cette terre.

Comme le temps file ! J'en prends l'entière mesure chaque fois que je tourne une page.

Baptiste est venu seul, déclenchant les commérages et les pronostics quant à sa relation avec la bergère, ce qui arrange bien mes affaires.

Bien qu'il évite soigneusement tout échange avec moi, ses regards furtifs interpellent Fernand qui se met à nous observer.

Trouve-t-il cette attitude étrange ?

Lors de nos bavardages entre femmes, Lucie me décrit comme une femme parfaite à laquelle elle ne prête aucun défaut.

Je m'en défends, et Lucie affirme en riant que chacune recèle ses petits secrets. Double secret, me dis-je.

Mathilde profite de son dernier séjour avant de fréquenter la pension, de laquelle elle ne sortira qu'à

Noël. Ses études de pharmacie semblent lui convenir, ainsi que les professeurs qui lui ont été attitrés. Elle décrit avec une certaine admiration la salle du laboratoire et les étagères regorgeant de drogues de toutes natures.

L'attitude autoritaire d'Augustin a payé : la petite file droit.

Augustin, quant à lui, s'évertue à donner des nouvelles politiques à ses hôtes.

— Freycinet ayant déçu ses ministres, on parle de démission. Si Jules Ferry accédait au poste de président du Conseil, ses réformes sur l'éducation connaîtraient une réelle impulsion.

N'obtenant aucune réponse, il se met à relater avec emphase les derniers affrontements des journalistes parisiens.

— Savez-vous que le journal *La Croix* est sorti à cinq centimes le numéro ? Cela contrarie fortement la grande presse, qui publie pour les notables. Quand comprendront-ils que l'instruction doit être accessible à tous ?

Les invités feignent l'indifférence. Interloqué par leur attitude, il comprend peu à peu leur mécontentement.

Tous grognent contre la suppression du repos dominical, la jalousie pointant ceux qui travaillent pour des fermiers conciliants et plus riches.

— Ne pourriez-vous pas user de votre influence pour que nos patrons refusent cette loi ? propose Grandcerf.

— Cette loi a été adoptée à la majorité. La directive ne peut être refusée que par vos patrons.

— Ils ne le feront pas, vocifère Thérèse Lanfroy. Autant nous payer une misère pour nous voir nous tuer à la tâche.

— Pour eux, ce qui compte, c'est le rendement, approuve Roberte Deslongchamps.

Augustin, en bon modéré, promet de remonter l'information lors de la prochaine assemblée.

— J'argumenterai sur l'espérance de vie et la nécessité de reprendre des forces un jour par semaine, sans compter les bienfaits de la promenade dominicale.

L'abbé Dubreuil approuve son attitude, arguant la fréquentation des fidèles à son église. La parole d'Augustin fait l'unanimité. Il s'engage à y mettre son énergie, mais sans brandir le drapeau rouge sur les barricades.

Quelqu'un évoque l'amnistie des communards, et on assure le retour de Louise Michel pour bientôt.

Je reçois des mains de maître Renard *Le Journal de l'instituteur.* Il est destiné à Gaston afin d'éveiller sa curiosité sur les événements politiques. Il devra ensuite le remettre au fils Beaudriard.

Comme je feuillette le journal, Lucie, penchée au-dessus de mon épaule, me commente la publicité pour les nouvelles plumes d'acier Gillott's et Birmingham qu'utilise son mari. De manière plus inattendue, je découvre la réclame pour une nouvelle machine Singer, laquelle se loue aux instituteurs à Paris trois francs par semaine.

Gaston est ravi : c'est à lui que revient la primeur de lire le journal.

22 septembre

Le colporteur passe ce matin avec ses nappes, ses étoles, ses rubans et ses sempiternels jeux de cartes et de dominos. Il présente, en plus de ses médicaments habituels, un purgatif et des pastilles pour la gorge d'un nouveau genre, réalisées à base de charbon et portant la marque Géraudel.

Je ne lui achète rien, préférant garder des économies en cas de coup dur et en vue de la prochaine foire à Rouen, qui me permettra de rhabiller toute la famille.

Les hommes du village sont réunis à la mairie pour discuter des actions de chasse pour cet automne. Fernand, Alphonse et M. Desmoulins en faisant partie, il est plus prudent de ne pas rôder près de l'église aujourd'hui. Je griffonne une lettre à Baptiste, l'informant de me rejoindre dans la forêt avoisinante. La voisine accepte de garder Yvonne et Marcel sans poser de questions.

J'ai perdu mon fichu de soie blanche. Impossible de remettre la main dessus, je m'escrime à le chercher dans la maison et tente de réfléchir.

Je le portais chez Le Roy à l'invitation annuelle ; peut-être devrais-je demander à Lucie si elle ne l'a pas trouvé.

J'emprunte le chemin qui mène chez Suzanne pour me retrancher ensuite à la dérobée vers la route du moulin. Puis, assurant ma retraite tapie derrière d'épaisses fougères, je me glisse furtivement dans le sous-bois. Le mois de septembre est décidément radieux. Après la rudesse de l'hiver dernier, c'est un juste retour des saisons. Il n'a pas beaucoup plu, et nous profitons pleinement de la vie au grand air.

Baptiste, ayant emprunté la veine principale du village, me rejoint sur le chemin du val aux Dames. Cette forêt majestueuse l'enthousiasme.

— Ton fils a raison, remarque-t-il. L'expression de « forêt cathédrale » est appropriée et infiniment poétique, et Dieu sait que je suis sensible à la poésie.

— Je le suis aussi, profondément. Comme tu vois, mes petits ne manquent pas d'imagination.

— C'est une qualité que j'apprécie chez les enfants. Leur fantaisie sans limites. Leur naïveté et leur spontanéité sont une vraie bouffée d'oxygène.

Ordinairement, ce lieu est grouillant de vie avec l'activité des charbonniers, des scieurs de long et des sabotiers. Pas aujourd'hui, cependant, chacun d'entre eux appartenant au cercle de chasse.

Les bûcherons, eux, ne débuteront leur coupe qu'à partir d'octobre. Seul le chant des oiseaux et le bruit de nos pas sur les brindilles habillent ce lieu paisible.

Une clairière nous accueille comme un lit d'amour.

Une mousse épaisse revêt le pied des arbres, et deux branches se rejoignent en arc à l'entrée de ce havre clandestin. Nous pouvons nous aimer en toute quiétude, sans craindre les regards indiscrets. Nous batifolons comme deux tourtereaux. Autour de nous, la nature s'est tue, comme pour mieux prêter l'oreille au bruit de nos souffles, puis, l'instant de grâce terminé, les oiseaux reprennent leurs chants joyeux. J'accueille en moi une sensation inhabituelle, celle d'être un élément de cette nature, à la fois une infime partie et un tout.

Je reprends le chemin de ma maison, l'esprit en paix. Jamais je ne me suis sentie aussi vivante.

Aussi, le retour à la réalité est-il assez brutal lorsque, franchissant le seuil de la maison, je m'aperçois que Fernand est déjà rentré.

— Où étais-tu ? vocifère-t-il, outragé d'avoir trouvé la maison vide.

Le voyant étonnamment sobre, j'en conclus qu'Alphonse ne lui a pas payé la goutte tant convoitée et devine que cette déception le met dans tous ses états.

Reprenant le même ton, je lui tiens tête :

— Je n'ai aucun compte à te rendre. Est-ce que je t'en demande, moi, quand tu te rends chez Alphonse ?

Puis je quitte précipitamment la pièce sans lui laisser le temps de répondre.

24 septembre

Je rends une visite impromptue à Lucie, histoire de savoir si elle n'aurait pas trouvé mon fichu.

— Pas le moins du monde, m'affirme-t-elle. Le plus amusant, c'est que moi aussi j'ai perdu une étole. Quelle coïncidence ! J'espère qu'il n'y aura pas eu de voleurs parmi les invités, mais personne n'est entré dans la maison, à ma connaissance.

Alors que je quitte les lieux, j'aperçois à nouveau la silhouette au tricorne. Elle est mince, longiligne. Cette fois, elle se glisse vers l'église. J'entreprends de la suivre, mais elle s'évanouit dans l'air comme la dernière fois. Pourrait-il s'agir d'une femme qui me joue des tours ? Je repense à nouveau à Élyette et espère que ce n'est pas le fantôme de sa grand-mère, la Margaux. Je frissonne en traversant le cimetière.

18 octobre

Yvonne est entrée à l'école ce matin. Elle avait hâte d'y rejoindre son grand frère.

C'était aussi la première rentrée pour Blanche.

Jeanine vend ses agneaux ce jour, véritable drame pour la petite qui s'est habituée à leur présence.

Heureusement, son entrée à l'école lors du départ des animaux rend la séparation moins pénible.

En me voyant longer sa maison, Suzanne me fait signe d'approcher et s'étonne de mes fréquents passages sur le sentier.

— Je te connais bien, me souligne-t-elle, et je ne suis pas dupe de ta mine épanouie des derniers jours. N'aurais-tu pas un amoureux caché par ici ?

Comme elle me titille sur le ton de la plaisanterie, je décide de tout lui avouer. N'est-elle pas ma sœur et ma meilleure confidente ?

En outre, elle sait garder les secrets mieux que personne.

Bien mal m'en prend cependant, car elle me vilipende sur mon manquement à la morale et, en apprenant qu'il s'agit de Baptiste, le horsain, elle rugit de colère :

— As-tu oublié l'oncle Marcel ? me sermonne-t-elle.

Je ne risque pas d'oublier sa fin tragique.

L'histoire est bien triste.

Parce qu'il s'est fiancé à une femme de la côte normande, Georgette, qui l'a ensuite quitté, l'oncle

Marcel, bien malheureux, s'est trouvé anéanti. Oscillant entre torpeur et désespoir, banni, il se condamna à la solitude plutôt que de rentrer seul au village parmi les siens. Un après-midi de grande détresse, il se donna la mort en sautant du haut d'un pont.

Le corps fut ramené au village, le décès, qualifié d'accident ; accident qui se révéla être un suicide lorsqu'un de mes oncles découvrit dans une de ses poches la bague de fiançailles. Georgette la lui avait vraisemblablement rendue.

Personne n'en dit mot dans le village, le suicide étant répudiable par l'Église.

L'oncle Marcel eut ainsi droit à un enterrement religieux.

À ce jour, le secret n'a jamais dépassé le cercle de la famille.

Suzanne, âgée de quatorze ans au moment des faits, reçut un choc lorsque l'affaire fut révélée.

Elle projeta alors sa rancœur sur les horsains et, de manière générale, sur tout individu étranger à notre milieu.

Toute discussion étant superflue, je me hasarde à plaider pour ma cause :

— Ne m'en veux pas. Personne mieux que toi ne connaît mes faiblesses, ma velléité et mon intention de profiter des bonheurs trop rares de l'existence.

— Mais les enfants et Fernand ont besoin de toi.

— Sois rassurée. Mes petits comptent plus que tout à mes yeux et jamais je ne négligerai mon devoir de mère.

Je viens rechercher Yvonne en fin d'après-midi pour recueillir ses premières impressions. Paul-Alfred nous accompagne.

Les enfants me décrivent leur arrivée dans la classe dans les moindres détails.

M. Renard, dans un rituel immuable, fit sonner la cloche. Les élèves s'alignèrent par rang de taille et exhibèrent à l'examen du maître leurs têtes, dont il détailla les cheveux et les oreilles, puis ils défirent leurs sabots, et ceux qui les avaient crottés allèrent les laver dans la mare.

Blanche et Yvonne, qui avaient leurs souliers bien propres, furent complimentées par leur maître. Blanche fut surprise de voir Maxime Beaudriard en blouse, car elle n'en avait jamais vu.

Puis, maître Renard leur fit signe, et ils pénétrèrent dans la classe en file indienne, les filles d'un côté, les garçons de l'autre en faisant claquer en cadence leurs galoches sur le parquet. Ils continuèrent à battre le rythme sur place à côté de leur pupitre tandis que Blanche, Yvonne et trois autres enfants, les nouveaux, passaient au milieu des tables sous le regard inquisiteur des plus grands. Maître Renard fit cesser ce vacarme assourdissant en assénant un coup de règle sec sur son bureau, et les enfants s'assirent sur leur banc comme un seul homme.

Maître Renard sait qu'il doit asseoir son autorité ce jour plutôt que n'importe quel autre. Cependant, comme il nous le confie souvent, il ne se berce pas d'illusions. Hormis ce jour et peut-être la semaine qui suivrait, les enfants arriveraient à toute heure de la journée, l'un après l'autre et repartant avant la fin en fonction des travaux des champs que leur assignaient les parents. Certains ne viendraient que deux mois et d'autres plus jamais.

22 octobre

L'envie de découvrir les nouvelles de *L'Ébauche brayonne* me donne des ailes.

Après avoir cuisiné les harengs du marché ce midi, sans aucune mauvaise conscience je remets à demain la corvée du repassage.

Jeanine m'avait signifié à l'église, ce dimanche, que Roberte avait déposé l'exemplaire chez elle, mais, en bonne amie, elle n'en commence jamais la lecture avant ma venue.

Aussi a-t-elle hâte de me voir pour que nous le découvrions ensemble.

J'ai dû changer ma robe, l'odeur du poisson étant tenace.

Jeanine m'accueille avec son sourire indéfectible.

Sur le papier, les illustrations d'Alfred Bergouignan sont de plus en plus nombreuses, à la joie grandissante de mes enfants lorsque je leur ramène l'édition.

Le journal passe ensuite dans les mains de Suzie, puis de Cassandre et de tout le voisinage.

Les raisons en sont toutes simples : *L'Ébauche* n'est disponible qu'à très faible tirage. Le nombre de personnes sachant lire est limité, et un tel achat relève du superflu dans nos campagnes. Aussi, la commune en fournit de bonne grâce quelques exemplaires aux habitants. Heureusement que nous avons Augustin Le Roy pour bénéficier de tels avantages.

En tout cas, il n'est ni question de marché ni de brigands dans cette édition, mais d'un concours de dessins d'un tout nouveau genre.

Les enfants concourent par catégories d'âge : de cinq à huit ans, de neuf à douze, et les plus de treize ans, qui ne devraient pas être très nombreux.

Le maître dépose avant Noël les dessins à la malle-poste, qui les fera parvenir à Alfred.

Il y aura cinq gagnants par catégorie d'âge, tous villages confondus.

Le prix sera conséquent : un voyage à Paris, en train, pour aller visiter le musée du Louvre.

J'en suis tout excitée : Jeanne, avec son trait de crayon, aurait de bonnes chances de gagner.

28 octobre

L'automne étant bien installé, les moutons ont regagné la bergerie, et j'envisage avec joie de revoir Baptiste.

Le temps plus frais nous oblige à nous rencontrer dans l'une des trois granges du père Léonie, à côté du pré Caillot.

Derrière serpente un petit ruisseau, le Bièvredent.

Heureusement, Suzanne n'a pas ébruité ma liaison clandestine. Ma formidable énergie et mon optimisme ne me quittent plus, enrichissant ma vie de nouvelles saveurs. J'apprécie le moindre instant de bonheur comme un cadeau de l'existence, ce qui semble ravir les enfants.

À Rouen a lieu la foire Saint-Romain jusqu'à la fin du mois de novembre.

Comme chaque année, Suzanne souhaite m'y accompagner afin d'y acheter du linge et d'y rencontrer nos frères. J'en ai touché deux mots à Baptiste, qui aimerait aussi être de la partie.

Une belle occasion de partager quelques jours ensemble avant qu'il ne retourne à Étretat pour les fêtes de fin d'année. Malgré son intégrité, Suzanne accepte de me couvrir.

— Mais ce sera la dernière fois, affirme-t-elle sur un ton qui trahit son mécontentement.

Baptiste s'est inventé un ami d'enfance récemment établi à Rouen, et M. Desmoulins lui a suggéré une visite à la cidrerie Boulard sur la rive gauche de Rouen.

Yvonne rentre de l'école accompagnée de Blanche. Elle souhaite lui faire voir les poussins nés ces jours derniers. J'apprends que Blanche s'est fait chahuter à l'école par des plus grandes. Elles se sont mises en rond autour d'elle afin de la soustraire au regard du maître et l'ont un peu secouée en scandant :

— Elle n'a pas de maman, elle n'a pas de maman !

— Si, j'ai, j'ai une ma, une maman, se défendait Blanche.

— Où elle est, alors, ta maman ? Elle s'est débarrassée de toi parce que tu bégayes, Blanche la bègue.

— Blanche la bègue, Blanche la bègue, reprenaient-elles toutes dans un refrain cruel.

Blanche se réfugia dans un coin de la cour et y resta, interdite, prostrée, sans qu'aucune larme ne coule de ses yeux. Seul le maître put la ramener en classe.

Je tente de rassurer la pauvre petite en la prenant dans mes bras :

— Il ne faut pas écouter ces méchantes filles. Tu es une petite fille formidable et j'aurais beaucoup aimé être ta maman. Les mères ont parfois de gros soucis qui les empêchent de montrer à leurs enfants qu'elles les aiment.

— Mais ma maman ne m'aime pas ! hurle-t-elle. C'est ma faute. Je ne suis pas comme les autres enfants !

— Ta maman est malade. Tu n'y es pour rien.

— Mais je veux que ma maman m'aime, se met-elle à sangloter.

Je la console comme je peux. La vie est parfois tellement injuste et cruelle.

Les deux petites se mettent à dessiner au crayon de bois. Blanche s'applique et conserve son dessin en affirmant qu'il est pour sa mère. J'observe un instant le papier : Blanche y a représenté la chaumière de Jeanine avec à l'avant-plan les moutons.

Dessin d'une qualité étonnante pour une si petite fille !

J'encourage Blanche à quitter notre maison avant le coucher du soleil, car les enfants de son âge ne doivent pas se promener seuls dehors. Louise la raccompagne.

Pendant ce temps, Alfred regagne enfin la maison, mais avec une bonne excuse : il ramène des cèpes que je cuisinerai demain avec une omelette.

29 octobre

Aujourd'hui, on réalise la toilette des morts. Je passe prendre Suzanne, Denise et maman avant d'aller nettoyer les tombes du cimetière en vue de la Toussaint toute proche.

C'est pour moi l'occasion de revoir Denise, que je rencontre peu et dont la présence m'apaise.

Nous nettoyons avec ardeur la tombe de nos grands-parents, ôtons la mousse formée sur la pierre et balayons les feuilles déposées par le vent.

Je caresse avec tendresse la sépulture de l'oncle Marcel en l'essuyant.

Étonnamment, chaque jour, lorsque je remplis la page de ce journal, j'ai une pensée pour lui, un peu comme si cette écriture nous rapprochait. Il est vrai que la lecture de ses lettres m'avait procuré un émerveillement, éblouissant l'enfant que j'étais alors.

Je crois même qu'il sema en moi cette petite graine d'amour des mots, parfumée de violettes.

Je suis prise d'émotion lors du nettoyage de la minuscule pierre tombale d'Armand.

Trois ans, déjà, et toujours le même déchirement au souvenir de son agonie.

Un bébé de six mois, on s'attache, forcément. Comment peut-on mourir aussi jeune ?

Le « réveilleur de trépassés » arpente les rues du village, une clochette à la main pour rappeler aux habitants d'asperger d'eau bénite les habitations afin d'éloigner les mauvais esprits. Nous dégustons avec bonheur notre omelette aux cèpes. Pour conserver intact le goût de ces champignons délicieux, je les fais cuire à part. Cette fine saveur d'amande ravit nos appétits. Alfred est décidément le champion des ramasseurs de champignons.

30 octobre

Le « réveilleur de trépassés » est passé en fin d'après-midi, accompagné de deux enfants de chœur pour la cueillette des pains.

Je leur en donne une miche, cuite d'avance pour l'occasion. Elle sera vendue à la sortie de l'église afin d'offrir des messes pour les défunts.

1er novembre

Parés de vêtements noirs, nous participons à cet office de Toussaint, puis nous nous rendons au cimetière pour honorer nos morts.

Les cloches pleurent depuis la fin des vêpres et ne cesseront leur chant mortuaire que fort tard dans la journée.

À midi, point de dessert, ni de carte ni de dominos, nous ne devons consacrer nos pensées qu'à nos chers disparus.

La présence des enfants égaie un peu cette ambiance funèbre.

Yvonne demeure interdite face à toutes ces traditions.

— Pourquoi vous êtes tristes ? nous demande-t-elle soudain.

— Nous ne sommes pas tristes, mais nous devons suivre la tradition.

Pour le prouver, je lui adresse un grand sourire.

Les enfants ont du mal à comprendre que les adultes ne puissent pas jouer un tel jour.

— Je resterai toujours enfant, affirme-t-elle avec fermeté.

Comme elle est mignonne ! Sa présence me réjouit. J'aimerais que le temps fige les enfants à cet âge de la vie, avant que leurs yeux ne perdent leur innocence, et leurs paroles, leur spontanéité. Cela me serre le cœur de l'abandonner quelques jours pour m'en aller à Rouen.

9

La ville aux cent clochers

7 novembre

Nous partons avant l'aube avec la calèche de M. Vallois. J'ai confié les enfants à Marguerite, la nourrice, qui pendant mon absence allaitera Marcel et emmènera Yvonne à l'école.

Le soleil se lève sur l'épaisse brume des prairies. Nous traversons la forêt de Lyons sur quelques kilomètres ; le brouillard y est moins dense. Dans la diligence, nous voyageons avec un couple de Beauvoir, M. et Mme Delabos. Suzanne affiche ce port altier que j'abhorre. Le trajet promet d'être long.

Lorsque nous faisons une halte au village de Ry, le cadran de l'église indique onze heures.

À l'auberge, la soupe au lard et les pommes de terre ne m'ont jamais paru aussi bonnes.

En début d'après-midi, nous atteignons Rouen.

De la côte Sainte-Catherine, nous pouvons contempler le panorama de la ville. Baptiste pousse des cris admiratifs devant les îles au milieu du fleuve.

— On dirait d'énormes galets jetés du haut de la falaise. Quelle jolie ville ! s'écrie-t-il lorsqu'il aperçoit la flèche de la cathédrale et les clochers des églises.

Amusés par tant d'enthousiasme, M. et Mme Delabos sourient.

Monsieur confie qu'il est tombé amoureux de Rouen, lui aussi, et que, l'an passé, avec sa femme, il est allé voir le théâtre des Folies-Bergère sur l'île Lacroix.

— Ce sont des ouvriers de quartier qui dansent et jouent la comédie. Le spectacle est gratuit. Chacun donne ce qu'il veut. Le lendemain après-midi, ma femme et moi avons débarqué par le bateau sur l'île Brouilly. Un week-end mémorable, conclut l'homme avec une lueur de malice au fond des yeux, pendant que sa femme rougit d'embarras.

Franchissant les quais, nous parvenons enfin rue Jeanne-d'Arc, cette immense voie qui coupe la ville en deux parties. Nous longeons la façade du palais de justice, toujours en travaux. L'an passé, les ouvriers commençaient tout juste à détruire les anciens locaux. Aujourd'hui, la maçonnerie est presque achevée. Le terminus s'effectue à notre hôtel-restaurant, rue Thouret, à proximité de la foire.

Voilà pourquoi nous réservons toujours à l'hôtel de Bourgogne.

Les Valmartin, propriétaires de l'établissement, nous connaissent bien et demandent toujours des nouvelles de nos familles. M. Valmartin a fait son apprentissage en cuisine à Gournay-en-Bray.

Après s'être présenté, Baptiste mentionne son désir de visiter la cidrerie Boulard. Mme Valmartin approuve de la tête en affirmant que c'est une maison de grande réputation.

Au cours de l'été, l'hôtelière a reçu la visite de deux Bretons.

— Ils tenaient à acheter un des pressoirs de la cidrerie pour l'emporter dans leur pays, ajoute-t-elle à l'intention de Baptiste.

Nous transportons nos bagages dans les chambres. Le mobilier est modeste, un grand lit et une armoire garnissent chacune d'elles, mais les matelas sont confortables. Baptiste découvre la sienne, tandis que je partage celle de Suzanne. C'est du moins ce que je déclare au fils Valmartin, qui nous aide à nous installer. Ensuite, empressés, nous marchons jusqu'à la foire. Les baraques des marchands ambulants s'étendent sur deux rangées, enveloppant une grande partie de la rue Jeanne-d'Arc jusqu'à la place Cauchoise. On y trouve des vêtements, du linge, des dentelles, des chaussures, des meubles, de la coutellerie et même quelques poupées d'enfant. Plus haut se trouve le marché aux bestiaux. La foule des promeneurs y est assez éparse, contrairement au boulevard Beauvoisine, où sont établis de nombreux théâtres avec une estrade, des tableaux et de la musique.

Chacun d'eux donne des représentations très animées, mêlant la comédie aux cabrioles burlesques des acrobates.

Parfois, ces saynètes sont agrémentées des ballades d'un ou deux chansonniers et, fréquemment, des chants paillards entonnés sont repris par la foule amusée. Nous peinons à nous frayer un chemin. Des représentations sont jouées spécialement pour les enfants avec une multitude de marionnettes, celle de Guignol remportant un vif succès. En voyant de nombreux bambins rire aux éclats, je regrette vivement l'absence d'Yvonne. Quand Marcel aura grandi, je fais le vœu d'y emmener toute la famille.

Pour la première fois, je rédige mon journal en présence d'une autre personne. Baptiste, assis sur le lit, feuillette le manuel du pressoir des Desmoulins. Il m'interrompt de temps à autre :

— L'écriture te donne un air sérieux que je ne te connaissais pas.

Je ris, mais poursuis ma rédaction.

Nous demeurons à la foire jusqu'à ce qu'une bruine glaciale disperse la foule et nous contraigne à retourner à l'hôtel. Là-bas nous attend un repas copieux.

Baptiste opte pour la spécialité de la maison : un magret de canard au miel. J'ai bien du mal à le regarder dévorer cette viande à peine cuite.

Suzanne et moi commandons de la sole à la dieppoise. Dans cette recette typiquement normande, le poisson est accompagné de moules cuites au vin blanc et nappé d'une sauce béchamel. Je me régale.

Nous établissons des projets pour le lendemain. J'aimerais ramener une poupée à Yvonne et un poupon à Marcel pour les fêtes de Noël.

Depuis le début du voyage, ma sœur ignore totalement la présence de Baptiste. S'il s'avère qu'il intervient, elle fait la sourde oreille. Je sers alors d'interprète, et ce rôle commence à m'amuser.

Nous convenons d'être au marché au saut du lit afin que la foule n'y soit pas trop dense.

Baptiste et moi, nous nous aimons une grande partie de la nuit dans les draps parfumés de lavande.

Je dois lui recommander la plus grande précaution : n'allaitant plus mon petit Marcel, je risque de tomber enceinte à tout moment. Il m'assure qu'il maîtrise parfaitement son affaire.

Pourtant, il s'en faut de peu pour que son dernier assaut ne se termine en catastrophe.

8 novembre

Après une courte nuit et en toute discrétion, Baptiste et moi quittons l'hôtel pour admirer le lever de soleil sur la Seine.

Main dans la main, nous empruntons la rue Jeanne-d'Arc pour rejoindre les quais. Dans la clarté du jour naissant, nous nous hissons sur un des murets qui longent la Seine. En me blottissant contre lui, je contemple ce spectacle unique. Le fleuve encore brumeux se teinte d'une mousseline rose qui colore les voiliers amarrés le long des quais, puis l'astre rouge orangé apparaît dans toute sa majesté. Son pâle éclat suggère un réveil éthéré. Peu à peu, la couleur devient plus vive, et le soleil poursuit lentement son ascension céleste.

Émerveillés par cette scène, nous gardons le silence afin de préserver la magie de l'instant.

Il fait à présent grand jour. Nous distinguons au loin le mouvement des bateaux de pêche rentrant au port.

Sur l'autre rive, les usines crachent leur fumée, spectacle désolant pour nos yeux.

Je m'improvise guide pour informer Baptiste :

— Là-bas se trouve la filature de coton avec sa sortie de chemin de fer par le tunnel Sainte-Catherine, ici, le pont suspendu, le pont Corneille et, plus loin, le pont aux Anglais, dont la ligne de chemin de fer vous mène jusqu'à Paris. Quant à cette haute cheminée qui dépasse toutes les autres, je ne saurais l'identifier.

En me retournant, je constate avec surprise que la flèche de la cathédrale est illuminée et que des réverbères à gaz éclairent la ville. Deux d'entre eux illuminent le pont suspendu, comme une invitation à le rejoindre.

Curieux, Baptiste veut s'approcher. Il s'agit en réalité d'un pont-levis soutenu par des câbles de fer dont l'arche centrale s'ouvre pour laisser le passage aux grands bateaux.

À l'entrée, une petite construction en maçonnerie a été offerte en hommage à Louis Brune, le sauveteur rouennais.

Une pancarte indique le tarif du péage : un centime pour la traversée à pied, cinq centimes, à cheval, et quinze centimes pour les voitures. Un passant se hâte de nous informer sur l'édifice :

— Vous savez, ce pont est assez fragile, et les voitures qui l'empruntent doivent être légères et y rouler au pas sous peine de le rompre. D'ailleurs, il devrait être détruit afin de laisser la place à une construction plus ordinaire.

Après l'avoir remercié pour ces renseignements, nous reprenons notre marche en sens inverse. Les quais sont animés par des vendeurs de poissons, et quelques coureurs de fond nous dépassent allègrement. Déséquilibré par l'un d'eux, un curé en soutane tombe brusquement à l'eau. On entend un grand plouf. Entre la surface de l'eau et le bord du quai, il y a au moins trois mètres ; l'abbé met donc un certain temps avant de réapparaître à notre vue. Le pauvre homme se débat avec force dans ces eaux sûrement glacées. Sans hésiter, mon Baptiste se dévêt de sa veste et saute à l'eau. En bon sauveteur, il attrape le prêtre sous les épaules pour le mener jusqu'à l'escalier. Des badauds applaudissent l'exploit, et l'un d'eux lui demande où il a appris à si bien nager.

— J'habite Étretat, et les résidents côtiers apprennent à nager dès leur plus jeune âge, leur répond-il avec modestie.

De bonnes âmes s'empressent de réchauffer monsieur l'abbé en l'enveloppant dans un grand manteau et offrent de le conduire au presbytère.

Remis de ses émotions, l'homme se présente alors.

Il s'agit de l'abbé Colombelle, archevêque du diocèse de Rouen. Il serre la main de son sauveteur et le remercie chaleureusement, puis, en me désignant du regard, il s'informe :

— Combien de temps demeurez-vous à Rouen avec votre femme ?

Je rectifie aussitôt : nous sommes seulement cousins et envisageons de partir jeudi matin.

Monseigneur propose alors gentiment de nous faire découvrir quelques-uns des monuments de la ville.

Je suis enthousiasmée par cette idée, mais qu'en dira ma sœur Suzanne ?

— Amenez-la aussi, elle sera la bienvenue, répond l'ecclésiastique.

Nous convenons d'un rendez-vous pour l'après-midi devant la cathédrale.

Comme Baptiste commence à grelotter, nous regagnons au plus vite notre hôtel. Pendant qu'il se réchauffe et enfile des vêtements secs dans sa chambre, je relate à une Suzanne pantoise la tournure des événements. Elle n'arrête pas de ponctuer mon récit par des « Non, mais, dis, non, mais, eh ! » en hochant la tête, incrédule.

Elle jubile à la perspective d'une visite, elle qui a toujours rêvé de mieux connaître cette ville et de la faire découvrir à ses enfants.

J'en profite pour faire le point :

— Ne m'en veux-tu pas de te laisser un peu seule ?

— Tu sais ce que j'en pense, résume-t-elle en haussant les épaules, mais son regard triste ne trompe pas. Contrairement aux années précédentes, notre rencontre aura été beaucoup moins complice. J'en suis bien consciente.

***

27 mai 2007

Lise eut envie de rire. Elle se revit à l'armada du siècle en 1999 sur les quais de Rouen, alors qu'en compagnie de Renan, sa sœur et son beau-frère, ils visitaient le navire-école *Jeanne-d'Arc*. Dans le ciel, les Alpha-jet de la patrouille de France les avaient survolés, larguant leurs fumigènes bleu, blanc et rouge. Le bateau accueillait en effet des hommes politiques, dont M. Jospin, qu'ils avaient pu apercevoir depuis le pont supérieur. Alors qu'une chaleur étouffante les avait suffoqués dans les couloirs et qu'ils s'empressaient de regagner la passerelle, un grand plouf les avait surpris. Lise avait vu remonter successivement une banane, un sac à dos et enfin une sexagénaire qui, bousculée, était tombée du quai dans la Seine. Le couple s'était précipité vers l'intérieur pour donner l'alerte aux marins, et Renan, dans la panique et l'exaltation, avait crié :

— Une femme à la mer !

Heureusement, les marins avaient secouru l'infortunée avec une rapidité étonnante. Cela se produisait, semblait-il, plusieurs fois par jour, mais déjà à l'époque...

Lise reprit le fil du récit.

***

8 novembre 1880

Toute la matinée, nous accompagnons Suzanne dans ses achats de tissu. Elle souhaite coudre des blouses pour Louis, son mari, et confectionner des chemises pour ses enfants. Son talent indéniable de couturière n'est plus à démontrer, ni cette passion qui l'occupe chaque soir de l'année.

Ne disposant pas de la même habileté, je couds uniquement des robes pour mes filles. Je marchande des chemises en lin, des blouses en toile de Flandres pour mes hommes et des tabliers pour les deux aînées. Je renouvelle aussi les culottes en drap pour les travaux des champs et les bonnets de nuit en coton. Ils sont fabriqués dans une des nombreuses filatures du Cailly, et leur qualité perdure des années. Comme prévu, je fais aussi l'acquisition d'une jolie poupée de chiffon et d'un poupon repérés la veille. La majeure partie des économies gagnées en garde d'enfant cet été y passe. Tant pis ! Le bonheur des miens n'a pas de prix.

Baptiste, en fouillant dans l'étal d'un bouquiniste, se dégotte un exemplaire de *Madame Bovary*.

Sur le coup de midi, nous dégustons des moules avec des pommes de terre frites à la table d'un restaurateur nommé L'Ours brun.

Le repas est excellent.

Repus et contentés, nous rejoignons le presbytère de la cathédrale en début d'après-midi.

Monsieur l'abbé nous accueille chaleureusement :

— Voilà les cousins !

Suzanne prend un air interloqué, puis amusé quand je lui lance un clin d'œil.

La jovialité de notre hôte est communicative.

Suzanne est ravie de faire sa connaissance, et nous le sommes également à l'idée d'en apprendre un peu plus sur le personnage.

Originaire de la région, plus précisément de Bois-Guillaume, l'homme a étudié au lycée Corneille avant de choisir la prêtrise. Ses diverses missions l'ont amené en Alsace et dans un village nommé L'Épine, en Champagne, où il a séjourné dix ans.

— Cette partie de ma vie est inoubliable, ajoute-t-il. Très chaleureux, les habitants m'invitaient fréquemment à déjeuner chez eux, parfois même au restaurant. Avez-vous déjà mangé des pieds de cochon à la Sainte-Menou ? Un vrai délice ! Il faut déguster ce mets en hiver, quand il fait froid et que l'on a besoin de prendre des forces.

Fascinée par le mouvement comique des sourcils broussailleux de l'abbé, qui montent et qui descendent, je contiens difficilement mon envie de rire.

Ne soupçonnant pas mon état d'esprit, il poursuit ses explications en m'inondant de son regard bleu azur :

— Figurez-vous que, là-bas, on mange même les os des pieds de cochon tant ils cuisent lentement.

Nouveau mouvement de sourcils dans l'attente d'une réponse.

Par politesse, je déclare que ce plat champenois me semble étonnant, mais sûrement délicieux.

En réalité, l'idée de croquer des os de porc me répugne un peu.

Cependant, l'abbé n'en a pas oublié ses racines pour autant. Depuis une vingtaine d'années, il a retrouvé son port d'attache, Rouen, qu'il aime avec une passion communicative.

— Une ville, ajoute-t-il, qui détient d'étonnants secrets.

Depuis le parvis, la vue sur la cathédrale est à la fois grandiose et surprenante, car les deux tours qui encadrent l'édifice sont totalement dissemblables.

Les yeux rivés sur l'église imposante, j'écoute religieusement les commentaires de notre guide.

— Ces deux édifices ont été érigés à trois siècles d'intervalle et dans une architecture différente. À gauche, la tour Saint-Romain, construite dans un style gothique, comporte un toit en forme de hache. Les quatre pyramides au sommet sont appelées « pinacles ».

Ce dernier mot me réjouit. Je l'entends pour la première fois.

Je jette un regard furtif vers Suzanne, laquelle semble boire les paroles de notre hôte. Je me concentre de nouveau.

— Du côté opposé, nous accédons à la tour de Beurre, érigée en 1507.

L'abbé nous explique qu'elle fut construite pour harmoniser la cathédrale.

— On l'appelle aussi la tour des dispenses de carême. Savez-vous pourquoi ?

J'émets une hypothèse :

— Le beurre aurait pu être offert à l'église pendant le jeûne.

— C'est presque cela, répond le prêtre avec un sourire malicieux.

Il élève à nouveau les sourcils pour attirer notre attention :

— Comme vous le savez, le carême interdit à tout bon chrétien de manger du beurre et du fromage pendant les quarante jours de pénitence. Il est difficile pour le Normand, bon mangeur et grand travailleur, de se priver d'aussi bonnes choses, surtout dans une région aussi prospère en lait. Certains bourgeois faisaient don à l'Église de quelques pièces afin d'acheter le droit de consommer ces laitages. C'est avec cet argent qu'aurait été construit cet édifice.

Suzanne souligne combien les périodes de carême sont difficiles pour nos hommes :

— Ils se lamentent d'être privés de fromage. Qu'auraient-ils fait à cette époque ?

Le prêtre nous entraîne ensuite vers le milieu de la place afin de prendre le recul nécessaire pour lever les yeux et contempler le clocher.

Muette d'admiration devant la hauteur de la flèche, je perçois la question de Baptiste concernant sa dimension.

— Cent cinquante mètres, répond le prêtre. La précédente aiguille de Rouen, construite en bois et en plomb, n'a pas résisté aux attaques successives de la foudre. En 1822, lorsque la base de la pyramide fut touchée, le feu se répandit rapidement dans tout l'édifice à cause de la paille et des brindilles que les pigeons y avaient apportées. Le tocsin, sonnant au Gros-Horloge, fut bientôt repris par toutes les églises de la ville. Les pompiers actionnèrent leur pompe à bras, l'aiguille se balançait dangereusement et s'écroula tout à coup sur une des tours de la Calende. Ses soixante-dix tonnes de plomb se répandirent jusqu'à la rue de l'Épicerie. La cathédrale fut dépourvue de flèche durant plus de cinquante ans. Il y a seulement cinq ans que fut édifiée la flèche d'Alavoine, du nom de son constructeur, mais cette fois-ci la matière utilisée fut la fonte.

Toutes ces explications me font tourner la tête… comme du bon vin. Je souris malgré moi à cette dernière pensée.

Après avoir admiré les trois portails, nous pénétrons dans la cathédrale.

— Voici une petite devinette, propose l'abbé d'un ton espiègle. De nombreuses légendes sont liées à cet édifice, dont celle de Notre-Dame du Mystère. Il s'agit d'une vierge à l'enfant. Il vous faut faire un vœu et, si vous la découvrez, il sera exaucé.

Excités par cet enjeu, nos regards sillonnent les pierres et les colonnes de part et d'autre, tandis que nos pas nous dirigent vers le chœur de la cathédrale.

Tout à coup, Baptiste s'écrie en désignant la clé de voûte au-dessus de nos têtes :

— Je l'ai trouvée !

— Bravo, s'exclame le prêtre. Que votre vœu soit exaucé !

J'aimerais bien savoir quel est le vœu de Baptiste…

Interrompant un instant mon compte rendu, je songe qu'il ne me l'a pas dévoilé.

— Quel était ton vœu dans la cathédrale ?

— Je ne l'avouerai que sous la torture. Viens donc me persécuter et tu le connaîtras.

J'éclate de rire. Ce jeune homme ne manque aucune occasion pour se rapprocher de moi, mais je désire achever mon récit avant d'en oublier les détails.

10

L'alouette calandre

Où en suis-je ?

Dans la cathédrale.

Pendant que notre guide nous conte sur un ton vibrant l'édification de la première église, mon regard se pose sur une verrière bleu de Chartres.

Dans le déambulatoire, un vitrail attire mon attention.

— Cette œuvre illustre la légende de saint Julien l'Hospitalier, fable qui inspira Gustave Flaubert, me précise le prêtre avant d'éternuer plusieurs fois, sans doute un souvenir du bain matinal.

Le pauvre homme se mouche ensuite bruyamment dans un immense carré de coton.

Les yeux de Baptiste se sont illuminés en entendant le nom de Flaubert. Afin de laisser l'abbé respirer, il mentionne le scandale ayant entouré la parution de *Madame Bovary* et prend soin de spécifier que Flaubert, célèbre en pays cauchois, a obtenu, des années plus tard, un succès retentissant avec son roman.

— Pourtant, peu de Rouennais ont daigné suivre le cortège lors de son enterrement en mai dernier, conclut l'abbé, visiblement gêné que l'Église ait pu interdire un tel ouvrage.

Suzanne et moi poursuivons notre découverte du patrimoine par l'observation des quatre gisants.

L'abbé nous rejoint rapidement, dans le but évident de mettre un terme à ce sujet embarrassant.

Je lui pose la question de l'éclairage. L'abbé m'annonce que, depuis juin, l'éclairage électrique a fait son apparition à Rouen.

Nous nous rendons ensuite sur la place de la Calende, là où les pompiers se sont postés pour éteindre l'incendie de la cathédrale. Cela nous donne un certain recul pour admirer le portail entièrement habillé de dentelle de pierre.

Le prêtre décrit avec passion chaque figure de l'énorme façade, mais je m'y perds un peu dans cette profusion de détails.

Heureusement, un haussement de sourcils en ma direction m'indique la venue d'une nouvelle anecdote. Je prête déjà une oreille attentive. L'abbé ne se fait pas prier pour commencer son récit :

— Revenons au terme de « calende ». Nombreuses ont été les hypothèses à ce sujet. Certains ont bien sûr pensé au paiement des dettes, les calendes, mais, depuis quelques années, une autre possibilité est apparue sous forme de légende. Le terme « calende » est proche de celui de « calandre », qui qualifie une espèce d'alouette nichant en France au bord de la mer Méditerranée. Suivant une tradition ancestrale, cet oiseau prédisait le sort des malades. On présentait la cage avec l'alouette devant chacun d'eux ; si le volatile orientait la tête vers le malade, c'était le présage d'une guérison, s'il la détournait, c'était la mort assurée. Or, l'ancien Hôtel-Dieu avait un vis-à-vis sur la place de la Calende. Ainsi, l'oiseau, au pied du Christ, la tête tournée vers les malades, suffisait à leur redonner espoir.

Suzanne et moi sommes comme deux enfants émerveillées à qui l'on vient de lire une belle histoire.

Décidément, monsieur l'abbé n'est jamais à court de légendes ou de faits historiques. Son enthousiasme et sa singularité de conteur nous passionnent. Nous pourrions l'écouter une journée entière.

***

27 mai 2007

Lise fut forcée d'interrompre sa lecture, ne disposant pas de suffisamment de temps pour l'achever. Le lundi de Pentecôte étant devenu œuvre de solidarité envers les personnes âgées, de nombreux salariés comme elle reprenaient le chemin du bureau le lendemain. L'exception valait cependant pour les enseignants dont Renan faisait partie.

Lise adorait sa profession de bibliothécaire-documentaliste. Enfant, elle aimait s'enfermer dans sa chambre afin d'y goûter aux joies de la lecture, avec cet amour des livres qui, au fil des années, n'avait cessé de croître. C'est donc tout naturellement qu'elle avait passé le concours de documentaliste, ignorant alors jusqu'où il la mènerait.

Depuis son Argonne natale, le destin l'avait conduite en Picardie, à Beauvais, pour la guider ensuite jusqu'à Gournay-en-Bray, dans les locaux du château Pommel.

Certes, les lieux étaient un peu étroits, mais ils avaient un passé historique riche et pas des moindres. M. Pommel y installa sa ferme en 1838 et y fabriqua des fromages au lait entier. Les fermiers de la région lui vendant aussi leurs fromages, son entreprise prospéra rapidement et acquit une grande notoriété. Quelques décennies plus tard, la fromagerie fut rachetée par Charles Gervais. Lise imaginait souvent les voitures à chevaux d'antan, prélevant le lait de ferme en ferme et s'en allant livrer leurs fromages jusqu'à Paris.

Elle aimait rencontrer les lecteurs, écouter leurs demandes, leur conseiller ses ouvrages préférés ou guider les étudiants dans leurs recherches.

C'est grâce à son métier qu'elle avait rencontré Renan. Professeur de technologie au lycée Delamare Deboutteville, à Forges-les-Eaux, Renan rendait souvent visite à ses parents à Cuy-Saint-Fiacre et faisait un crochet par la bibliothèque pour emprunter une bédé ou un roman. Férus de Stephen King et cinéphiles tous les deux, ils avaient échangé sur ces sujets pendant des heures. Puis ils s'étaient revus, et Cupidon était entré en scène.

28 mai 2007

Lise prit la route dans l'Audi A4 que Renan avait consenti à lui prêter. Elle en appréciait les lignes élégantes et la souplesse de conduite.

Dans les plaines, le blé commençait à lever, transformant les champs en gazon fraîchement semé. À son passage, des vanneaux huppés prirent leur envol, saluant sa venue d'un scintillement argenté. Phil Collins chantait :

If you look through my eyes
There will be times on this journey
All you'll see is darkness
Out there somewhere, daylights find you[1].

En descendant la côte de Gournay, l'Audi roula dans une flaque d'eau, éclaboussant au passage un chat noir qui n'avait rien demandé.

Au feu rouge, Lise souligna ses yeux bruns d'un trait de crayon bleu ciel, puis, sur le parking, elle passa un brillant métal rosé sur ses lèvres. Son tailleur gris était impeccable, ses cheveux, souples et bien lissés, et elle se sentait jolie. Cependant, le cœur n'y étant pas, la journée risquait d'être longue. Elle entendit les dernières paroles de Phil Collins :

It will be alright.
You'll see, trust me
I'll be there watching ever you[2].

L'image de sa grand-mère lui serra le cœur.

---

1 Si tu regardes à travers mes yeux/Il y aura des fois dans ce voyage/Où tout ce que tu verras sera obscur/Quelque part par là, tu trouveras la lumière du jour.

2 Tout ira bien/Tu verras, fais-moi confiance/Je serai là, gardant un œil sur toi.

Heureusement, l'absence de visiteurs lui permit d'effectuer le rayonnage des derniers livres reçus. Dans l'espace de lecture flottait un air nostalgique, encore accentué par la fermeture de l'école de musique.

Angélique, sa collègue, ne prenant ses fonctions qu'à dix heures, Lise se retrouvait seule. Elle ne put s'empêcher de penser à Célestine et à Baptiste. Comment leur histoire avait-elle pu se terminer ? La jeune femme se promit d'aller observer cet oiseau de légende sur la façade de la Calende. Elle sifflotait malgré elle la comptine de l'alouette :

Alouette, gentille alouette.
Alouette, je te plumerai.

Réalisant ce qu'elle faisait, elle se demanda si cette chanson existait à l'époque et si Célestine avait pu l'avoir en tête.

Une recherche sur la Toile lui apprit que cette chanson canadienne de 1879 était apparue pour la première fois en France en 1893. Célestine ne pouvait donc pas l'avoir chantée à Rouen.

Puis, après quelques recherches sur *Wikipédia*, elle obtint les renseignements qu'elle cherchait sur ce petit oiseau nommé « calandre ».

Le caladrius, calandre ou caladre est un oiseau légendaire et fabuleux du Moyen-Âge, très présent dans les bestiaires, où il est décrit comme ayant la taille d'un corbeau ou d'un héron et possédant de grands pouvoirs de guérison.

On disait le caladrius capable de guérir les gens des maladies incurables, faculté qui en aurait fait l'oiseau favori de la cour des rois. Le caladrius était réputé venir se poser auprès des malades. S'il tournait la tête, la personne en question était destinée à mourir. Pour guérir un mourant, il fixait le malade, lui prenait ainsi sa maladie et volait ensuite vers le soleil pour la brûler.

Les caladrius étaient élevés dans les palais royaux pour annoncer, principalement, la mort des suzerains. Cette faculté le préservait de tout commerce : les éventuels acheteurs n'approchaient que par curiosité, pour savoir si l'oiseau allait détourner sa tête d'eux, puis rentraient s'enfermer chez eux.

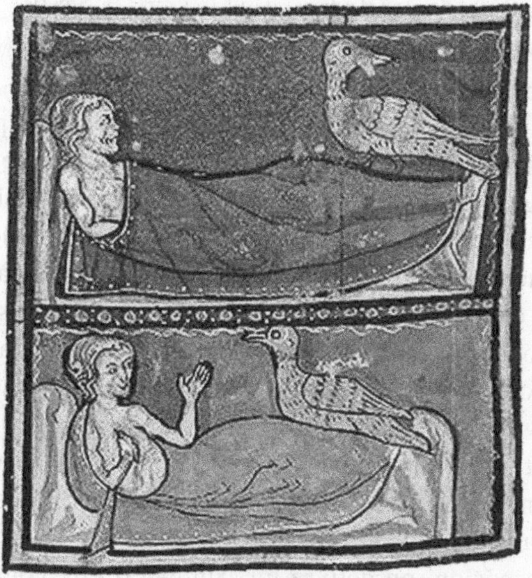

Lise prit alors conscience qu'en vingt-quatre heures, elle s'était totalement immergée dans la vie de cette inconnue, véritable échappatoire à sa douleur.

Elle savait que, bientôt, il lui faudrait affronter le moment douloureux de l'enterrement de sa grand-mère ; alors, elle comptait bien utiliser les quelques jours qu'il lui restait pour poursuivre sa lecture.

***

8 novembre 1880

L'ecclésiastique nous guide ensuite sur la place de la Haute-Vieille-Tour pour nous y dévoiler la Fierté de Saint-Romain.

Il s'agit d'un monument de forme haute et de petites dimensions accolé à l'avant de la halle aux Toiles. Les deux étages sont ajourés par des ouvertures en ogive et chapeautés par trois niveaux de taille décroissante.

— Puisque vous êtes ici pour la foire, je ne peux passer sous silence l'histoire de la gargouille, un dragon qui terrorisait Rouen au septième siècle et auquel on cédait de jeunes sacrifiées. L'évêque de Rouen, saint Romain, se porta volontaire pour capturer cet animal terrifiant, mais personne n'osa le seconder. Il conclut alors un pacte avec un condamné à mort, auquel il promit la vie sauve en échange de ses services. À l'issue d'un long combat, la gargouille fut capturée, puis immolée en place publique. Comme promis, le prisonnier fut gracié. Le roi Dagobert approuva le privilège, et, chaque année, le jour de l'Ascension, on délivra un criminel. Cette coutume persista au-delà des siècles jusqu'à la Révolution, en 1791. Le prisonnier, ayant défilé devant le palais des ducs de Normandie, grimpait au premier étage de l'édifice et présentait à la foule la châsse dans laquelle étaient conservés les os du saint. Rouen est une ville pleine de surprises, n'est-ce pas ?

Baptiste approuve de la tête. Curieux, il ne cesse de poser des questions à notre guide :

— Où sont aujourd'hui les reliques de saint Romain ? Quel était ce dragon ? Sait-on de quelle imagination est issue cette histoire ?

L'abbé admet ne pas détenir toutes les réponses, même s'il est néanmoins heureux de partager sa passion.

Quant à moi qui adorais enfant les légendes et les contes fantastiques, j'évoque l'abbaye de Mortemer, où l'on avait jadis enfermé Mathilde l'Emperesse, surnommée la Dame blanche et dont le fantôme réapparaît les soirs de pleine lune au mois d'août. Le prêtre a un sourire énigmatique ; il connaît bien cette histoire.

— Les voies du Seigneur sont impénétrables, se contente-t-il de répondre.

Suzanne, enthousiasmée elle aussi par tant de découvertes, reste néanmoins sceptique.

Empruntant la rue de la République, l'abbé nous entraîne vers l'église Saint-Maclou. Je propose de boire un verre dans un des nombreux établissements qui bordent la rue. Avec gentillesse et fermeté, monseigneur décline l'invitation :

— Nous prendrons un verre de cidre à la fin de la visite sur la place de la Pucelle.

L'église Saint-Maclou nous émerveille par sa façade en demi-cercle s'ouvrant sur cinq porches ornés de magnifiques portes en bois.

Le prêtre nous fait ensuite traverser la rue de la République pour nous montrer la rue Saint-Romain, laquelle date du Moyen-Âge et porte encore sur ses murs les empreintes des roues de charrette.

Cependant, Mgr Colombelle tient surtout à nous montrer les deux plaques, l'une rappelant la condamnation de Jeanne d'Arc, et l'autre, sa réhabilitation vingt-cinq ans plus tard.

Sa voix devient plus grave, presque mélancolique :

— C'est par ces rues étroites que se discutèrent les enjeux du procès. Pierre Cauchon y réunit ses juges au mois de mai 1431. Quarante-deux juges au total, pour décider du sort d'une jeune fille de dix-neuf ans.

Je perçois de la tristesse chez notre guide lorsqu'il reprend :

— Ces pierres ont une âme. Elles gardent en mémoire l'erreur des hommes qui ont conduit au bûcher une sainte.

Sur ces paroles entachées de regret, nous empruntons en silence la direction de l'hôtel de ville.

L'abbé nous surprend en bifurquant dans une petite rue à droite.

— Autrefois, la rue Damiette était un raccourci rejoignant la rue des boucheries, nous explique-t-il tout en marchant d'un bon pas.

Sur la gauche, une sorte de coupe-gorge nous met mal à l'aise.

— Il ne doit pas faire bon s'y promener la nuit, me chuchote Suzanne à l'oreille.

— On la surnomme la rue du Petit-Mouton. Elle accueillait autrefois de mauvaises fréquentations, explique le prêtre en se signant. L'enseigne du Petit-Mouton évoquait un service de bains à étuves, prétexte à l'adultère et à la débauche.

Les derniers mots de l'abbé me prêtent à sourire. En revanche, Suzanne me jette un regard noir.

J'imagine ces femmes qui vendent leur corps pour quelques deniers, ce que Max appelle « manger du pain de fesses ». Surpris par mon sourire, Baptiste me lance un regard interrogateur, auquel je réponds par un haussement d'épaules. Les explications viendront plus tard.

Les jardins de l'hôtel de ville étant ouverts au public, Mgr Colombelle nous suggère de les visiter au cours de notre séjour.

Nos pas nous amènent rue de l'Hôpital, puis place des Carmes.

— Voilà un marché qui va sûrement faire plaisir aux dames.

L'abbé ne croit pas si bien dire. C'est un enchantement pour nos yeux.

Partout se dressent des baraques en planches, où l'on vend des centaines de fleurs. Comme le temps est clément, j'aperçois des chrysanthèmes, des cyclamens et des azalées. Le jasmin d'hiver parfume les allées, tandis que le houx sauvage et les poinsettias décorent les devantures des boutiques. Devant les clients empressés à soulever les pots de fleurs et à en marchander le prix, les vendeuses s'activent, toujours prêtes à négocier.

Je souligne à l'une d'entre elles la chance de connaître un automne aussi doux cette année.

Les fleurs ont gelé à la Toussaint, l'an passé. Puis, l'hiver ayant été glacial, il a gelé chaque nuit d'octobre à mars, et les températures restaient négatives, même le jour. Le bois de chauffage était devenu si rare qu'on avait dû abattre deux pommiers.

— Une catastrophe, me répond-elle. Mes cousins parisiens ont vu d'énormes glaçons briser des embarcations sur la Seine. Il a gelé jusqu'à -24 °C. Un record de froid, il paraît. Fort heureusement, les ventes de la Toussaint ont été plus fructueuses cette année.

Je prends congé de la sympathique vendeuse pour rejoindre notre petit groupe.

J'apprécierais une pause. Cependant, la visite passionnante mérite d'être poursuivie.

— La rue du Gros-Horloge est la plus jolie et la plus célèbre de Rouen, s'enthousiasme le prêtre.

La réputation de ce lieu, si familier pour Suzanne et moi, se répand en effet par-delà les cantons.

Baptiste nous conte avec humour ce qu'on dit de Rouen dans son coin de pays :

— Si l'on ne distingue pas le clocher de la cathédrale, c'est qu'il pleut. Si on l'aperçoit, c'est signe de pluie.

Mgr Colombelle s'esclaffe :

— C'est pour cela, mon bon ami, que Rouen est aussi appelé le « pot de chambre de la Normandie ».

Baptiste rit à son tour en promettant de se souvenir de l'expression.

Avec cette bonne humeur communicative, l'abbé nous apprend que le Gros-Horloge a été réalisé à l'initiative des commerçants de la rue, drapiers ou orfèvres.

À ces mots et pour notre plus grand bonheur, l'horloge, qu'on surnomme « le gros », sonne cinq coups.

— Regardez ! s'écrie Baptiste. La seule aiguille indiquant les heures est ornée d'un mouton.

Devant la fontaine, Mgr Colombelle nous décrit les sculptures de deux amants aux regards tendres.

Baptiste me frôle alors la main sans attirer l'attention du prêtre ni de Suzanne.

J'ai envie de l'embrasser et de me retrouver seule avec lui.

L'abbé présente des signes de fatigue, et sa voix s'enroue plus facilement, suite, semble-t-il, aux événements du matin. Devant notre invitation à marquer une pause, l'homme rétorque qu'il serait dommage de ne pas voir la place de la Pucelle.

En traversant la rue Jeanne-d'Arc, il fait allusion à la tour de la Pucelle, plus haut vers Beauvoisine.

— Allez la voir demain si vous avez le temps, nous conseille-t-il.

Nous parvenons ensuite à notre destination finale, si chère aux yeux du prêtre. Sur cette place abondent les boutiques de boulangers, de chocolatiers et de pâtissiers.

Une odeur appétissante de pain frais et d'amandes grillées emplit l'air.

Concentré par l'évocation de nouvelles anecdotes, l'abbé ne semble pas y prendre garde.

— Malgré son aspect agréable, ses hôtels et ses commerces, cette place est maudite. Au fil des siècles,

les supplices et les décapitations en public s'y sont succédé. Jeanne d'Arc y fut immolée, comme vous savez, le 30 mai 1431.

L'abbé nous emmène vers une sorte de stèle de pierre, puis il toussote et prend une voix émue :

— Jusque-là, on utilisait des échafauds en bois, mais, pour elle, un vaste promontoire de pierre fut érigé. Pierres dont il reste la base aujourd'hui. Sur sa demande, on alla chercher la croix d'une église qu'elle garda sur son cœur. « Je veux mourir en la regardant », leur dit Jeanne. Elle cria en apercevant la première flamme, puis le feu prit de l'ampleur, et on n'entendit plus sa voix. Selon la légende, ni l'huile ni le soufre, pas plus que le charbon du bourreau ne purent consumer son cœur, ce qui tenait du miracle. Il fut alors établi l'évidence de sa sainteté.

Je me sens projetée quatre cent cinquante ans plus tôt devant l'horrible scène du supplice.

Les poils sur mes bras se hérissent, et je ressens la peur de la malheureuse montant sur l'échafaud.

Baptiste demeure prostré devant la fameuse pierre et, dans les yeux de Suzanne, je crois distinguer des larmes.

Pour nous remettre de nos émotions, l'abbé suggère de nous rendre au café du Lion-d'Or, lieu de bonne réputation où il amène quelquefois des amis de la paroisse.

À côté de cet établissement se dresse une jolie boutique d'apothicaire. Le comptoir et le coffrage des murs sont en bois d'acajou. Sur le rayonnage central, alignés en hauteur, de majestueux vases de faïence blanche se distinguent par des liserés raffinés.

Plus bas, des pots en verre à large ouverture contiennent des plantes séchées, tandis qu'un des pans de mur laisse entrevoir des bouteilles bleues aux capuchons laitonnés, plusieurs mortiers et divers fioles et objets en étain. J'aperçois l'indispensable alambic qui toise les balances de petite taille. Quant à l'arrière-boutique, elle me laisse imaginer l'élaboration de quelque thériaque.

Mathilde Le Roy possédera peut-être un jour un tel établissement...

L'abbé pousse la porte du Lion-d'Or.

La chaleur réconfortante de la maison nous enveloppe comme un manteau. Un carrelage de terre cuite recouvre le sol, accentuant la sensation de bien-être.

Trois serveurs, torchon sur le bras, se déplacent de table en table. Outre leur long tablier blanc et leur pantalon de service, ils sont élégamment vêtus d'une veste noire, d'un chemisier et d'un nœud papillon blanc. L'un d'eux porte une fine moustache expressive qui me rappelle celle de Fernand.

Où est-il à cette heure-ci ?

A-t-il regagné la maison ?

Comment s'en sort-il avec les enfants ?

J'imagine son attitude un peu désemparée, s'efforçant d'assumer au mieux son rôle de père. Le tableau me paraît si touchant que je réalise subitement à quel point je l'aime encore.

L'arrivée du serveur m'extirpe de ma rêverie.

Suzanne et moi commandons une bolée de cidre, tandis que le prêtre et Baptiste prennent un verre de vin chaud.

Le café, moderne, dispose d'une imposante machine nickelée en forme de tourelle, à laquelle est relié un réservoir plus petit. À notre grande surprise, l'abbé nous apprend qu'elle sert à réaliser le café.

Il nous questionne sur nos vies de famille.

Suzanne, peu éloquente jusqu'alors, se met à parler avec véhémence de ses enfants, Étienne et Robert, tous deux employés à la ferme, qui deviennent déjà de solides gaillards. Bertille et Hortense, les cadettes, sont de gentilles filles dont les bonnes manières forcent l'admiration. Suzanne nous annonce d'ailleurs dans un souffle qu'Hortense aimerait entrer au couvent. Après avoir évoqué Louis, son mari, courageux bûcheron, elle prend soin de souligner qu'elle ne manque aucun des offices religieux et des pèlerinages de la paroisse d'Hodeng.

Cette précision amuse Mgr Colombelle, et Baptiste me donne un coup de genou sous la table. Puis l'abbé se tourne vers moi, attendant que je me délie la langue à mon tour.

Je n'aime pas être l'objet de l'intérêt collectif, et c'est d'une voix timide que je dépeins ma vie de famille avec mes six enfants. Marcel aura un an le 6 février.

— Eh bien ! s'exclame l'abbé. Ces enfants doivent vous donner beaucoup de travail ! Quel âge a l'aîné ?

— Bientôt dix-sept ans.

Le ton de ma voix trahit une certaine fierté, bien légitime, car Louise me rend de grands services à la maison. Je mentionne également qu'Yvonne, malgré ses cinq ans, s'occupe beaucoup de Marcel.

— Le petit a une manière de grimacer qui la fait rire aux éclats. Voir mes enfants heureux est la plus belle des récompenses.

— Et votre mari, vous n'en avez pas parlé, que fait-il ?

J'entrevois le mouvement de recul de Baptiste et devine son soupir lorsque je réponds :

— Fernand est employé à la ferme. Le travail est souvent pénible…

Un silence un peu lourd accueille mes paroles.

— Un ange passe, constate l'abbé.

Baptiste brise le malaise en décrivant son arrivée récente dans la campagne brayonne et sa vie sur la côte normande. Il expose son travail à la cidrerie et confond les noms de ses cousins.

— Mon récit est un peu décousu. Ce doit être le vin chaud, s'excuse-t-il d'un sourire narquois.

Une profusion de rires s'ensuit, à laquelle seule Suzanne, accaparée par l'agacement qu'elle éprouve pour Baptiste, se soustrait. Le prêtre, qui commence à prendre des couleurs, commande un second verre de vin. Baptiste l'accompagne. La discussion s'anime, et les deux hommes plaisantent à propos du bain du matin.

Le prêtre revit ce moment avec nous :

— Je contemplais le lever du soleil sur la Seine lorsque je me suis retrouvé aveuglé par la fumée noire d'un bateau qui quittait le port. Alors que je tentais de m'orienter, l'arrivée des deux coureurs m'a surpris, et j'ai basculé. La marche était haute, et l'eau, plutôt glaciale !

— On peut dire que vous avez été baptisé.

De nouveaux éclats de rire saluent la remarque de Baptiste.

Mgr Colombelle nous fait promettre de revenir le saluer l'an prochain. Dans une humeur joyeuse, mais le corps exténué, nous regagnons l'hôtel de Bourgogne.

Le lendemain, Baptiste profitera de la matinée pour visiter la cidrerie sur la rive gauche, puis nous flânerons ensemble tout l'après-midi.

Durant la nuit, je fais un rêve étrange.

Assurément torturé par les légendes contées par l'abbé, mon esprit les assemble dans un drôle de méli-mélo. L'évêque Colombelle est chargé par la ville d'exterminer le monstre qui s'est emparé de la cathédrale. Cette entité a l'allure d'une des gargouilles fantastiques à tête de dragon et elle surgit pendant les vêpres, provoquant la panique de l'assistance. Décidé à chasser cette créature importune, le prêtre s'allie avec Baptiste, fait prisonnier pour avoir dérobé le manuscrit de Saint-Maclou. Mon amant pourchasse la créature à travers la ville jusqu'à la Seine, dans laquelle l'effroyable chimère plonge la tête la première. Saisissant le filet de pêche d'un bateau amarré au port, mon héros réussit à la capturer sous les applaudissements de la foule. La bête est brûlée en place publique. Au moment où Baptiste doit être libéré, les règles ont changé. On amène l'alouette. Si cet oiseau tourne la tête vers Baptiste, il sera innocenté ; dans le cas contraire, c'est le bûcher. Or, le volatile, au corps de colombe et avec une tête similaire à celle de Suzanne, détourne son regard. Je me réveille en sursaut, couverte de sueur. Réveillé par mes soubresauts, Baptiste me prend dans ses bras, et les battements de mon cœur ralentissent peu à peu.

9 novembre

Encore tourmentée par mon rêve de cette nuit, j'éprouve une étrange sensation en rejoignant Suzanne. Je lui tais cependant mon songe, de crainte de paraître ridicule à ses yeux. Chemin faisant, je tente une conversation sur Baptiste qui s'apparente rapidement à un monologue. Mes propos sur la famille remportent davantage de succès. Les rencontres avec nos frères sont rares et précieuses. Une année s'écoule ordinairement entre chaque rendez-vous.

Le tramway à vapeur nous dépasse, faisant tinter sa clochette.

Rue Jeanne-d'Arc après l'église, la route pentue nous oblige à ralentir la cadence et à parler par monosyllabes.

Nous soufflons un peu en observant la vitrine du salon de coiffure Gerlin, juste après la teinturerie. Une étagère de parfums cloisonne la salle en deux espaces, l'un pour les hommes et l'autre dédié aux femmes.

Les mouvements d'un barbier nous laissent entrevoir un homme dont le menton disparaît sous une épaisse mousse blanche. L'éclat de la lame du coupe-chou a quelque chose d'inquiétant dans ce Rouen matinal.

Quelques dames attendent leur tour sur de gros fauteuils en feuilletant des magazines. Derrière elles, on distingue les silhouettes drapées de blanc de celles qui confient leur beauté aux mains expertes des coiffeurs.

M. Gerlin se distingue assurément des commis (portant le tablier) par sa tenue exemplaire : un complet-veston et une moustache noire savamment lissée. Ses cheveux ondulés, brillants de lotion, sont harmonisés par une raie impeccable.

J'aimerais parfois être une riche citadine pour pouvoir m'offrir le luxe de ces moments privilégiés, les ambiances ouatées et parfumées de ces endroits chics et des toilettes à la mode.

Nous croisons deux élégantes, qui s'apprêtent à entrer à l'intérieur du salon. Elles ne nous adressent pas même un regard. Le patron les salue courtoisement, au tintement de clochette de la porte, en les appelant par leurs noms.

Nos deux frères tiennent un bar sur la place Cauchoise : La Pomme pressée.

Étienne loge au-dessus de l'établissement, et Maxime réside sur les hauts de Rouen. Heureux de notre visite, ils nous offrent un café avec des mirlitons et des sablés au calvados, spécialités de la maison.

Arlette, la femme d'Étienne, est absente, car elle assure le ménage chez un couple de médecins. Leurs enfants de six, dix et douze ans étudient tous les trois à l'école du quartier. Maxime, qui effectue quotidiennement le trajet à pied jusqu'au café, assure que marcher préserve la santé. Son épouse Bernadette est institutrice à Bois-Guillaume. Ils ne parviennent pas à avoir d'enfants, au grand désespoir de Bernadette, qui passe sa vie à éduquer ceux des autres et aimerait en avoir un bien à elle.

Nous évoquons la chapelle d'Hodeng, dont la statue de saint Gilles rend les femmes fertiles, et de la source à Lyons-la-Forêt, réputée fécondante.

Maxime affirme avoir visité un rebouteux, lequel a prescrit une potion à Bernadette et dont les résultats furent infructueux. Il ajoute, déclenchant l'hilarité générale :

— La queue de notre quin est bien venue sans qu'on tire dessus.

Puis il est question des élections municipales, programmées l'an prochain.

Le favori, Louis Ricard, est un riche avocat proche du peuple que l'on surnomme « la belle Fathma ».

— S'il est élu, affirme Maxime, ce qui laisse peu de doutes, il y aura de l'agitation dans les rues de Rouen, et la victoire sera certainement arrosée.

— En tout cas, complète Étienne, nous nous tiendrons prêts à accueillir la foule.

Fatalement, nous ravivons le passé. Étienne, intrépide, donnait des sueurs froides à ma mère dans son invention de nouvelles sottises. Haricot enfoncé dans son nez, lequel avait commencé à germer, luge sur la glace qui s'était fendue sous son poids et surtout l'épisode de l'œil de lapin. Notre frère était revenu en pleurant, masquant son œil d'une main et exhibant de l'autre l'œil d'un lapin tué dans la ferme voisine. Ma mère poussait de tels cris que les voisines, alertées, coururent à sa rencontre.

Cette histoire nous déclenche un fou rire irrépressible chaque fois.

— Et toi, ma sœur, es-tu enfin à l'heure ? demande Étienne pour me mettre en boîte.

Les autres se gaussent bruyamment.

— Oui, maintenant que j'ai un beau réveil, je suis toujours à l'heure, fais-je, bonne joueuse.

Étant née deux jours après terme, j'avais dû essuyer durant mon enfance quelques plaisanteries sur mes erreurs de ponctualité. Cette réputation avait perduré, resurgissant à chaque retard de ma part. Ainsi, en symbole de cette complicité, mes frères m'avaient offert pour mon mariage un réveil mécanique.

Étienne nous questionne sur nos familles. Après avoir résumé au mieux les derniers événements, j'ajoute quelques mots sur Marcel, qu'ils n'ont pas encore vu, et sur Yvonne, qui est entrée à l'école.

Mes frères promettent de nous rendre visite aux beaux jours, d'autant que Maxime aime jouer aux cartes avec Fernand. Après les boujou d'usage, nous regagnons l'hôtel. Quel plaisir de reposer nos jambes fatiguées devant l'âtre !

Lors de sa visite à la cidrerie Boulard, Baptiste a assisté aux premiers pressurages des pommes à cidre sur d'immenses installations.

Quelques astuces, concernant l'huilage de certaines pièces, lui seront utiles chez M. Desmoulins.

Après le repas à l'auberge, je me promène avec lui. Lasse, Suzanne a préféré débuter ses travaux de couture. Baptiste souhaite rejoindre les petites rues autour de la cathédrale, site de prédilection des libraires. Dans la rue des Bonnetiers, nous observons le travail délicat des couturières.

La devanture chic d'un chapelier me pousse à faire une halte. La boutique est bondée de clients et de promeneurs comme nous qui, tour à tour, soulèvent les chapeaux des présentoirs pour les poser sur leur tête et s'admirer dans le miroir.

— Viens, me dit Baptiste, entrons.

Il y en a pour tous les goûts et pour toutes les bourses. Baptiste me surprend en essayant un chapeau melon, qui lui assure un charme très élégant.

Alors que j'admire un chapeau noir ajusté, décoré d'une voilette en dentelle et rehaussée d'une plume rose, Baptiste surgit derrière moi et me tape sur l'épaule pour que je me retourne. L'animal s'est paré d'un béret paysan, et ses mimiques en adoptent la dégaine. J'éclate de rire devant ces facéties.

Enfin, je me décide, ôtant ma calipette pour essayer ce chapeau qui me fait envie. Baptiste est admiratif et me trouve l'air d'une grande dame, une Parisienne, ajoute-t-il.

Nos pas nous amènent ensuite au contact des couteliers, des dentellières et d'un atelier du cuir jusqu'au lieu convoité. Devant nous se profile l'enseigne du Temple de l'écriture.

Dans cette librairie, les rayons menacent de craquer sous l'empilement des vieux ouvrages ; il règne une odeur fort agréable, mélange de vieux papier et d'encaustique. M. Bergaut, vêtu d'une blouse grise, se présente et nous invite à lui faire part de nos recherches. Nous lui assurons que nous n'hésiterons pas à faire appel à ses services en cas de besoin, mais que nous préférons jeter un œil sur les rayonnages. D'autres clients pénètrent cet endroit sacré. M. Bergaut les conseille avec une voix très douce, chaussant ses lunettes qui lui donnent l'air d'un oiseau. Il renseigne le client sur l'acquisition d'un livre ou plus ordinairement sur celle d'un crayon ou d'une boîte de plumes sergent-major.

Baptiste, tout à son bonheur, y dégotte un recueil de poèmes.

Visible sur notre gauche en sortant de la boutique, le portail de la Calende nous renvoie à la légende de l'oiseau.

Je me hasarde à dévoiler mes pensées profondes :

— Et si c'était vrai... Quelle angoisse face à une prophétie de mort ! Il vaut mieux ignorer son destin dans tel cas.

— Je partage ton avis. Tant de gens ont recours à des voyantes pour connaître leur avenir. Qu'a-t-on à y gagner ? Après le présage d'une mauvaise fortune, on gaspille inévitablement sa vie en tentant de contrer le sort annoncé.

— De toute façon, ajouté-je, personne n'échappe à son sort, au destin tout tracé ; alors, à quoi bon le connaître à l'avance.

Baptiste marque une longue pause avant de me répondre :

— Je crois qu'il y a des fatalités auxquelles on ne peut échapper comme celle de la maladie ou de la mort, mais, pour les événements de la vie, nos choix entrent aussi en ligne de compte. Pour te citer un exemple, j'ai eu l'opportunité de travailler pour la saison au palais Bénédictine, à Fécamp. Peut-être m'y aurait-on embauché par la suite ? Titillé par l'aventure de mettre en marche le nouveau pressoir de mon cousin, j'ai finalement opté pour Hodeng. Si je n'avais pas suivi cette voie, notre histoire d'amour n'aurait pas eu lieu. Sans le savoir, j'ai pris la plus belle décision de toute ma vie.

Je souris, flattée par cet aveu de sentiments.

Il m'apparaît pourtant que c'est la fatalité qui m'a poussée dans ses bras. Si Fernand ne s'était pas mis à boire...

— J'approuve ton point de vue : nous sommes tous responsables de nos choix et forcés d'en assumer les conséquences. En vérité, pourtant, la vie nous piège, car notre milieu familial ou la malchance nous empêchent d'être libres.

— Tu as raison, reprend-il. L'homme a une part de manœuvre, mais la chance joue le premier rôle, fatalement.

Tandis que Baptiste se perd dans la contemplation des sculptures, je me remémore le songe de la nuit passée et décide de le lui conter.

— Tu as l'imagination fertile, me taquine-t-il en riant.

Mes yeux glissent sur les bâtiments entourant la façade et je remarque une boutique à l'allure modeste, mais au contenu précieux. Il s'agit d'une faïencerie de Vieux-Rouen.

De superbes assiettes y sont exposées, ainsi que des soupières, des crucifix et des bénitiers. Baptiste est séduit par un médaillon en acier, sculpté à l'effigie de Jeanne d'Arc et soudé sur une pièce de faïence peinte.

Il admire la finesse de la gravure et la sobriété des touches de couleur. Ce style, habituellement surchargé de motifs, se révèle ici en toute simplicité.

— Je te l'offre.

Bien que ravie et touchée par cette attention, je proteste et prétends que c'est trop et que Fernand ou les enfants risquent de le découvrir.

— Autorise-moi à te choyer, murmure-t-il d'une voix douce en me nouant la cordelette autour du cou.

Satisfait du résultat, il suggère :

— Dissimule-le sous ton corsage et conserve-le toujours sur ton cœur

J'accepte à une condition, celle de se l'échanger à tour de rôle. Baptiste acquiesce, enchanté par cette idée.

***

28 mai 2007

Lise scruta le médaillon : difficile de deviner le dessin qui y figurait. L'objet était tout lissé, comme usé par le frottement.

***

9 novembre 1880

Baptiste m'entraîne vers la Seine, sur le pont Corneille. À propos de l'étrange dispositif qui chapeaute la plus haute usine, il a obtenu l'explication à la cidrerie. Il s'agit d'un paratonnerre, surnommé « la pompe à feu de la foudre » par les habitants de Saint-Sever.

À vue d'œil, ce paratonnerre semble aussi haut que la flèche de la cathédrale.

Au bout du pont Corneille, un jeune homme brun, barbiche et fine moustache, en chemise et haut-de-forme, immortalise le paysage sur un chevalet. Nous nous arrêtons un instant afin de contempler son œuvre. De cet angle de vue, le pont de pierre paraît gigantesque. Le peintre y figure une vraie scène de vie, esquissant des femmes aux robes élégantes, accompagnées d'une calèche à cheval. En fond de toile se découpe la silhouette massive de la cathédrale.

En longeant les berges de la Seine, nos pas nous amènent vers la promenade du Cours-la-Reine. Cet endroit paisible et planté de hauts arbres offre un panorama grandiose sur les clochers des églises et sur la cathédrale.

— Asseyons-nous sur ce banc un instant. J'aimerais te lire le poème d'Alfred de Vigny, intitulé *Les Amants de Montmorency*, mais que j'ai renommé « Les Amants de Rouen ».

J'approuve de la tête. Baptiste commence à déclamer :

Ils passèrent deux jours d'amour et d'harmonie,
De chants et de baisers, de voix, de lèvre unie,
De regards confondus, de soupirs bienheureux,
Qui furent deux moments et deux siècles pour eux.
La nuit on entendait leurs chants ; dans la journée
Leur sommeil ; tant leur âme était abandonnée
Aux caprices divins du désir ! Leurs repas
Étaient rares, distraits ; ils ne les voyaient pas.

L'extase avait fini par éblouir leur âme,
Comme seraient nos yeux éblouis par la flamme.
Troublés, ils chancelaient, et le troisième soir,
Ils étaient enivrés jusques à ne rien voir
Que les feux mutuels de leurs yeux.

Ils tombèrent assis, sous des arbres ; peut-être...
Ils ne le savaient pas. Le soleil allait naître
Ou s'éteindre... Ils voyaient seulement que le jour
Était pâle, et l'air doux, et le monde en amour...

Je soupire d'aise à la lecture de ces jolis vers. Le choix de Baptiste est vraiment approprié à la situation.

— Je n'ai connu, me confie-t-il, de jours plus délicieux que ta compagnie dans cette belle ville de Rouen.

Nos mains s'effleurent et nos lèvres se rejoignent passionnément. Peu importe le regard des promeneurs, l'esprit libre et détaché de mes préoccupations quotidiennes, je n'éprouve aucun sentiment de culpabilité. Ce séjour ouvre une parenthèse de bonheur dans ma vie si compliquée.

Je m'abandonne à ces doux instants de quiétude lorsqu'un sentiment de malaise m'oppresse soudainement la poitrine.

L'ombre de la mort semble planer au-dessus de Baptiste.

Pourquoi cette angoisse vient-elle gâcher mon optimisme ?

L'année bissexte n'a toujours pas apporté son lot de malheurs.

10 novembre

Bien avant l'aube, les chevaux de notre diligence s'élancent sur les chemins de notre campagne brayonne. Nous nous endormons, malgré les soubresauts de la calèche. Ces quelques jours ont été harassants. La foule, les longues marches et les piétinements ont raison de notre vaillance. Une halte à l'auberge de Ry permet d'étirer nos corps douloureux. Le repas est le bienvenu.

L'aubergiste nous informe des actualités survenues durant notre escapade.

— Louise Michel est rentrée à Paris. Elle a débarqué au port de Dieppe. Les journaux ne parlent que de cela.

Puis Baptiste questionne l'aubergiste sur *Madame Bovary* :

— Est-il vrai que cette dame résidait dans le village de Ry ?

— Effectivement. Monsieur Gustave Flaubert, dont le père était chirurgien à l'Hôtel-Dieu, habitait, quant à lui, sur les bords de la Seine à Croisset, près de Rouen. On ignore comment il connaissait cette personne. En hommage à monsieur Flaubert, dont je suis un fervent admirateur, je souhaite baptiser mon auberge La Table d'Oscar.

L'idée est approuvée à l'unanimité. Lors de notre prochain passage, le restaurant aura probablement modifié son nom.

Après les saluts d'usage, il est grand temps de reprendre la route. Nous atteignons Hodeng avec l'angélus du soir.

Les enfants sont fous de joie de me revoir.

J'ai rapporté aux garçons des toupillons de bois et, pour les filles, je déplie de splendides mouchoirs de dentelle, provoquant des cris d'admiration. Fernand reçoit des chemises toutes neuves ainsi qu'une blouse. Heureux de me revoir, il me serre dans ses bras.

Apparemment, ces quelques jours de séparation ont été bénéfiques pour tout le monde.

11
Au verger

11 novembre

Afin de résorber trois verrues sur sa main gauche, Louise a jeté une poignée de pois secs dans le puits.

Je n'ai pas rencontré Baptiste de la semaine.

Presser les pommes occupe tout son temps.

Cependant, l'imagination ne lui faisant pas défaut, il me propose par l'intermédiaire d'Alfred de venir assister à la cueillette des pommes à cidre avec les enfants.

Mes aînées ont déjà effectué cette récolte chez Desmoulins, quelques années auparavant, mais pas Alfred qui trépigne d'impatience à l'idée de s'y rendre. Gaston manquera l'école un après-midi, avec l'accord de M. Renard. Selon l'enseignant, les leçons de choses de la nature sont aussi importantes que les dictées ou les calculs.

Le rendez-vous est fixé pour le surlendemain.

Ce soir, Gaston poursuit son tour de France en compagnie des deux protagonistes André et Julien. Les enfants ont retrouvé leur oncle Frantz et explorent la Normandie avec le père Guillaume, que la Providence a placé sur leur chemin.

Le père Guillaume s'applique à leur transmettre les principales qualités de la région. Rouen, ville laborieuse, abrite de nombreuses usines filant chaque année trente kilos de coton. Cette lecture, rappel inéluctable de notre périple rouennais, me pousse à sourire.

Dorénavant, outre la lecture, Gaston calcule avec brio les contenances de bassins remplies aux trois quarts, ainsi que les bénéfices des ventes de bétail, et convertit les hectares en arpents de terre. À ce rythme, il deviendra bientôt aussi bon fermier qu'instituteur !

13 novembre

Dans le verger des Desmoulins, grouillant de l'animation et du sifflement enjoué des ouvriers, Baptiste s'affaire au cueillage. Les pommiers ploient sous le nombre de fruits que l'année bissexte et la lune rousse ont épargnés. Il vient à notre rencontre et nous salue joyeusement, donnant des tapes sur les épaules des plus grands et leur serrant la main tour à tour. S'agenouillant pour être à la hauteur d'Yvonne, il lui prend doucement le poignet et fait mine de lui faire un baisemain, ce qui amuse beaucoup la petite. Marcel a droit à une caresse sur la joue, et moi, à un vrai baisemain, provoquant à nouveau le rire d'Yvonne.

Puis Baptiste leur explique comment on produit le cidre. Voilà en gros ce qu'il leur enseigne :

— Le cidre est fabriqué à partir de quatre familles de pommes : les variétés amères et douces-amères, qui entrent pour une grande partie dans sa composition, puis les espèces douces qui donneront le sucre pour l'alcool et enfin les pommes acidulées.

Ils ouvrent grand leurs yeux et leurs oreilles. C'est beau de les voir aussi attentifs.

— Les fruits, une fois gaulés, sont ramassés un à un par les cueilleurs et déposés dans de grands paniers qu'on nomme « rasières ».

Il saisit un des paniers qu'il leur fait soupeser.

— Les pommiers de monsieur Desmoulins présentent de nombreuses espèces de pommes plantées par parcelles. Leur maturité n'a pas lieu en même temps, ce qui permet d'échelonner les récoltes.

— C'est quoi, la maturité ? interroge Yvonne.

Baptiste rétorque :

— C'est quand les fruits sont mûrs ; alors, il est temps de les ramasser pour en faire du cidre. Trop tôt, ils seraient trop durs, et, trop tard, les fruits pourriraient.

Il esquisse un sourire à l'intention d'Yvonne, laquelle, intimidée, se cache dans ma robe. Marcel bafouille des « ba ba ba » avec l'air de participer à la conversation.

— Et comment sait-on que les pommes sont mûres ? demande Alfred.

Baptiste est visiblement enchanté de l'intérêt qu'ont les enfants pour sa leçon.

— En général, lorsqu'il y a entre un tiers et la moitié des fruits tombés au sol, on considère que la maturité est à point et que le ramassage va pouvoir commencer.

Ainsi, on a déjà cueilli l'« onfroy d'Argueil », la « gros œillet » et la « pomme de lièvre ». La « binet rouge » est ramassée en ce moment.

Les enfants s'amusent des noms attribués aux différents types de pommes. La « pomme de lièvre », surtout, les réjouit. En entendant Baptiste surenchérir avec des noms de variétés bretonnes telles la « tête de vache » et la « peau de chien », les garçons ricanent de plus belle. Marcel, à force d'observer ses frères, se secoue dans mes bras, riant aux éclats et déclenchant l'hilarité générale.

Baptiste me demande si tout ce petit monde peut l'aider à ramasser les pommes, ce que j'accepte volontiers.

Muni d'une longue gaule de noyer, Baptiste secoue vigoureusement les branches afin de faire choir les fruits que les enfants esquivent en riant. Puis ils courent les ramasser et les déposent dans les rasières.

Lorsque les pouques sont bien remplies, les trois saisonniers les hissent sur la charrette, puis montent à leur tour et tendent leurs bras aux garçons, ravis de les accompagner jusqu'à la ferme.

Avec Yvonne, je dépose Marcel pour sa sieste chez Suzanne et me dirige vers la ferme Desmoulins.

Dans la grange en terre battue, les fruits sont triés par catégories, des feuillets indiquant le nom de l'espèce. À gauche, les pommes à couteau, et, à droite, les pommes à cidre sont regroupées par date de récolte. Les journaliers ayant renversé au sol les fruits du jour, les enfants les roulent avec soin, enlevant au passage les pourris.

Baptiste leur explique qu'il devra constamment veiller sur la bonne tenue de ces pommes jusqu'au pressage, qui aura lieu en décembre.

— Quand le cidre est tiré, on le baptise, ajoute-t-il d'un air mystérieux.

Sous le regard insistant des enfants, Baptiste développe ses propos :

— Au matin de la Saint-Jean, avant la pointe du jour, l'eau est tirée du puits et conservée précieusement dans un tonneau, au fond de la cave des Desmoulins. Cette eau bonifiera le cidre.

Un des saisonniers au teint rouge, surnommé Bèbère par les deux autres, observe Baptiste d'un regard narquois. Il exhibe un nez aussi haut en couleur que les lichettes de calva qu'il a dû ingurgiter.

Tapant sur l'épaule de Baptiste, il lui chante :

— L'eau ne bonifie pas que le cidre. Elle rend aussi amoureuses les filles à marier.

Les trois compères éclatent d'un rire gras et sonore.

Baptiste, un rien gêné par cette allusion en ma présence, ne sait plus vraiment s'il doit les accompagner ou pas. Il nous entraîne à l'extérieur afin de nous montrer le vieux broyeur.

Une à une, il détaille les étapes de fabrication du cidre et les rend à la fois simples et attrayantes pour des oreilles d'enfant.

— Lorsque le premier jus est tiré, on le met en tonneau à la cave pour la fermentation. Certains tonneaux contiendront la « boisson », du cidre mélangé avec de l'eau. On peut déjà boire le cidre doux au bout d'un mois et demi ou le mettre en bouteilles. Sinon, on attend jusqu'au printemps qu'il gagne en force.

— J'ai déjà bu de la boisson ! s'exclame fièrement Alfred.

— L'as-tu aimée ?

— Oui, beaucoup. Maman nous permet de boire la boisson le dimanche et le cidre les jours de fête.

— Cette boisson fortifie les enfants, confirme Baptiste, et les pommes assurent de belles joues rouges. Lorsque les fruits ont rendu tout leur jus, il reste le marc, qu'on réduit en purée et qu'on laisse dehors dans l'herbe pour que l'hiver l'élimine. Il faut cependant le mettre à l'écart de la volaille ou des cochons, car ils seraient saoulés par les effluves qui en émanent. À Étretat, j'ai entrevu une poule complètement ivre. On avait beau la chasser, lui hurler après, elle ne bougeait pas d'une plume tant qu'elle n'était pas dégrisée.

Cette histoire nous amuse beaucoup. Les garçons s'étonnent d'un tel phénomène. En cas d'ivresse, les animaux demeurent inertes, alors que les humains, eux, marchent de travers.

Impatient sans doute de se dégourdir les jambes, Alfred illustre ce phénomène en courant et en titubant tout à coup.

Gaston l'escorte et stoppe net, oscillant d'avant en arrière en lançant des « hic » d'ivrogne.

— On dirait papa, lâche Alfred.

Il bâillonne aussitôt sa bouche de la main, regrettant sa spontanéité.

Baptiste me dévisage, mais, impuissante, je me contente de hausser les épaules.

Les enfants en devinent souvent plus qu'on ne le souhaite, et l'image offerte par leur père est affligeante, loin du modèle qu'ils sont en droit d'attendre.

18 novembre

Les verrues de Louise ont disparu en une semaine.

Blanche est à la maison, et les fillettes observent attentivement Jeanne en train de dessiner. Gaston, lui, fait ses devoirs à haute voix.

— *L'alouette est le musicien des champs*, lit-il. *Son joli ramage est l'hymne d'allégresse par lequel elle devance le printemps.*

Sa lecture achevée, il s'exclame :

— Maintenant, je dois varier le texte, l'intituler « À l'alouette » et le conjuguer à la deuxième personne du singulier.

À ses côtés, Jeanne, visiblement inspirée par le sujet de lecture de son frère, se plaît à figurer une alouette posée au milieu d'un champ. Le morceau de bois qu'elle a brûlé fait office de fusain.

Ses yeux se plissent à chaque nouveau trait de crayon, et le résultat est saisissant de réalisme. Voici un dessin qui pourrait figurer au concours de Noël.

Je m'interroge souvent sur l'origine de son talent. Avait-on des dessinateurs dans la famille par le passé ?

— Je dois l'améliorer, assure Jeanne, visiblement dubitative.

Sous le regard enchanteur de Blanche, Jeanne fait glisser un feuillet vierge et lui tend le fusain afin qu'elle dessine à son tour.

Blanche est restée chétive même après avoir dégusté les bons plats de Jeanine. Ce doit être sa constitution naturelle.

La petite hésite, intimidée par les regards posés sur elle, puis elle réfléchit quelques secondes et ébauche les traits d'un clocher d'église, la cloche en mouvement et des oiseaux tourbillonnant tout autour. Je m'approche :

— As-tu déjà vu un clocher d'église d'aussi près ? demandé-je.

— C'est dans le journal. Je vois des églises qui sont dessinées et j'ai imaginé la cloche.

Jeanne me regarde, interdite devant ce talent prometteur. Gaston lui-même a suspendu la rédaction de ses devoirs.

C'est un instant magique de pur bonheur et d'émotion, la découverte d'un diamant brut, un don du ciel !

— Nous continuerons à dessiner ensemble, si tu veux, lui propose ma fille.

Yvonne, jalouse, fait un peu la moue afin qu'on s'occupe d'elle.

Je lui propose de m'aider à éplucher de la salade et la félicite pour son application. Il n'en faut pas plus à ma fille pour retrouver son joli sourire.

Lorsque je me retrouve seule sous la lueur de ma bougie, cependant, l'alouette calandre et le cauchemar associé me reviennent en mémoire.

21 novembre

Il y a quelques jours, Yvonne est rentrée tout excitée à la maison, un adorable chaton dans les mains.

— Je peux le garder, dis, maman ? Dis oui.

Amusée, j'observe ma fille et caresse l'animal qui miaule d'une toute petite voix.

Cependant, on ne me la fait pas. Je ne connais que trop bien la malice de certaines femmes qui, voulant se débarrasser de la portée de leur animal, viennent déposer les chatons près des maisons où il y a des enfants, s'assurant d'avance de leur adoption.

De surcroît, j'ai ma petite idée sur l'origine de cette bête, la ferme des Lanfroy en possédant plus d'une dizaine.

Comme Fernand a une sainte horreur des cats et qu'il prendrait plutôt le fusil de chasse pour les faire déguerpir, je fais comprendre à Yvonne que cet animal ne lui appartient pas et qu'il faut le rendre. Sans doute ses maîtres sont-ils en train de le chercher.

— Mais il est perdu, insiste-t-elle en pleurant.

Nous lui faisons quelques caresses, puis, la nuit tombée, je le dépose dans la ferme des Lanfroy.

Puisque la cueillette des pommes touche à sa fin, j'espère un signe de Baptiste à l'église ce matin.

Selon notre entente, deux doigts posés sur la tempe signifieront une rencontre pour mardi, trois pour mercredi, quatre pour jeudi et ainsi de suite.

Aussitôt repliés, les doigts annonceraient qu'il disposait de peu de temps et que nous nous verrions derrière le four à pain.

Un regard vers lui m'apprend que nos retrouvailles auront lieu le mercredi suivant et pour un temps limité.

Je m'interroge sur mes angoisses en sa présence. Le cauchemar de la calende a laissé ses traces. Plus qu'un simple rêve, sa véracité me fait frissonner.

Malgré moi, je guette les signes extérieurs pour savoir s'ils ne sont pas de mauvais augure. Une chouette hurlant dans la nuit me fait redouter notre rencontre.

Je prête bien attention à sortir de la maison avec le pied droit d'abord et à rentrer avec le gauche.

A-t-on idée de s'affoler pareillement au lieu de s'abandonner à la joie de l'instant présent ?

24 novembre

Notre entrevue ne s'éternise pas, car il fait un froid de quin.

— Je me suis beaucoup attaché à tes enfants, me confie Baptiste, et j'ai eu le sentiment d'une réciprocité.

— Les enfants ont été ravis de te rencontrer et ont beaucoup appris à tes côtés.

— Crois-tu que je serais un bon père ?

En acquiesçant, je crains de lui donner trop d'espoir ; aussi, je me contente de le regarder avec un sourire forcé.

Percevant mon malaise, il prend la parole en riant :

— Je te taquine. Il est prématuré d'aborder ces sujets.

Puis il me susurre à l'oreille que je lui ai manqué et qu'il est très amoureux de moi.

Il serait sage de le dissuader de tant de ferveur ; pourtant, mon intuition me suggère de ne rien brusquer, comme si une initiative malheureuse risquait de tout chambouler. En outre, mes malaises perdurent en sa présence – mélange de peur et de clairvoyance d'un danger à venir.

Je me refuse à lui avouer ces étranges sensations, les dissimulant du mieux possible.

Heureusement, mes craintes s'envolent dès que je me retrouve dans ses bras. Son corps jeune et robuste, ses propos empreints de naïveté me mettent en émoi. Je lui confie le médaillon qui ne m'a pas quittée depuis notre séjour à Rouen.

***

31 mai 2007

La grand-mère de Lise était originaire de La Neuville-au-Pont, petit village de la Marne. Née en 1906, elle avait eu cent ans le 28 décembre 2006, anniversaire qui avait donné lieu à une grande fête familiale. Véritable personnalité à la mémoire intacte, elle aimait raconter à ses petits-enfants les événements historiques qu'elle avait traversés, comme les exodes au cours des deux guerres, la vie dans les campagnes au début du vingtième siècle et les liens d'amitié qu'elle avait tissés. Par-dessus tout, elle aimait échanger avec les autres, dévoilant une large ouverture d'esprit malgré son grand âge. L'évolution des technologies l'avait impressionnée, telle la possibilité de transmettre une photo à partir d'un simple téléphone portable. C'est cette vie que retraçait l'émouvant hommage écrit par la sœur de Lise. L'oraison funèbre se déroulait ce 31 mai à l'église de

Moiremont, et l'inhumation, au vieux cimetière de La Neuville-au-Pont.

Lise avait revêtu son tailleur sombre sur un chemisier gris, et un foulard blanc couvrait son cou, foulards qu'affectionnait tant sa grand-mère. Elle s'était peu maquillée, oubliant son éternel mascara, trop risqué un tel jour.

La famille et les amis étaient présents en grand nombre, et des chants agrémentèrent la cérémonie. Réconfortantes étreintes où la souffrance se partage, soutien affectif et fraternel, consolation des petits et des grands, Lise vécut ces émotions intensément. De retour en Normandie, la jeune femme demeura un moment seule sous le clair de lune à revisiter les moments forts de la journée.

Ses yeux scrutèrent le disque illuminé jusqu'à y visualiser le visage de sa grand-mère, et la quiétude qu'elle ressentit alors la rassura. Elle avait trouvé la paix quelque part...

Contemplative, Lise se remémora les moments qu'elles avaient partagés. Son aïeule savait, mieux que quiconque, démêler le faux du vrai dans les affirmations et entrevoir les non-dits derrière les attitudes. De surcroît, la jeune femme avait toujours su qu'elle possédait une sorte de sixième sens, apte à déceler l'insoupçonnable. Hypersensible, Lise possédait elle aussi de l'intuition, parfois extrême, quasi médiumnique, dont l'acuité grandissait en fonction de ses émotions. Ainsi, plus que jamais, elle était réceptive à tout signe émanant de sa grand-mère, où qu'elle soit.

En méditant sur la découverte du journal, elle ne put douter du rôle que sa grand-mère, justement, y avait joué.

Même en faisant appel à la logique, les faits s'avéraient concordants. Si Mme D. l'avait contactée un jour ordinaire, Lise aurait été dans une configuration différente. Sans cet état d'abattement propre à la contemplation, elle n'aurait pu suivre le vol du papillon qui l'avait guidée vers le journal.

Sa grand-mère avait-elle provoqué le destin ou ces faits étaient-ils de simples coïncidences ?

Dans la pleine lune, le visage se fit souriant.

Le lendemain, Lise commit des étourderies et il lui fut difficile de se concentrer sur son travail.

Dans la bibliothèque retentissaient les notes de musique des enfants. Les sons des instruments se mêlaient joyeusement, imprégnant le lieu d'une ambiance chaleureuse.

Lise croisa au pied de l'escalier Hugo et Zélie qui venaient l'embrasser. Puis d'autres visages familiers surgirent dans l'embrasure de la porte ; ainsi, celui de Sandrine accompagnée de ses deux enfants. Léopold suivait son frère Louis, joueur de trompette, et affirma :

— Il répète pour le pestacle.

Lise affectionnait la présence rafraîchissante des enfants.

Heureusement, cette semaine douloureuse s'achevait, et elle reprendrait bientôt le fil de sa lecture.

***

28 novembre 1880

La cérémonie à l'intention des conscrits se déroule ce matin, source d'angoisse pour Louise, car Ernest en fait partie.

Après la messe, on procède au tirage au sort.

Louise a enfermé dans sa main la tête d'un cerf-volant en guise de porte-bonheur.

L'instituteur, désigné à l'unanimité, plonge sa main dans le sac empli de numéros. Malheureusement, le nom d'Ernest, affublé du chiffre quatre, sort le premier. Cela signifie qu'il partira en service sous les drapeaux pour quatre ans. Le visage de Louise se décompose. Effondrée, elle regagne la maison en pleurant, broyant la tête de l'insecte et le jetant aux orties. Impuissante et désemparée, je tente vainement de la consoler. Aucun mot n'est assez fort pour alléger sa douleur.

Malgré sa peine, elle rend visite à Ernest. Fort heureusement, la baisse d'activité de la ferme lui offrira quelques jours de répit pour profiter de sa présence.

La veillée se déroule chez nous, comme un dimanche sur trois. Mes parents sont conviés, ainsi que Suzanne, son mari et les enfants. C'est l'occasion de nous réchauffer en buvant des moques de cidre et en mangeant des châtaignes que Fernand harasse lui-même à la poêle.

Nous parlons longuement du pauvre Ernest qui n'a pas eu de chance. Bien que ses parents aient l'argent nécessaire pour acheter un remplaçant, les Desmoulins ne se déroberont pas à leur devoir.

12
Une menace oppressante

29 novembre

Les hommes du village sont partis pour une journée de chasse en forêt de Lyons.

Tôt ce matin, Fernand a déposé une bouteille de vin dans sa sacoche avec une miche de pain et du lard. Il a ensuite décroché le fusil du mur du cellier.

Les chasseurs partent traquer la bécasse, gibier très prisé par nos familles.

J'en profite pour retourner visiter Jeanine.

Sur les conseils de Jeanne, désormais, Blanche s'entraîne quotidiennement à observer les objets et à les représenter le plus minutieusement possible. Cette capacité force l'admiration de Jeanine, qui n'imaginait pas abriter chez elle un tel talent.

Elle me confie, émue :

— Dire que sa mère a engendré un tel trésor et qu'elle n'a pas su le garder.

J'en ai les larmes aux yeux, moi aussi.

J'espère que cette petite connaîtra un jour le bonheur qu'elle mérite.

Fernand est rentré fort gai, mais avec deux bécasses dans son sac en guise d'excuse.

À chaque retour de chasse, en effet, mes deux questions reviennent comme une litanie : est-il bredouille ou a-t-il réussi à déjouer les ruses du volatile ?

Son sourire en dit long, réponse évidente aux interrogations en suspens.

Je me réjouis déjà de les cuisiner demain.

30 novembre

Je me suis levée à l'aube, de fort bonne humeur à l'idée de la tâche à accomplir.

Je coupe chacune des bécasses en deux morceaux que je fais revenir dans du beurre. J'ajoute les épices, une carotte coupée en rondelles et un verre de calvados.

Les volatiles cuisent gentiment sur le cagniard tandis que je trais les vaches et donne le sein à Marcel. L'odeur qui s'échappe de la marmite est délicieuse. J'ai hâte de satisfaire l'appétit de mon petit monde à son retour de la ferme.

Comme à l'accoutumée, je désosserai la bécasse restante, en hacherai la chair tout en ôtant le gésier. Puis, j'ajouterai du beurre avec le reste de jus de cuisson. Ce pâté conviendra fort bien au déjeuner de demain.

1er décembre

Le pâté de bécasse, prêt d'hier et savoureux à souhait, m'a permis de m'avancer dans mes tâches familiales.

Je pars ainsi plus tôt que prévu vers les hauts du village, délaissant comme il se doit l'itinéraire le plus rapide, mais le moins discret.

Afin de rejoindre Baptiste dans une des granges du pré Caillot, je longe la maison de Suzanne, la saluant de la main. Un drôle de pressentiment m'habite. Louise affiche l'œil maussade et le regard triste d'un matin d'hiver, et je culpabilise de l'abandonner. Jeanne, d'ordinaire si docile, ronchonne. Elle en a assez de garder Marcel et Yvonne. Une vraie caboche !

En sortant, je prends garde, comme à l'accoutumée, de déposer mon pied droit en premier sur le sol. Cependant, comme un mauvais présage, la première personne que j'aperçois est vêtue de noir. Il s'agit de Justine Deslandes, la fille d'Alberte, qui porte le deuil de sa mère et se rend, coiffée de sa thérèse, vers la voiture du boulanger.

M'apercevant, elle me salue.

J'ai besoin de m'évader, et les bras de Baptiste m'apportent le réconfort qui me fait défaut.

Il me lit un poème de son cru intitulé *L'Ombre des pommiers*, dont je suis la muse.

Nous demeurons ainsi, tranquillement allongés dans le foin, lorsque la porte de la grange s'ouvre avec fracas.

— Viens vite, il est arrivé malheur chez toi ! me crie Suzanne.

Mon sang ne fait qu'un tour. Les cheveux défaits et des brindilles de paille accrochées à mes vêtements, je cours d'une traite jusqu'à la maison. Marcel, en tentant de s'accrocher à la bancelle, s'est ouvert le front sur la tommette et il en est tout étourdi.

Yvonne hurle à la vue du sang qui coule.

C'est Jeanne qui a prévenu Suzanne. Louise avait déserté la demeure suite à une dispute.

Gardant mon calme, j'emballe la tête de mon enfant dans un linge, le prends dans mes bras et descends chez le Dr Beaudriard. Il nettoie, puis recoud la plaie. Marcel est très courageux.

Quant à moi, j'éprouve de la honte et de la culpabilité. Sans mon escapade, rien ne serait arrivé.

Le médecin, percevant mon désarroi, me rassure :

— Ne vous tracassez pas ainsi. Il est fréquent qu'à cet âge un enfant chute sur le pavé et se blesse. Vous ne pouvez pas le surveiller en permanence. Il serait néfaste qu'il ne puisse découvrir le monde.

Lorsque je rejoins la maison, Louise est rentrée, apaisée.

Elle ne s'est éloignée que pour grimper la côte de Beauvoir et a eu la bonne idée de ramasser des fagots pour le feu. Ses grands yeux craintifs me guettent, s'attendant à une réprimande de ma part.

En proie à la culpabilité, je l'étreins et formule une promesse :

— À l'avenir, je serai davantage présente.

5 décembre

Ernest nous quitte dès demain pour rejoindre la Basse-Normandie.

À l'église, comme à l'accoutumée, l'abbé Dubreuil récite la messe en latin, tournant le dos à l'assistance, puis, péniblement, à cause des douleurs dues à son grand âge, monte dans la chaire située à gauche du rang des femmes.

De ce promontoire, le prêtre lit l'Évangile en français, Évangile selon saint Jean, chapitre 8.

Il s'agit du récit sur la femme adultère que les hommes voulaient lapider, mais dont Jésus prit la défense. Le sermon énergique de monsieur l'abbé rappelle que, dans d'autres pays, on lapide les femmes pour ces écarts de conduite et qu'au Moyen-Âge, en France, on leur coupait la tête. Dans mon imagination, je m'entrevois, habillée d'une longue robe de lin, les bras liés derrière le dos et les pieds nus, enchaînés à d'énormes boulets. Je titube à chaque pas. On me pousse vers l'autel, où le bourreau m'attend, armé d'une longue épée.

Monsieur l'abbé, revêtu d'une robe noire, prononce les derniers sacrements.

Le dais surplombant l'autel m'évoque plus que jamais la peau arrachée d'un animal. À gauche, la statue de saint Nicolas semble sonder mes pensées, tandis qu'à droite saint Denis, patron du village, tient sa tête décapitée entre ses mains. Même l'ange sculpté sur la sablière paraît me regarder avec mépris. Une sueur froide me glace la nuque en me procurant des frissons désagréables. Mal à l'aise, je respire péniblement, et mon cœur bat la chamade. Le prêtre, ayant sans doute perçu mon agitation, m'observe avec une pointe d'insistance. Il poursuit néanmoins son prêche, mais je n'en perçois aucun mot, les sons me parvenant étouffés, comme émanant du fond d'une grotte. Il achève sans doute de recommander le pardon et la tolérance.

Soudain, il s'écrie le doigt pointé en ma direction :

— Cette femme pourrait être chacune d'entre vous !

À ces mots, je pousse un grand cri et m'évanouis. L'assistance affolée se précipite sur moi. On me fait allonger sur un banc. Suzanne trempe un linge dans le bénitier et m'essuie le front.

Le Dr Beaudriard, écartant la foule, me fait respirer des sels. Quelques âmes murmurent que je suis peut-être à nouveau enceinte, mais le médecin assure que c'est le contrecoup de la frayeur que j'ai eue pour Marcel. Je regagne la maison, penaude, accompagnée des enfants, et l'office peut reprendre son cours ordinaire.

Ma décision est prise : je ne fréquenterai plus Baptiste et l'en aviserai mercredi prochain.

8 décembre

Étonné par ma décision soudaine, Baptiste entreprend de m'amadouer :

— Ensemble, nous avons connu de si beaux jours. Une passion ne s'éteint pas du jour au lendemain.

Je bredouille :

— Jamais je n'aurais dû délaisser mes enfants. L'accident de Marcel est une révélation. J'ai commis une erreur et je me dois de la réparer.

— Un simple sermon ne dénoue pas les liens du cœur. Il conviendra juste d'être plus prudents à l'avenir.

— Il ne s'agit pas de cela, mais de ma famille. Je ne veux pas perdre ce qui m'est le plus cher.

Mon refus de céder le fâche.

Dépitée, j'assiste à notre première dispute. Cependant, Baptiste ne se décourage pas, tentant un repli forcé.

— Prends un peu de recul. Je pars bientôt rejoindre ma famille à Étretat. Je t'écrirai, lâche-t-il.

Je l'embrasse tendrement sur le front.

— Garde le médaillon, insisté-je avant de prendre congé.

Curieusement, ma passion s'est transformée en affection. L'a-t-il constaté également ?

10 décembre

Durant chaque hiver, les Desmoulins se déplacent jusqu'au marché de Gournay-en-Bray afin d'y vendre leur cidre et leur calvados. Yolande s'y rend d'ordinaire avec ses enfants, Ernest et Zélie. Le sort en ayant décidé autrement, c'est Paul Varnier, le gendre, qui est chargé de cette mission, Zélie demeurant à la ferme pour assurer la traite des vaches avec les employés.

Hector exerce une veille quasi constante sur les prix qu'attribuent ses concurrents sur le bétail et les fourrages. Paul, en plus de la manutention des caisses de cidre, écopera donc de cette tâche. Yolande, qui se serait retrouvée seule à son étal, m'a proposé de l'accompagner.

Dans un premier temps, j'ai refusé, suggérant plutôt Louise afin qu'elle se change les idées, mais Mme Desmoulins a rétorqué que je pouvais emmener mes deux filles si je le souhaitais, car la voiture d'Hector comportait six places. Jeanne, folle de joie à cette idée, a proposé à Yolande de la seconder dans l'élaboration de tartes aux pommes appétissantes, vernies de confiture de coings.

De bon matin, nous prenons place dans la voiture attelée de deux magnifiques percherons et conduite par Fonfon, le charretier. Les bouteilles de cidre et de calvados, soigneusement enveloppées de paille, se trouvent dans des caisses empilées à l'arrière du chariot, tandis que sur la place vacante et à nos pieds sont disposées la dizaine de tartes de nos deux cuisinières. Nous sommes au grand complet. Le voyage dure trois heures. Heureusement, la pause pour les chevaux nous offre l'opportunité de nous dégourdir les jambes.

Jeanne et Yolande, devenues soudain amies, bavardent une longue partie du chemin. Louise, encore attristée par le départ d'Ernest, retrouve le sourire tant Paul met de cœur à l'ouvrage pour la dérider.

Juste avant la place, un conducteur empressé force le passage, manquant de télescoper nos chevaux.

— Au plus fort la pouque !

Il s'en est fallu de peu.

Ce vendredi, jour du marché aux volailles, les clients se pressent sous les halles. Les poules de Gournay remportent un vif succès, tandis que les femmes emplissent leur panier de légumes, de beurre et d'œufs frais. Le stand des fromages occupe une place privilégiée, en plein centre de la place à l'abri du vent. Le double-crème de la fromagerie Pommel et les fromages Gervais se vendent en un tournemain. Nous remportons également les faveurs des clients avec le cidre Desmoulins, d'autant que les femmes qui en achètent au moins deux bouteilles peuvent emporter une part de tarte à moitié prix et que cette part leur est cédée à partir de trois. Le froid du petit matin nous pique vivement, surtout que les halles au toit couvert laissent entrer le vent de tous côtés. Il ne pleut heureusement pas, et le soleil nous fait l'honneur d'apparaître sur le coup de midi, l'heure d'un bon casse-croûte de lard et de pain agrémenté d'un coup de cidre et d'une portion de tarte. Jeanne commence à s'impatienter vers le milieu d'après-midi ; elle a remarqué de surcroît une robe de coton blanc qui lui irait à ravir. Je l'autorise à quitter sa place lorsque la foule nous amène une personne de connaissance : Léopold Boisard.

— Que de jolies femmes réunies sur ce stand ! commente-t-il avec son charme habituel.

— Quelle surprise de voir un visage familier ! assuré-je en lui serrant la main.

— Je vous présente mes deux fils. Victor, âgé de trente ans, est juge à la cour de Paris, et Marcellin, vingt-six ans, achève ses études de notaire. Comme vous pouvez le constater, la relève est assurée.

Devant le regard interrogateur de Mme Desmoulins et de mes filles, je clarifie la situation :

— J'ai rencontré monsieur Boisard à la fête d'Hodeng, lorsque je jouais une partie de dominos avec mes sœurs et Jeanine au Veau-qui-tète.

— Oui, et elle trichait, plaisante-t-il.

Cette boutade fait l'unanimité, à l'exception de Jeanne et de Marcellin qui, visiblement subjugués l'un par l'autre, ne nous entendent même pas.

Dans le marché, le temps est suspendu. Le jeune homme à l'élégante moustache ne peut détacher ses beaux yeux verts de ceux de ma fille. Pour Jeanne, plus question de robe de coton. Son sourire et ses yeux rêveurs en disent long sur ce qu'elle est en train de vivre.

Les conversations se sont tues.

Léopold rompt le silence le premier, s'adressant à Yolande :

— Ainsi, vous fabriquez vous-même votre cidre ?

— Exactement, répond-elle. Venez visiter notre cidrerie quand vous reviendrez à Hodeng. Ce sera un plaisir de vous faire découvrir nos nouvelles installations.

— C'est entendu. Je vous en achète deux bouteilles. Avec ce carré double-crème que je viens d'acquérir, ce devrait être un régal. Je souhaite aussi goûter à ces tartes gourmandes. Mettez-m'en trois parts.

— Jeanne m'a aidée à les réaliser, précise Yolande.

— Alors, en plus d'être jolie, c'est aussi une bonne cuisinière, ajoute-t-il, adressant un clin d'œil à son fils.

Jeanne, devenue muette, sourit en rougissant sous le compliment.

— Vos filles peuvent nous accompagner jusqu'à notre étude si elles le désirent, suggère Léopold, un brin entremetteur.

Ravies, elles ne se font pas prier. Je leur accorde une heure pour profiter de la promenade avant notre retour.

Restée seule avec Yolande, je commente cette promesse d'amour naissant.

— Personne ne peut empêcher le destin, acquiesce-t-elle un rien nostalgique. Les histoires d'amour, hélas, font parfois souffrir.

Je m'étonne de sa soudaine morosité.

Croyant deviner qu'elle fait allusion à Ernest et Louise, je tente de lui remonter le moral :

— Ma fille a eu une période délicate, mais elle refait surface doucement. Nos enfants conserveront un contact épistolaire et se retrouveront lors des permissions. Finalement, ils éprouveront davantage de bonheur à se revoir dans quatre ans. C'est ce que je m'efforce de lui faire comprendre. Mais vous avez raison : c'est un sacré coup du sort.

— En parlant de tourment, je pensais plutôt au chagrin d'amour en général et en particulier à celui de Baptiste, mon neveu, rectifie-t-elle.

Je tressaille en entendant son prénom. Que sait Yolande et que va-t-elle m'annoncer ? J'en tremble d'avance.

— Baptiste a eu une amoureuse à Étretat il y a quelques années, une fille de marin, beaucoup plus jeune que lui, presque une gamine. Il était follement amoureux et convaincu que cette histoire allait durer toute la vie. C'est un garçon sensible, comme chacun a pu s'en rendre compte. Or, la jeunette s'est entichée d'un gars de son âge, marin comme son père, et l'a délaissé. Baptiste, écrasé de chagrin après cette trahison, a cru qu'il ne s'en remettrait pas et s'est pendu à un arbre de son jardin. Heureusement, son père, le frère de mon mari, est arrivé juste à temps pour le décrocher. Une sombre histoire. Cela reste confidentiel, bien entendu. Je vous accorde toute ma confiance. Depuis, il semblerait que Baptiste ait fait une croix sur les histoires d'amour. En tout cas, celle qu'il aimera à nouveau ne devra pas le décevoir.

Cette révélation m'angoisse. L'oncle Marcel se rappelle à mon souvenir ; pourtant, secret de famille oblige, je ne le livre pas à Yolande. Pourquoi de son côté m'accorde-t-elle cet aveu ? N'est-ce pas une mise en garde subtile afin que je le préserve ?

Désirant en avoir le cœur net, je me lance :

— Ne dit-on pas que Baptiste aurait une amoureuse à Hodeng ?

Elle n'a pas l'air surprise :

— Des rumeurs circulent continuellement à Hodeng, comme partout. On ne changera pas les gens. Lorsqu'il s'agit d'un horsain, les ragots enflent d'autant plus que ce qui est étranger effraie toujours. Baptiste n'est pas parfait, sûrement. Il est un peu trop sensible et rêveur aux yeux de certains, mais ce n'est pas un mauvais gars et il a une culture que beaucoup pourraient lui envier. On lui a prêté des aventures avec quasiment toutes les femmes du village, à commencer par Élyette, la bergère. Il est vrai qu'il s'épanouit à Hodeng. J'imagine que quitter sa région et ses vieux fantômes lui a fait le plus grand bien. Non, croyez-moi, s'il devait avoir quelqu'un, je le saurais.

La naïveté de cette dernière affirmation me porte à sourire ; enfin, je suis soulagée et sursaute quand, m'observant avec un sourire, elle reprend :

— Je sais en tout cas qu'il vous aime bien. Vous et les vôtres sont parmi les seules personnes à l'avoir adopté sans jugement.

Les filles reviennent à l'heure promise. Jeanne, le regard ensoleillé, en a même oublié sa robe.

Les affaires ayant été concluantes, Yolande, si heureuse d'avoir tout vendu et prétendant qu'on lui a porté chance, nous offre un carré de Bray avec une bouteille de cidre.

Sur le chemin du retour, Jeanne, plongée dans ses nouveaux émois, est peu loquace. Quant à moi, je mesure les paroles de Yolande. La fragilité de Baptiste n'est-elle pas à l'origine de mes angoisses de mort ? Inévitablement, le décès de l'oncle Marcel accapare mes pensées : si l'histoire se réécrivait entre un horsain et un villageois d'Hodeng ?

Suzanne n'a-t-elle pas raison de se méfier ?

Dévorée par l'inquiétude, je n'entrevois aucune issue.

La nuit suivante, je fais un horrible cauchemar. Alors que je viens de quitter Baptiste, imprudent, il s'éloigne en marchant au milieu de la route à Rouen. À peine a-t-il parcouru dix mètres qu'une calèche fonce droit sur lui, délibérément, le projetant sur le pavé et le tuant sur le coup. Elle poursuit ensuite sa route sans même ralentir.

Le cocher est une femme, mais je me réveille dans des sueurs froides avant d'avoir aperçu son visage. Est-ce le mien ?

12 décembre

Ce matin, un événement peu ordinaire se produit.

La police à cheval traverse le village afin de se rendre au cabanon de Belœil. Plusieurs vols de volailles et de lapins ont été signalés dans les environs. Des soupçons pesant depuis longtemps sur les épaules de Belœil, les victimes s'en sont plaintes au maire, qui a fait les démarches pour acheminer la police jusqu'à lui.

Outre les accusateurs, une foule de curieux s'est amassée devant le cabanon. Suzanne et moi faisons également partie des témoins. Belœil étant absent, les policiers fouillent l'endroit, mais ne trouvent aucune trace des animaux volés, sans doute aussitôt revendus par ce brigand.

En revanche, ils font une découverte étonnante. Dans une vieille caisse de bois sont rangés avec soin des accessoires de femmes : des nœuds de lin pour les cheveux et des tissus chamarrés. Quelle n'est pas ma surprise d'y découvrir mon fichu blanc en satin et l'étole de Lucie ! Pourquoi ce malade collectionnait-il les effets féminins ?

Mais ce que je découvre ensuite est pour le moins surprenant : sur un panier en contrebas est posé un tricorne.

Impossible pour moi d'imaginer que la silhouette entraperçue plusieurs fois soit celle de Belœil. Longiligne, presque féminin, ce corps ne pouvait appartenir à l'individu, qui est plutôt trapu. J'imagine qu'il l'aurait dérobé quelque part.

La police l'apprendra sans doute au retour de Beloeil – s'il s'y compromet.

13 décembre

Je reçois une lettre de Baptiste ce matin. Voici son contenu :

Ma douce colombe,
Les jours qui me séparent de toi n'en finissent pas de s'écouler.
Je mange à peine. Tu hantes mes nuits.
Hier, je suis retourné sur la plage. Le bruit des vagues, le souffle du vent, l'entrechoc des galets et les senteurs marines m'ont enivré. Si seulement tu avais été à mes côtés pour partager ces instants délicieux !
J'espère que ma présence te manque un peu et que tu penses à moi.
Je t'envoie mille baisers.
Ton amoureux

Je frémis à la lecture de cette missive. Ainsi donc, son espoir de renouer avec moi ne s'est pas amenuisé avec la distance, bien au contraire.

Consciente qu'il me manque en tant que confident, j'aimerais que notre relation évolue en une amitié sincère, mais je ne me berce pas d'illusions.

Pas après ce qu'il a ressenti pour moi.

Afin de le décourager, je ne lui répondrai pas.

15 décembre

Après plusieurs jours à guetter Belœil, les policiers s'en sont allés ce matin. L'individu ne réapparaîtrait pas, du moins tant qu'ils seraient là. Et s'il remontrait le bout de son nez, gare à la colère des victimes. Je ne saurai donc jamais à qui appartenait le tricorne que les brigadiers ont emporté.

En passant près de l'église ce matin, je me remémore les lettres glissées sous les poutres il y a seulement quelques semaines. Cette aventure était-elle bien raisonnable ?

Une brume fantomatique recouvre le cimetière.

Tandis que j'emprunte le chemin des Maréchaux pour me rendre chez Suzanne, les bras chargés des magazines *Le Foyer*, je perçois un sifflement dans ma direction.

Des frissons me parcourent la nuque. Je relève le col de mon bergeron.

Élyette m'attend au coin d'un bosquet avec l'intention visible de m'entretenir. Incapable de dissimuler ma méfiance, j'ai un mouvement de recul, malaise qu'elle s'empresse de dissiper :

— Sois sans crainte, Célestine. Je ne te veux aucun mal. Baptiste m'a mise au courant de votre relation.

— J'ignorais qu'il t'avait mise dans la confidence. Ce sont des affaires qui ne concernent que lui et moi.

— Ne t'inquiète pas, reprend-elle vivement. Je n'ai pas trahi sa confiance, même si je lui en ai voulu au départ de te préférer à moi, alors que j'étais la plus jeune. Aujourd'hui, mon cœur a changé et c'est en tant qu'amie que je dois te mettre en garde. Baptiste court un grand danger. J'ai tiré mes cartes hier, et le neuf de pique est sorti comme un mauvais présage, celui de la mort.

Méfie-toi, Célestine, et prends garde à lui, car les cartes ne mentent jamais.

Le claquement d'une porte stoppe net ses propos ; elle s'enfuit aussi vite qu'elle peut, me laissant interloquée.

En poursuivant mon chemin, je me souviens de l'avis de Baptiste concernant les voyantes : n'accepter aucune prophétie, sous peine d'impacter ses choix futurs.

Peut-on garder la tête froide devant de telles révélations ? Je n'ai hélas souhaité aucune des prédictions qu'Élyette vient de m'imposer.

Quel crédit faut-il accorder à une cartomancienne ?

N'est-elle pas elle-même victime de ses propres croyances ?

Son attitude est assurément convaincante, presque effrayante de convictions.

Baptiste va-t-il subir le sort d'oncle Marcel en comprenant que notre rupture est définitive ?

Pas question pour moi de revenir en arrière, alors que je commence à être en paix avec moi-même, la culpabilité m'abandonnant chaque jour davantage.

Peut-être que la distance lui aura permis de m'oublier.

13
Lune de miel

17 décembre

Difficile de réchauffer les maisons avec le froid intense qui sévit cet hiver. La mare du village est tellement gelée que les enfants Dutoit ont fait des glissades dessus.

Marcel tousse depuis hier, et son front est brûlant. Je tente de faire baisser la fièvre avec de la camomille avant l'arrivée du médecin.

— Je crains qu'il ne souffre de la maladie qui a emporté Armand, confié-je anxieusement à Beaudriard.

— Ne vous inquiétez pas. La toux est sifflante et les symptômes respiratoires évoquent une bronchiolite, mais il ne s'agit pas du croup, qui donne plutôt une toux aboyante. Gardez le petit au lit et attendez que le mal s'en aille de lui-même.

Le sirop de navet que j'ai conservé dans un bocal ne peut pas faire de mal. Je lui en donnerai s'il tousse trop.

Il y a aussi le lait d'ânesse favorable en cas de goutte ou de maladie de poitrine, selon Mauricette, propriétaire de ces animaux.

Sans cesse penchée sur le visage de Marcel, impuissante à le délivrer de sa souffrance, je ne peux fermer l'œil de la nuit. Le cierge de la Chandeleur a été allumé près de lui, rappel douloureux de la mort d'Armand, dont l'état s'était altéré durant la nuit. Il n'y a plus qu'à prier. Ce que je n'ai de cesse de faire, implorant saint Blaise contre les maux de gorge et la coqueluche.

Devrai-je ainsi payer mon infidélité ?

Que ne donnerais-je pas pour souffrir à sa place ?

Fernand est terrorisé à l'idée que Marcel connaisse le même sort qu'Armand. Il est allé pleurer chez Alphonse, qui lui a offert la goutte, puis s'est rendu à la ferme. Il devait transporter de la paille pour les bêtes avec le cheval et la carriole. Il tenait à peine debout. Le cheval s'est emporté et a failli écraser Alfred, notre fils, qui s'en allait ramasser les œufs.

Le tapage a alerté M. Desmoulins.

— Rentrez chez vous pour cuver votre mauvais vin, a-t-il ordonné en apercevant la carriole renversée et le cheval affolé.

Fernand, en tentant de se justifier avec des propos d'homme saoul, a bien failli se faire renvoyer.

En homme bon et honnête, je ne crois pas qu'Hector mette ses menaces à exécution. Mon Fernand est rentré tout penaud avec les enfants et s'est couché sans souper.

19 décembre

Marcel va mieux depuis ce matin. Il ne tousse presque plus. Il a bu son lait et un peu de soupe. Ses yeux ont retrouvé leur éclat et il sourit à nouveau. Quel soulagement !

Je le laisse jouer près du feu avec les toupillons de bois de la foire de Rouen.

Fernand se montre affable, ce midi. M'assistant pour mettre le couvert, il me supplie de lui pardonner son comportement. C'est promis, il arrête de boire. Après m'avoir serrée dans ses bras, il câline Marcel en l'appelant « man p'tit biquet », puis le fait sauter sur ses genoux en le tenant par les mains.

— Moi aussi, moi aussi ! réclame Yvonne.

Elle pousse de petits cris de joie. Les grands s'amusent de l'entendre et rient eux aussi. Dans notre foyer règne à nouveau l'ambiance des jours heureux.

20 décembre

C'est au tour de Gaston de tousser et de respirer bruyamment. Aurait-il attrapé le mauvais rhume de Marcel ?

Il ne va donc pas à l'école aujourd'hui et se promène avec un bas de laine rempli de cendres chaudes autour du cou. Je lui concocte un sirop de cidre chaud avec de l'eau-de-vie, du poivre et des clous de girofle.

C'est aujourd'hui que Jeanne et Blanche doivent remettre leurs dessins à maître Renard, qui les fera acheminer jusqu'à Argueil.

Après plusieurs esquisses, les deux filles ont finalement opté pour leur premier dessin, qu'elles ont amélioré jour après jour. Jeanne présente donc l'alouette, et Blanche, le clocher. Le premier choix est souvent le meilleur, à ce qu'on dit.

En partant rendre visite à Petit Louis, que je n'ai pas vu depuis longtemps, je tombe sur la silhouette de Belœil, qui tente de pénétrer en douce dans son ancienne grange. Sans tenter de le héler, ce qui l'aurait fait fuir, je m'approche discrètement et le fais sursauter.

— Ne me dénoncez pas, implore-t-il.

— J'aurais juste voulu savoir… Le tricorne, à qui l'avez-vous volé ?

Le bougre est surpris de ma question et répond sans hésitation :

— Je l'ai trouvé, un jour, près de l'église. J'ignore d'où il venait. Tout ce que je sais, c'est qu'il ne m'a pas porté chance.

Puis, affolé, il fuit vers la plaine.

Après cette vision surréaliste, il me semble bon de revoir Petit Louis. En pleine forme, il me reparle de Belœil, mais je ne pipe mot...

Gaston a profité de sa journée pour terminer son tour de France avec les deux enfants.

Afin de ménager sa voix, je lui interdis de m'en faire la lecture.

Il insiste néanmoins pour me lire la dernière page :

— *À l'heure matinale où l'alouette, montant comme une flèche, chante au-dessus des sillons, l'âme du jeune homme s'élance... tantôt vers le passé, tantôt vers l'avenir...*

Et l'histoire reprend six ans plus tard en s'achevant sur ces mots : *Ils resteront fidèles à ces deux choses qu'ils ont appris si jeunes à aimer : Devoir et Patrie.*

22 décembre

Ce matin, je reçois une missive de Baptiste.

Cédant à la curiosité, je décachette l'enveloppe.

À l'intérieur se trouve une feuille imprimée d'un poème d'Étienne de La Boétie, qu'il a arrachée de son recueil :

Hélas ! combien de jours, hélas ! combien de nuits !
J'ai vécu loin du lieu, où mon cœur fait demeure !
C'est le vingtième jour que sans jour je demeure,
Mais en vingt jours j'ai eu tout un siècle d'ennuis.
Je n'en veux mal qu'à moi, malheureux que je suis
Si je soupire en vain, si maintenant j'en pleure ;
C'est que, mal avisé, je laissai en malheur,
Celle-là que laisser nulle part je ne puis.
J'ai honte que déjà ma peau décolorée
Se voit par mes ennuis de rides labourée :
J'ai honte que déjà les douleurs inhumaines
Me blanchissent le poil sans le congé du temps.
Encore moindre je suis au compte de mes ans,
Et déjà je suis vieux au compte de mes peines.

Je soupire moi aussi à la lecture de ces quelques vers. Le temps efface décidément tout. Mon bonheur retrouvé avec Fernand a aussi réchauffé le lit conjugal et je préfère oublier cette aventure.

24 décembre

Les enfants trépignent d'impatience à l'idée du réveillon chez Desmoulins.

Marcel, qui court à quatre pattes, pousse des « Areu » en ouvrant grand la bouche quand Yvonne lui parle d'un bonhomme de Noël.

Fernand s'est vêtu de son beau costume afin de se rendre à l'église.

La moustache brillante, les cheveux bien peignés me rappellent l'homme que j'ai connu jadis et dont je suis tombée amoureuse. L'image n'a pas été égratignée et je suis heureuse de profiter à nouveau de sa présence.

Les filles ont enfilé leurs belles robes, et les garçons, leurs vestes du dimanche.

Ensemble, nous formons une belle famille, dont je suis fière.

Ernest a une permission pour les fêtes. Émue, Louise profite de chaque moment pour le chérir et emmagasiner tout l'amour qu'il lui offre.

J'ai acheté des oranges au marchand ambulant. Suzanne a fabriqué des vêtements pour la poupée d'Yvonne et elle a cousu un petit lapin en tissu pour Marcel. J'ai hâte de voir leurs visages quand ils découvriront leurs surprises.

25 décembre

La messe dure trois heures et, avant de nous y rendre, nous avons pris soin de déposer dans l'âtre une bûche suffisamment grosse pour brûler toute la nuit. La branche, issue d'un de nos pommiers, nous garantira une belle récolte de fruits pour la nouvelle année. Enfin, c'est ce que prévoit la tradition... Ce qui est certain, en revanche, c'est le passage dans une année à douze lunes et non bissexte. Quel soulagement !

Chez les Desmoulins, le repas est grandiose.

Bertille, la dernière fille de Suzanne, exhibe un sourire comique, dépourvu des deux dents de devant. Un vrai petit guignol !

Yvonne se paye de belles parties avec sa cousine.

Marcel avance à quatre pattes derrière chaque convive, et M. Desmoulins s'en égaye, mimant la poursuite. Marcel coinque en s'enfuyant, puis éclate de rire. Dorénavant, il se relève en prenant appui contre les meubles ; aussi, je demeure prudente quant aux risques de chute.

Nous mangeons de la dinde et du lapin, arrosés de cidre et cuisinés avec de petites tranches de lard et des pommes de terre en robe des champs. Hector offre une bouteille de vin et du calvados pour la goutte.

Volontairement à l'écart, Louise et Ernest, profitant des températures exceptionnellement clémentes, se boujoutent dans la cour.

Fernand, fidèle à ses promesses, ne boit pas une goutte d'alcool et m'accorde beaucoup d'attention : une transformation radicale !

Suzanne nous observe, attendrie et visiblement enchantée par ce revers.

Au dîner, personne ne prononce un mot sur Baptiste. Ce n'est qu'au moment où nous préparons notre départ que Mme Desmoulins déclare :

— Connaissez-vous la nouvelle ? Le neveu de mon mari, Baptiste, a décidé de s'installer définitivement à Hodeng, l'air du pays lui étant favorable.

Je blêmis à cette nouvelle, détournant mon regard afin de n'en rien laisser paraître. C'est alors que je croise celui de Fernand, curieusement scrutateur.

Est-ce une impression ?

En rentrant, Fernand m'accompagne pour disposer les cadeaux dans les souliers ; son plaisir est évident, et ses yeux, emplis de tendresse.

Malheureusement, ma gaieté est un peu voilée par l'ombre de Baptiste.

27 décembre

Aujourd'hui, je me suis mal réveillée. J'ai les mains de beurre et me coupe le doigt en épluchant les légumes.

Baptiste rentre au village après le déjeuner. J'entends les chevaux passer avec la carriole. Mon cœur se serre. Comment lui faire comprendre que notre histoire est révolue et que je ne le désire plus ?

28 décembre

Baptiste, assis à un rang derrière moi de l'autre côté de l'allée, m'observe pendant tout l'office. Esquivant tout mouvement dans cette direction, je subis néanmoins le poids de son regard.

Lui souriant à peine au sortir de l'église, je me contente de lui serrer la main avec une expression gênée. Fuir et l'éviter à tout prix.

Tant d'incompréhension et de déception dans ses yeux ! Je ne m'éternise pas, empruntant à grandes enjambées le chemin de la maison.

29 décembre

Une lettre, accompagnée du médaillon de Jeanne d'Arc, est arrivée ce midi :

Ton attitude froide et désinvolte m'a glacé.
Pourquoi m'as-tu ignoré ?
Je ne peux pas croire que tu ne m'aimes plus et il m'est impossible de ne plus te voir.
Pense aux instants de bonheur que nous avons vécus tous deux.
Je te redonne le médaillon ; c'est à ton tour de le porter.
Je t'attendrai sous le porche cet après-midi. Viens vite me rejoindre.

L'estomac noué, je descends la rue principale. Je me dois d'être forte afin de clarifier la situation.

— Tu n'as répondu à aucune de mes lettres, me reproche-t-il en m'apercevant.

Je lui dévoile tout : la maladie de Marcel, l'accident de Fernand à la ferme ainsi que notre réconciliation.

Délicatement, je lui annonce que j'aime à nouveau mon mari et qu'il est préférable que notre histoire prenne fin.

Bien sûr, il s'emporte :

— N'as-tu donc pas de cœur ? N'étais-je pour toi qu'une passade amoureuse ? L'éloignement a renforcé mon amour pour toi. Tu es la femme avec qui je veux tout partager ; ne brise pas mes rêves, je t'en supplie.

Ma culpabilité refait surface.

Ayant perçu mon trouble, il renchérit :

— Te rappelles-tu notre conversation à Rouen sur la fatalité. Nous avons toujours le choix, et ce sont nos décisions qui nous engagent sur le bon chemin. Au premier écart, Fernand boira à nouveau et il tentera de porter la main sur toi. Tu regretteras alors de ne pas m'avoir suivi.

Bien décidée à ne plus me laisser prendre au jeu de mes émotions, je réplique fermement :

— Dorénavant, je suis heureuse, et ma famille est à nouveau réunie. Si tu m'aimes, laisse-moi vivre ce bonheur.

Comprenant qu'il perd du terrain, il se fâche carrément et menace de tout révéler à Fernand. Puis il disparaît, m'abandonnant aux affres de l'inquiétude.

Je me confie à Suzanne, qui me félicite d'avoir su résister à ce beau parleur, mais réplique furieusement aux menaces proférées :

— Ce n'est qu'un horsain. Je vais le faire décaniller de sa niche !

Elle s'apaise néanmoins et suggère inopinément :

— Confie-moi le médaillon. En apportant les casse-croûte d'Étienne et de Robert à la ferme, j'en profiterai pour remettre ce trublion à sa place.

À peine rassurée, je reprends le chemin de la maison.

En moi germe la crainte que Baptiste révèle l'existence de mon journal, preuve irréfutable de notre complicité.

Auparavant, dans ma pile de draps, mes mémoires aboutissent donc sur la planche escamotable du haut d'un placard. Bien malin qui ira le chercher là.

Cet aspect résolu, n'en demeure pas moins la menace de Baptiste. Aurait-il l'insolence et la mesquinerie d'affronter Fernand ?

Sa folie amoureuse passée l'a conduit au suicide. De quoi sera-t-il capable cette fois ?

Je tremble à l'idée que Fernand découvre la vérité. Comment pourrait-il me pardonner ?

Appréhendant son retour orageux, je tressaille à chaque nouveau pas dans la maison.

Au lieu de cela, il rentre de la ferme, l'air serein ; les révélations n'étaient visiblement pas à l'ordre du jour.

L'inconfort de ma situation me suggère celle de l'oiseau sur la branche, vacillant d'avant en arrière sans harmonie possible.

30 décembre

Ce matin, le quin calleux m'a mordue.

L'esprit en ébullition, le cœur palpitant, moite de me retourner sans cesse dans mon lit, je n'ai pas fermé l'œil de la nuit.

Comme j'ai encore très chaud en me levant, je me confectionne un bracelet d'ail pour combattre la fièvre. Ma vision est brouillée, la nausée me submerge et une douleur soudaine me serre la tête comme un étau.

Je demande à Yvonne de s'occuper de Marcel afin de m'allonger quelques minutes.

La migraine s'estompe, cédant la place à un sommeil tourmenté dans lequel réapparaît le cauchemar de la calende.

Je me réveille en sursaut et en nage, mais mon mal de tête a disparu.

À mes côtés, Yvonne m'observe avec étonnement.

— Marcel pleure et il a faim, m'informe-t-elle.

Déjà ! J'ai dû dormir près d'une heure.

Je me hâte pour préparer la bouillie du midi que Marcel mange maintenant avec nous.

Alors que je ne les attendais pas, Fernand et les enfants rentrent à la maison.

Mon mari a le visage fermé et le teint pâle, la démarche lente et abattue. Louise et Jeanne le suivent avec des yeux apeurés, et Alfred n'en mène pas large non plus.

Mon sang ne fait qu'un tour et je m'affole :

— Que s'est-il passé ?

Alfred me relate toute l'histoire.

Afin d'obtenir de l'aide dans l'élaboration du nouveau hangar, les hommes ont interpellé Baptiste. Leurs appels demeurant sans réponse, ils ont envoyé Étienne Delorme le quérir.

En ouvrant la porte du pressoir, Étienne s'empressa de donner l'alerte, car Baptiste gisait au fond de la cuve, à demi écrasé par les pales de l'engin. Il y avait du sang partout, un terrible spectacle !

On a éloigné les plus jeunes et mandé Beaudriard, mais, malheureusement, il n'y avait plus rien à faire.

Pourquoi le moulin s'est-il déclenché tout seul ? Sans doute un défaut dans l'installation.

Mme Desmoulins est aux cent coups, et son mari, encore sous le choc, aura bien du mal à s'en remettre.

C'en est trop ! Je sors en trombe pour m'aérer, car je suffoque. À l'idée de cette mort affreuse, je manque de m'évanouir et dois m'asseoir sur les deux marches devant la maison.

Des images jaillissent de mon esprit : la froideur de Suzanne à Rouen vis-à-vis de Baptiste, sa joie devant ma réconciliation avec Fernand, mes inquiétudes de la veille concernant la menace que tout soit dévoilé et sa promesse de lui rendre visite le matin même à la ferme. Resurgit aussi le cauchemar avec la calende qui portait le visage de Suzanne. Tout devient limpide. J'aurais dû tenir compte de cette prémonition menaçante au sujet de Baptiste.

Suzanne serait donc une meurtrière ?

Un frisson me parcourt la nuque. Puis Gaston rentre à son tour de l'école, où la nouvelle s'est répandue comme une traînée de poudre.

Je passe le reste de la journée à demi choquée, le regard dans le vide et sans dire un mot. Personne n'éprouve l'envie de parler, d'ailleurs, et toute la famille se couche tôt.

3 janvier 1881

Ces derniers jours ont été particulièrement pénibles.

Je ne cesse de penser à cette histoire horrible et au rôle que Suzanne a pu y jouer. Je l'entends encore qualifier Baptiste de horsain avec un ton méprisant.

Devient-on pour autant un assassin ?

Je pèse le pour et le contre sans pouvoir déterminer lequel l'emporte. Ces questions m'obsèdent jour et nuit.

J'obtiens enfin la réponse au retour de Fernand et des enfants, quand Alfred me présente le médaillon qu'il a découvert le long du pressoir.

Mon cœur bat à tout rompre ; le pire est donc survenu !

Ma sœur Suzanne, dans son désir de remettre la paix dans mon ménage, a glissé vers ce crime odieux. Mon angoisse et ma naïveté ont occulté mon discernement lorsque je me suis confiée à elle.

Pourquoi la panique m'a-t-elle aveuglée à ce point ?

J'étouffe de culpabilité.

On emmène le corps de Baptiste à Étretat ce jour même pour l'enterrer auprès des siens. Je n'ai même pas trouvé la force de me recueillir auprès de sa dépouille pour lui offrir un dernier adieu. Alors que je me rends au chariot du boulanger, une voiture à cheval ralentit à mon niveau. Le cocher souhaite savoir où se trouve la ferme des Desmoulins. J'imagine qu'il s'agit des membres de sa famille, quand j'aperçois à l'arrière une jeune femme élégamment vêtue d'une robe bleu marine et d'un chapeau à ruban noir, sans doute sa sœur Eulalie.

J'en ai la confirmation un peu plus tard lorsqu'elle vient frapper à ma porte. Les présentations sont superflues, tant sa ressemblance avec Baptiste est frappante. La couleur des yeux surtout me rappelle douloureusement les siens.

C'est elle qui prend la parole la première, en femme digne, malgré le chagrin qui la submerge. Le timbre de sa voix est à peine voilé.

— Quel terrible accident ! se lamente-t-elle.

Après une profonde inspiration, elle reprend :

— J'étais très proche de mon frère, comme vous le saviez peut-être. En confidente, j'ai découvert tout l'amour qu'il vous portait et le recul que vous aviez pris avant qu'il ne rejoigne Étretat.

Embarrassée, je ne parviens pas à trouver les mots justes.

— Je ne vous juge pas, poursuit-elle, compréhensive. Si je me présente à vous aujourd'hui, c'est dans l'espoir de retracer les derniers instants de vie de mon frère et de rencontrer les personnes qu'il aimait. J'étais si proche de lui...

Elle ne peut poursuivre, les larmes inondant ses yeux.

Je tente de lui porter secours en prenant sa main dans la mienne et en la conduisant vers la bancelle.

Elle doit s'asseoir pour ne pas se trouver mal. Pétrifiée de culpabilité, je la regarde. Par mes erreurs et mon excessive naïveté, j'ai rompu ce lien fraternel. J'aimerais hurler, confesser l'inavouable afin de subir la haine et les insultes que je mérite, sa gentillesse et sa compréhension me devenant insupportables.

Au lieu de cela, j'entreprends de la réconforter :

— Votre frère était un homme bon et serviable, vous pouvez être fière de lui. Je n'ai malheureusement pas su lui résister, alors que notre histoire était vouée d'avance à l'échec. Croyez-moi, je le regrette infiniment.

— Vous n'êtes pas une mauvaise femme, soyez-en assurée. Si c'était le cas, Baptiste ne vous aurait pas choisie. Mon frère était doux et attentionné, mais aussi très sensible ; c'est pourquoi je l'avais mis en garde contre vous, lui recommandant de ne pas trop s'attacher à une femme mariée. Mes paroles furent vaines tant il était amoureux et gonflé d'espoir. Vous n'alliez pas revenir sur votre décision ?

— Non, avoué-je confusément. Ses aspirations furent de courte durée. Je ne peux malheureusement plus effacer mes erreurs.

— Il aurait fini par comprendre avec le temps, conclut-elle sans conviction.

Puis, après un moment de réflexion, elle s'adresse à nouveau à moi sur un ton hésitant :

— J'aimerais que vous m'accordiez une faveur, dans la mesure du possible...

Elle joint les mains comme une supplique, me laissant craindre le pire.

— Promettez-moi de venir me voir à Fécamp. J'aimerais que nous devenions amies et que nous entretenions une correspondance. En mémoire de Baptiste...

J'accéderais à n'importe quelle requête afin d'alléger ma culpabilité et de redonner au visage triste d'Eulalie l'apparence d'un sourire, ne fût-ce qu'un instant.

Mon gage d'amitié la réconforte, mais je sais déjà en l'acceptant qu'il me sera difficile de me rendre à Fécamp.

Toutefois, je promets...

Ah ! Si j'avais su, Lucie, jusqu'où ce journal me mènerait !

Les flammes dansent sur ma feuille lorsque je couche sur ma page ces derniers mots. Dans l'espoir de jours meilleurs...

***

2 juin 2007

Pour Lise, la chute fut fulgurante. Depuis la première page, elle se hasardait consciemment à ignorer la fin de l'histoire, s'abandonnant à sa curiosité naturelle. Aussi, la précocité du point final souleva-t-elle une immense déception.

Perplexe, elle se questionna : pourquoi avoir conservé de telles preuves contre sa sœur ? Célestine aurait-elle été prise de court ?

Bien décidée à découvrir à tout prix la suite des aventures de son auteur, Lise envisagea de se rendre au cimetière d'Hodeng.

Elle observa les gouttes qui battaient les carreaux, cette sorte de pluie normande qui tombe du matin au soir. Il faisait tellement sombre dans la maison qu'elle devait maintenir la lumière allumée. Renan bricolait dans son atelier. Elle prendrait la voiture. Il était hors de question de s'y rendre à pied, même armée d'un parapluie. Avec le vent qu'il faisait, elle serait trempée jusqu'aux os.

Sur la haie de forsythia, elle aperçut un pinson qui agitait ses plumes et, malgré la pluie, poursuivait le même chant mélodieux. Une belle leçon de courage.

Elle soupira.

FB étaient les initiales gravées sur la poutre de la chambre. « F » pour « Fernand » et « B » pour « Brodier ».

Célestine Brodier. Ainsi se nommait son héroïne. Le nom et l'adresse étaient lisibles sur l'enveloppe qu'elle n'avait pas ouverte et qui contenait vraisemblablement la correspondance d'Eulalie.

La jeune femme perçut la mélodie du carillon.

Comment cela était-il possible ?

Elle n'en avait pas remonté la sonnerie après son retour de l'enterrement. Encore un signe de sa grand-mère ?

Elle se leva, et l'enveloppe posée sur ses genoux tomba à ses pieds. Peut-être y dénicherait-elle la clé du mystère ? La réponse fut bien au-delà de ses espérances.

14
Ultimes confessions

14 août 1926

J'ajoute les ultimes pages à ce journal, délaissé pendant toutes ces années.

D'une écriture de vieille femme, j'y apporte ma conclusion malgré ma vue affaiblie et ma difficulté à trouver les mots.

J'ai quatre-vingt-deux ans et je glisse lentement vers la fin de mon existence.

La vie m'a donné de grandes leçons. Elle m'a notamment enseigné que chaque erreur a un coût et que tôt ou tard il faut s'acquitter de sa dette. La mienne aura été, chargée de mes bagages de remords et de culpabilité, de survivre aux miens.

L'année 1881 fut inoubliable.

Après les événements, je connus une période terriblement sombre, où je tournais et retournais le médaillon entre mes doigts en craignant de voir débarquer les gendarmes à tout bout de champ. Je crus mourir cent fois.

Malgré le danger qu'il représentait, je ne m'étais jamais résolue à détruire le journal, devenu une partie de moi-même. Cela équivaudrait à m'arracher le cœur. Mais, craignant aussi qu'il soit découvert, j'ai consolidé la planche du placard du mieux que j'ai pu.

Dans les premières semaines qui suivirent le drame, je restai donc anéantie, traumatisée par la portée de mes actes. Le médaillon de Jeanne d'Arc ne me quittait plus, comme un acte de rédemption, et je m'interrogeais sans trouver de réponse.

Pourquoi n'avais-je pas vu le danger que représentait Suzanne ?

Baptiste avait raison : ce sont nos décisions qui organisent notre vie future et non la fatalité. Pourquoi avais-je choisi de m'en remettre à ma sœur, au lieu d'avouer mon adultère à Fernand ?

Il m'avait paru plus simple d'accuser la fatalité et de fuir mes responsabilités.

Mais qu'en était-il de Suzanne ?

Ne s'était-elle pas octroyé mes propres ennuis afin d'assouvir son désir de revanche contre les étrangers ?

C'est cette question qui me harcelait le plus, la trahison de ma sœur me torturant jour et nuit.

Je me souviens avec précision de tous les instants qui ont suivi le drame, particulièrement de la première fois où j'ai revu Suzanne à l'église.

Même si aucun mot n'avait été échangé entre nous, ses yeux imploraient mon pardon tout en signifiant qu'elle n'avait pas eu d'autres possibilités. Son aplomb m'a sidérée. Elle n'éprouvait aucun regret, alors que j'étais dans tous mes états.

J'ai réalisé qu'on ne connaît jamais vraiment une personne, aussi proche soit-elle. Cette prise de conscience nous a éloignées.

L'enquête a conclu à un accident, et le dossier a été vite classé. On accorde peu d'importance à un horsain, et personne ne s'était manifesté afin d'en savoir davantage.

Suzanne a finalement déménagé pour s'installer dans le pays de Caux, et nous nous sommes perdues de vue.

Terriblement seule, emprisonnée dans mes secrets, je réalisai douloureusement l'importance de notre lien fraternel perdu. Jeanine, consciente de ma tristesse, me rendait visite fréquemment, se mettant en quatre pour m'égayer. Touchée par son amitié, je ne pouvais évidemment pas m'épancher sur elle, et nos conversations superficielles ne me comblaient pas.

La vie au village s'écoulait au rythme tranquille des travaux à la ferme et des tâches quotidiennes.

Eulalie Sergeant avait établi la relation épistolaire qu'elle désirait tant et je me prêtais de bonne grâce à ces échanges ; c'était bien la moindre des choses. À ses questions pressantes sur mon voyage en pays de Caux, je restais évasive avant d'aborder délicatement les difficultés d'organisation avec ma famille. Elle eut la finesse de ne plus revenir sur le sujet et se contenta de me donner de ses nouvelles.

Un jour de printemps 1881, après la cérémonie des Rameaux, de vieilles rancœurs réapparurent.

Élyette, ayant été aperçue au fond de l'église, l'assemblée se tourna vers elle avec une attitude si hostile que je crus revivre la scène de l'année précédente. Il n'était cette fois plus question d'Alberte, mais de Baptiste et du mauvais sort ayant causé l'accident du pressoir.

La foule se réunit à nouveau sous le porche, les époux Billecoq et Ernestine, dite madame Potin, vilipendant la bergère.

On l'accusait d'avoir entretenu une relation avec Baptiste, chacun pouvant témoigner de leur attitude équivoque au bal du 14 juillet. Les amants se seraient ensuite retrouvés dans la forêt lors de la réunion de chasse au mois d'octobre, puisqu'on avait vu Baptiste partir dans cette direction sans aucune explication et rentrer, paraît-il, fort amoureux.

Je tressaillis à ce témoignage. L'épée de Damoclès penchait dangereusement au-dessus de ma tête et les coups d'œil furtifs de Fernand aggravaient mon sentiment de malaise. Élyette, acculée contre la porte de l'église, s'amusait de la situation :

— Pourquoi aurais-je voulu supprimer un homme dont j'étais amoureuse ?

Mais madame Potin redoublait de haine :

— Votre relation a tourné au vinaigre et tu as voulu te venger.

Et M. Billecoq renchérissait :

— Baptiste avait sans doute une femme dans le pays de Caux et, l'ayant appris, tu l'as ensorcelé.

— Oui, persiflait madame Potin, comme pour Alberte et ses moutons, ce sont vos principes à vous, les sorcières.

Le ton montait. Je regardais désespérément Élyette, qui, loin de redouter la situation, me lançait de temps à autre des regards bienveillants.

Comme le temps était ensoleillé, les fenêtres du Veau-qui-tète, béantes, laissaient entrer le bruit des conversations, si bien que Max ne fut pas long à nous rejoindre. L'humour habituel avait fait place à la colère lorsqu'il s'adressa aux trouble-fêtes :

— Je vous entends depuis tout à l'heure. Vos prières vous donnent bonne conscience et, à peine sortis de l'église, vous crachez votre venin au nez d'innocents. Que vous a fait Élyette pour que vous la détestiez ainsi ? Elle sait lire les cartes, et alors ? Si ça lui plaît ? Elle ne fait de tort à personne. Laissez les gens vivre comme ils le souhaitent.

Dans la foule, les paroles de Max avaient été si efficaces que plus personne ne bronchait.

— Alors, reprit-il, courageux mais pas téméraires. Plus personne pour me contredire ?

M. Billecoq se justifia :

— Quand le mauvais sort jeté par les bergers risque de porter atteinte à nos propres vies, on est en droit de vouloir les protéger. Cela a été le cas pour Alberte et pour Baptiste. Demain, à qui le tour ?

Max eut l'air de tomber des nues. Comprenant soudainement la méprise, il rectifia :

— Élyette ne pouvait pas en vouloir à Baptiste puisqu'ils ne se fréquentaient pas...

Le regard d'Élyette l'incita à poursuivre :

— Comme la fête du 14 juillet se terminait, il restait une dizaine de gars de Beauvoir, dont Quentin Lerouge, le berger avec lequel elle est longuement restée. Ils se fréquentent, mais leur relation était restée secrète jusqu'à aujourd'hui. Pas étonnant, étant donné l'accueil que vous lui réservez...

— Mais alors, qui Baptiste allait-il rejoindre en forêt le jour de la réunion de chasse ?

Un silence pesant s'abattit sur l'assemblée, personne ne souhaitant abandonner la partie sans émettre de nouvelles hypothèses.

L'étau se resserrait, le regard courroucé de Fernand me laissant présager le pire.

Sa colère gonfla tant et si bien qu'il ne put la contenir :

— Peut-être que c'était toi que Baptiste allait rejoindre dans les sous-bois. Tu ne m'as jamais expliqué où tu étais, ce fameux jour.

Honteuse et confuse d'être ainsi accusée en public, je bredouillai d'une voix à peine audible :

— Mais que vas-tu t'imaginer ? J'ignore où j'étais. Je ne me souviens pas de tout...

Mais mes plates explications amplifièrent la rage de Fernand.

J'étais à l'agonie lorsqu'une petite voix transcenda la foule. Elle provenait du bout de l'allée. C'était ma sœur Denise qui volait à mon secours :

— Célestine était avec moi.

Tout le monde se retourna.

Denise se rapprocha afin d'étayer ses propos salvateurs :

— Célestine était chez moi. J'avais trouvé des lettres de notre oncle Marcel dans la forge de mon mari et, sachant combien il comptait à ses yeux, j'ai souhaité que nous les découvrions ensemble. Si nous n'en avons pas parlé, c'est qu'il s'agissait d'un secret de famille, qui ne concernait que nous.

Je fus stupéfaite du stratagème échafaudé par ma sœur. Non seulement il me donnait un alibi pour ce fameux jour, mais il expliquait du même coup mon embarras aux questions de Fernand.

Mon mari se confondit en excuses, et l'assemblée, ravie d'avoir assisté à notre règlement de compte conjugal, fut à deux doigts d'applaudir.

Quant à moi, débordante d'émotion et de reconnaissance, je tombai dans les bras de Denise.

Les jours et les semaines qui suivirent, intarissable de gratitude, je lui rendis de fréquentes visites.

Elle avait deviné mon aventure avec Baptiste depuis fort longtemps. Dès notre séjour à Rouen, elle avait eu quelques doutes ; ensuite, elle s'était amusée de nos manœuvres pour nous observer à l'église sans rien laisser deviner. Puis l'accident et le départ de Suzanne lui avaient laissé entrevoir le pire. Depuis, elle assistait, impuissante, à mon désarroi.

— Tu aurais fait la même chose pour Suzanne, me confia-t-elle un jour. J'ai tellement envié votre relation fusionnelle, vos confidences, tout ce que la différence d'âge m'interdisait, que j'aurais tout donné pour connaître cette proximité. Ne laisse pas la rancœur l'emporter ; les vraies amitiés sont de rares trésors qu'il faut savoir préserver.

Je réalisai à quel point Denise avait souffert de notre indifférence pendant toutes ces années et je fus plus proche d'elle que jamais, m'efforçant de rattraper le temps perdu.

Je lui rendais fréquemment visite et prenais désormais le café avec Léonce.

Un jour, en m'asseyant, alors que je voyais pour la centième fois sur le pan de mur face à moi les tableaux suspendus, je me rendis compte que je ne les avais jamais vraiment regardés. Je m'approchai pour contempler la représentation de la côte normande. Il s'agissait d'un paysage marin – une plage de galets, avec la mer et le ciel bleu azur et entourée de hautes falaises de craie.

Je ne pus m'empêcher de songer à Baptiste et de l'imaginer au milieu de ce décor, naviguant sur la mer dans une petite embarcation.

Denise me surprit en me disant que ces tableaux de bord de mer provenaient de l'oncle ; elle et Léonce les avaient trouvés à leur arrivée dans la maison. Peut-être l'oncle rêvait-il déjà à son avenir sur la côte ?

J'appris alors à cheminer seule dans mes pensées, priant chaque jour pour le salut de Baptiste et pour que Dieu me pardonne mes actes.

Jeanine et moi, nous continuions à survoler la lecture de nos journaux.

Un beau jour, *L'Ébauche* d'Argueil nous surprit en évoquant l'arrestation d'un voleur de lapins. L'homme avait un œil de verre. Il s'agissait de Maurice Mabire, dit Belœil. L'article précisait qu'après de nombreuses enquêtes et recoupements, la police avait pu faire le rapprochement entre cette affaire du village d'Hodenger et d'autres faits connus dans la région. Les arrestations des membres du « gang des estropiés » avaient fini par payer, et l'un d'eux avait dénoncé Belœil comme étant l'un des leurs.

Comme l'histoire du tricorne me taraudait toujours, bien que je ne l'aie jamais revu, j'entrepris d'en parler à Élyette, alors que je me trouvais proche d'un de ses troupeaux. Elle fut étonnée de ma visite, elle qui en recevait si peu. Quentin Lerouge était toujours son amant, mais il avait des obligations qui l'éloignaient d'elle.

Aussi accueillit-elle avec bonheur ma venue.

Je m'assis à ses côtés sur l'herbe.

— Tu avais raison à propos de Baptiste. Quel malheur ! Je n'ai pas su te croire ni éviter le drame qui l'a touché.

— Ne t'en fais pas, Célestine. Les cartes ne mentent jamais, mais on ne peut empêcher le destin qu'elles décrivent…

— Il doit être difficile et parfois dangereux pour une femme de garder seule les moutons. Ne crains-tu pas la solitude, parfois ?

— Je ne suis pas une froussarde. J'ai mes trois chiens que j'appelle à coups de corne au besoin. C'est l'hiver que le temps semble long. Je file alors la laine pour fabriquer de bons manteaux que je revends au marché. Les chiens me tiennent compagnie. Et puis, il y a Quentin qui s'en vient passer les hivers avec moi. Nous nous tenons chaud.

— J'ai honte de la cruauté dont certains font part vis-à-vis de toi. Tu dois sans doute en souffrir…

— Non, pas tant que cela. Je suis une solitaire et n'apprécie pas forcément leur manière de voir les choses. J'ai presque pitié pour eux, à dire vrai. Et puis, je me suis habituée. Ma mère m'a toujours appris à me méfier des autres. Ma grand-mère en a suffisamment souffert.

— Qu'est-il advenu de ta grand-mère, exactement ?

— Les rumeurs vont bon train et j'ignore ce que tu as entendu. Elle possédait, paraît-il, d'étranges pouvoirs qu'elle n'a pas souhaité léguer à sa fille ou peut-être que ma mère n'avait pas ce don. Je sais lire les cartes, couper le feu et soigner les animaux avec les herbes et les incantations. C'est à peu près tout. En réalité, les pouvoirs de ma grand-mère Margaux allaient bien au-delà de ce qu'on peut imaginer. Elle utilisait des formules magiques et participait à des cérémonies avec ses semblables. La Margaux était une sorcière, on peut le dire. Pas moi.

— J'ai entendu parler d'un tricorne lui appartenant et que certains habitants auraient aperçu sur une silhouette fantomatique…

— La Margaux le portait lors des fameuses réunions, mais ni ma mère ni moi n'avons pu mettre la main dessus…

— On l'a retrouvé dans les affaires de Belœil au cabanon, le jour où la police a débarqué.

— Cela ne m'étonne pas beaucoup. Margaux usait de sa magie uniquement à des fins punitives, comme une justicière.

— Mais j'ai moi-même aperçu cette silhouette plusieurs fois. Elle m'a même fait signe de l'approcher…

— Sans doute que cette vision ne t'était pas destinée. Elle a dû faire en sorte que Belœil l'aperçoive et s'empare du chapeau afin de subir son mauvais sort.

Demeurant quelque peu perplexe par rapport à ces révélations, je remerciai chaleureusement Élyette qui m'encouragea à revenir la voir à l'occasion.

— Si tu ne crains pas pour ta réputation, ajouta-t-elle.

Je souris et assurai :

— Après tout ce que j'ai vécu, je ne crains plus personne, à part le bon Dieu, bien entendu…

À force de méditations, je compris que Suzanne avait commis ce crime uniquement par amour pour moi. Certes, cette révélation n'effaçait pas son geste, mais il en atténuait la gravité. Souhaitant lui pardonner, je lui écrivis à Héricourt-en-Caux, à l'adresse que son mari avait laissée à ses anciens collègues bûcherons. Je lui donnais rendez-vous, si elle le désirait, à la foire Saint-Romain.

N'ayant pas obtenu de réponse, je me préparai mentalement à m'y retrouver seule. Aussi, quelle ne fut pas ma surprise de l'apercevoir devant l'hôtel à mon arrivée à Rouen.

Dans les bras l'une de l'autre, nous avons pleuré à chaudes larmes un long moment, tant à la joie de nous revoir qu'au souvenir de toutes les peines passées.

Nos retrouvailles se sont ainsi poursuivies chaque année à la foire de Rouen avec parfois l'un des derniers enfants restant à la maison.

Puis, en 1894, après le décès de son mari, elle est revenue vivre à Hodeng pour y finir son existence à mes côtés.

Ses années passées dans le pays de Caux, où, ironie du sort, elle devenait horsain à son tour, l'avaient transformée. L'accueil chaleureux des habitants contredit toutes ses craintes et anéantit peu à peu ses préjugés.

Elle mourut en 1900 de la maladie de pierre.

Bravant les affres de douleurs qui l'obligeaient à se plier en deux, elle refusait obstinément de voir le médecin.

Un matin, elle se mit à pisser du sang et c'en fut fini.

Après le départ de Suzanne, ce furent les Le Roy qui quittèrent la région pour retourner habiter Paris. Lucie ne supportait plus de demeurer loin de son mari et de sa fille, étudiante encore, à l'époque.

Elle vint me visiter pour me faire ses adieux. Dans ses mains, elle portait un grand objet enveloppé dans du papier doré.

Elle me le tendit en m'affirmant que cela me ferait un souvenir d'elle.

Un lourd paquet avec, à l'intérieur, la fameuse pendule avec la fillette.

Je refusai tout d'abord en disant que c'était un cadeau trop luxueux pour ma simple demeure et que je ne méritais pas un tel intérêt.

Elle insista en assurant que ma joie lui rendait au centuple ce présent.

Je l'embrassai en lui souhaitant bonne chance.

15

Un étrange tableau

La vie m'octroya son lot de malheurs. Je perdis Fernand en 1902 de la tuberculose, qu'on appelait alors « maladie de la cocotte ». L'unique remède du médecin consistait à demeurer enfermé quatre à six semaines sans mettre le nez dehors et à manger gras pour ne pas dépérir. Sur son lit de mort, Fernand me fit une révélation qui bouleversa à tout jamais le reste de ma vie.

— Te souviens-tu de Baptiste, le cousin des Desmoulins ?

Bien entendu, je ne pouvais l'avoir chassé de ma mémoire et je fus très curieuse de savoir à quoi Fernand faisait référence.

— Ne crois pas que je t'en veuille le moins du monde, car tu m'as donné tout ce à quoi un homme peut prétendre : ta beauté, ta jeunesse, de beaux enfants et toute l'attention qui m'était nécessaire. De mon côté, je sais à quel point je t'ai rendue malheureuse, parfois. Notre vie a été laborieuse, mais nous avons eu des moments de bonheur ensemble, n'est-ce pas ?

Il lui arrivait de se mettre à tousser entre deux paroles, puis de se reprendre.

Je le rassurais : je n'aurais pu choisir d'homme plus courageux pour faire ma vie et me donner d'aussi beaux enfants.

C'est alors qu'il déclara :

— Mais, ce Baptiste, je l'ai tout de suite jugé à sa manière de te regarder. Il est vrai que tu étais la plus jolie fille de tout le pays et ce n'était pas le seul à te convoiter. Néanmoins, j'ai pressenti le danger qu'il représentait et je t'ai surveillée l'air de rien. Puis est arrivé le drame que tu sais...

Le rouge aux joues, j'écoutais sans mot dire la fin des révélations.

— J'étais présent ce jour-là, lorsque Suzanne est venue rendre la médaille à Baptiste. Je me suis d'abord étonné de voir ta sœur entrer dans la cour de la ferme, ce qui n'arrivait jamais. J'ai cru qu'elle venait vers moi, mais non, elle s'est arrêtée pour parler à Étienne sans me regarder, comme si elle attendait que je parte, ce que j'ai simulé sans tarder. Je l'ai ensuite aperçue se dirigeant vers le pressoir et je me suis approché. La porte était entrouverte ; je pouvais apercevoir ta sœur et Baptiste à côté du pressoir. J'entendais les paroles les plus fortes. Elle tentait d'user de son autorité pour qu'il te laisse tranquille, mais lui ne voulait rien savoir. Les voix s'élevaient de plus en plus, puis ta sœur lui a donné la médaille qu'il a jetée à terre, et elle s'est enfuie. Elle m'a bousculé en sortant et, d'un simple regard, elle a su que j'avais tout entendu. Puis Baptiste est descendu dans le pressoir et j'ai mis en route le moteur. Tu connais la suite...

Les larmes aux yeux, j'accusais le poids de cette révélation. Ainsi, Suzanne n'y était pour rien.

Fernand reprit comme pour souligner mes pensées :

— Non, ta sœur n'y était pour rien. J'ai tenté maintes fois de la dissuader de partir dans le pays de Caux. J'allais tout te révéler. Mais elle a refusé de m'écouter. Ce départ était une aubaine pour son mari. Elle souhaitait porter le poids de cette faute pour que notre couple y survive. Par amour pour toi, elle s'est laissé accuser à tort.

J'étais en pleurs. Je ne méritais pas tant d'affection, moi qui aurais été incapable de lui rendre ne serait-ce qu'un quart de tout cet amour.

Je pleurai dans les bras de Fernand. Nous nous pardonnions tout l'un et l'autre.

Il s'éteignit la nuit même.

Quatre ans après Fernand, en 1906, Paul-Alfred périt dans un accident de chasse. Il n'avait que trente-neuf ans. Sa disparition fut une déchirure pour chacun d'entre nous, mortifiant mon cœur de mère et abandonnant à la douleur sa femme et ses quatre enfants.

Un seul être vous manque et tout est dépeuplé, aurait ajouté Baptiste.

Enfin, par la loi des séries, je perdis ma sœur Denise d'une mauvaise grippe la même année.

Lorsqu'elle sentit que ses jours étaient comptés, elle me fit appeler juste avant le passage du prêtre.

— Il y a quelque chose que j'aimerais te donner, me dit-elle dans un souffle.

Elle tira de dessous le lit un tableau, et pas n'importe lequel, celui que j'avais pu admirer de nombreuses fois lors de mes visites chez elle et qui était intitulé *La Plage de la Courtine*.

Je m'étais si souvent imaginé marcher le long de cette plage avec Baptiste qu'au souvenir des événements passés, je ne pus retenir un sanglot. Denise me prit dans ses bras. Puis nous nous fîmes nos adieux.

S'ensuivirent de profonds gouffres de solitude, heureusement souvent comblés par la présence de mes petits-enfants.

Le tableau fut suspendu en bonne place à côté de la cheminée. Je n'y prêtai plus guère attention jusqu'à ce que je constate que l'encadrement s'abîmait, sans doute à cause de l'humidité de notre maison. J'achetai des fournitures au colporteur afin de le renouveler.

C'est alors qu'en retournant l'œuvre ainsi mise à nu par mes opérations, je remarquai un petit papier plié et contenant une sorte de formule magique :

« Ô belle personne de l'aurore, qui brillez au cœur de ce monde, puissiez-vous revivre parmi ceux qui vous sont chers », effleurez la falaise de mouvements circulaires en prononçant « Hogmanay » par trois fois.

Amusée, je tentai immédiatement l'expérience. Qu'avais-je à y perdre ?

Alors que je faisais tournoyer mon doigt sur la peinture en prononçant ces trois syllabes, le tableau se mit à grossir devant mes yeux, le bleu du ciel devenant omniprésent.

Le souffle du vent pénétra tout autour de moi, faisant voler mes vêtements et me procurant des frissons bienfaisants. Sous mes pieds, de gros cailloux se mirent à rouler, manquant de m'emporter.

Je marchai sur la plage, battue par les vagues, les marines flattées par cette odeur maritime que je découvrais. Un petit bateau rouge et blanc se détachait sur la mer bleu marine. Lorsque le navigateur m'aperçut, il fit demi-tour et vint s'amarrer sur la plage.

Quelle ne fut pas ma surprise de découvrir qu'il s'agissait de Baptiste.

Je courus à sa rencontre et vins me jeter dans ses bras :

— Je t'attendais, murmura-t-il calmement. Depuis si longtemps...

Sa tranquillité tranchait avec mon excitation de le revoir. Mon cœur battait la chamade, et sur mes joues des larmes coulaient, accentuées par l'effet des embruns.

— Pardonne-moi, lui susurrai-je. Je n'aurai jamais assez de mes jours pour te dire combien je regrette le mal que je t'ai causé.

Il ne répondait rien, se contentant de me sourire. Il me prit la main et m'emmena marcher sur les galets.

Nous arrivâmes à un cabanon, et il me montra les objets qu'il avait trouvés lors de la fouille d'anciennes épaves : une ancre, un vieux coffre, des clés rouillées, mais aussi des coquillages et des filets de pêche. Puis il me confia la clé du cabanon :

— Viens m'attendre là quand tu reviendras et invites-y qui tu veux.

Que signifiaient ses paroles ?

Je scrutai la plage. Nous étions seuls et dans un décor tellement irréel que je ne voyais pas à qui il faisait référence. Puis il se mit à regarder le soleil.

— Il est bientôt l'heure de partir, affirma-t-il.

Il déposa un baiser sur mon front.

Le ciel s'obscurcit brusquement et le silence se fit. Je me retrouvai les yeux clos, devant ma cheminée, le doigt encore posé sur le tableau. J'avais la clé du cabanon dans la poche de ma blouse et me promis de renouveler l'expérience dès le lendemain, ce que je fis.

Je compris alors ce que Baptiste avait voulu dire.

Le cabanon n'était plus le petit abri que j'avais pu voir la veille, mais une longue maison dans laquelle brûlait un feu de bois. À l'intérieur, j'y trouvai Fernand, assis sur une bancelle, Suzanne et notre oncle Marcel. Ils m'accueillirent chaleureusement, mais, peu loquaces, ils ne répondaient à mes questions que par des propos inopportuns, me recommandant d'apprécier la chaleur et de profiter du moment présent.

C'étaient eux, sans les tracas du vivant, le visage empreint de la sagesse du temps.

Ces expériences m'apaisaient néanmoins et je les renouvelais quasiment tous les soirs.

Un jour, cependant, je m'étais réveillée avec un étrange pressentiment.

Se rapportait-il à mes voyages quotidiens ?

Je décidai néanmoins d'effectuer à nouveau mon périple dans le tableau.

Qu'avais-je à y perdre et pourquoi serait-ce différent cette fois ?

Je fis tourner délicatement mon doigt sur le tableau comme à l'accoutumée en prononçant par trois fois les syllabes.J'échouai donc sur la plage de la Courtine.

Afin de profiter pleinement des senteurs marines, je prenais de grandes respirations comme pour m'emplir de ce joli paysage et l'ancrer en moi.

Allais-je revoir Baptiste, que je n'avais jamais revu depuis mon premier voyage ?

Aucun bateau sur la mer, seulement les petites vagues coutumières et le roulis des galets.

Je progressai jusqu'à l'emplacement du cabanon et fis tourner ma clé à l'intérieur de la serrure.

En ouvrant la porte, je fus prise de stupeur devant l'effroyable scène qui se présentait à mon regard.

Baptiste était mort, croché à une corde pendue au plafond. En m'avançant dans la pièce, j'aperçus un puits, au fond duquel gisait le corps de Fernand.

Puis, plus loin encore, dans une mare de sang baignait la dépouille de Suzanne. Prise de nausées, je laissai tomber la clé pour m'enfuir en courant loin de cette scène d'horreur.

Sur la plage, malgré les galets qui roulaient sous moi en m'emportant, je me hâtai de regagner mon point d'arrivée. J'y attendrais que le soleil se couche et me ramène à la maison.

Parvenue près des falaises, j'attendis les mains moites que le cauchemar prenne fin.

Pourquoi un tel carnage ? Qu'avais-je fait ou omis qui ait pu déclencher un tel sortilège ?

J'attendis ainsi pendant plusieurs heures sans que rien ne se passe. Je décidai de retourner sur la plage et de l'arpenter à nouveau. Le soleil s'était toujours couché alors que je me trouvais près du cabanon.

Cependant, l'abri avait disparu et je ne pus que constater mon effroyable solitude sur cette plage. Les falaises délimitaient entièrement l'espace et elles étaient infranchissables. Je me retrouvais ainsi seule sur à peine une dizaine d'ares, maudissant le peintre de n'avoir prévu aucune issue dans l'élaboration de son œuvre.

Je me remémorai le tableau tel que Denise me l'avait offert, sans abri, ni bateau se balançant au gré des vagues, et fus prise aux tripes par une angoisse incontrôlable. J'espérais encore du soleil qu'il se couche à toute vitesse afin de pouvoir rentrer chez moi, mais, en dirigeant mon regard vers lui, j'aperçus la tache de peinture orangée qu'avait dessinée le peintre.

Tout, autour de moi, n'était qu'un décor de peinture : les falaises grises, le ciel outremer et même mes vêtements se confondaient dans des tons écru et bleu pâle.

Je voulus pleurer, mais mes larmes, solidifiées comme des grains de sable, refusaient de couler. Lorsque je portai la main à mon front humide pour l'essuyer, je constatai avec effroi que ce n'était pas de la sueur qui y perlait, mais un filet de peinture blanche. Je demeurai ainsi immobile de longues minutes avant de comprendre que j'étais définitivement prisonnière du tableau.

***

— Lise, appela Renan, où étais-tu passée ?

Lise sursauta. Elle s'était assoupie. Mon Dieu, quel terrible rêve !

Renan estima qu'elle avait assez lu pour la journée. Il lui proposa une promenade en forêt qu'elle accepta sans se faire prier. Le lendemain, elle reprit le fil de l'histoire là où elle l'avait un peu trop brodée.

16

Album de famille

Le tableau fut suspendu en bonne place à côté de la cheminée. Je n'y prêtai plus guère attention jusqu'à ce que je constate que l'encadrement s'abîmait, sans doute à cause de l'humidité de notre maison. J'achetai des fournitures au colporteur afin de le renouveler.

C'est alors qu'en retournant l'œuvre ainsi mise à nu par mes opérations, je remarquai une surépaisseur inattendue. Une enveloppe griffonnée de ces quelques mots : *Pour ma famille que je chéris tant.*

À l'intérieur de l'enveloppe, des bons au porteur d'une valeur de dix mille francs.

Le fameux trésor !

Quand je pense que Denise a vécu à côté de cette fortune en ignorant complètement son existence !

Je revois la silhouette au tricorne me faire signe de m'approcher le long de la maison de ma sœur… Me signifiait-elle la présence du trésor ?

Les résultats du concours de dessin avaient été annoncés un dimanche après les vêpres, fait historique qu'aucun habitant n'aurait voulu manquer.

Maître Renard annonça avec fierté que deux prix avaient été décernés pour notre commune. Chez les plus petits, Blanche décrocha le second prix, et Jeanne, le premier dans sa catégorie. S'ensuivirent des applaudissements et quelques larmes de ma part pour mes deux chères enfants.

On but un verre de cidre pour fêter l'événement. Quelle fierté ! La vie nous offre des moments si précieux, parfois.

Les filles se rendirent donc à Paris, au musée du Louvre, avec les enfants des autres villages et quelques maîtres.

Pour Jeanne, ce fut une journée fabuleuse, une des plus belles de toute sa vie.

À partir de ce moment, tout changea pour Blanche. Elle acquit une sorte d'assurance et de joie de vivre inébranlables. À l'école, elle était devenue la mascotte, celle qui avait visité Paris et qu'on regardait avec envie. Personne ne l'embêta plus jamais dans la cour de récréation.

Plus tard, elle donna des cours de dessin dans les écoles de la région, puis s'installa à Rouen, où elle exerça ce métier de façon définitive. Elle ne revit jamais sa mère.

Choix ou mépris de la nature, Blanche n'eut pas d'enfant. Elle n'eut pas l'air d'en souffrir, du moins ne le fit pas voir. Sa passion semblait avoir pris toute la place, la comblant d'une plénitude absolue. Elle ne vécut pas bien vieille ; sa nature chétive, sans doute, la fatigua bien vite. Elle mourut à quarante-trois ans.

Mes trois filles se sont mariées ; aucune d'elles n'a coiffé sainte Catherine.

Louise a épousé Ernest Desmoulins dès son retour du régiment. Ils ont repris la ferme familiale et ont eu six enfants. Depuis l'accident, le pressoir avait été détruit. Ernest en a fait construire un autre, entièrement manuel. La cidrerie fonctionne toujours, et le cidre Desmoulins & Fils est connu dans toute la région.

Chaque année, la famille Boisard nous fit l'honneur de sa présence à la fête d'Hodeng, Léopold sympathisant de plus en plus avec Max. Jeanne revit Marcellin, et, leur amour grandissant, ils finirent par s'installer à Gournay-en-Bray et eurent deux enfants, Justine et Rose, mères aujourd'hui respectivement de trois et quatre enfants. Jeanne, en plus d'aider Marcellin à accueillir les clients de l'office notarial, se mit à peindre avec beaucoup de talent, et ses œuvres trouvèrent des acquéreurs jusqu'aux alentours de Paris. Elle esquissa pour moi le portrait de son frère Alfred. La « forêt cathédrale » qu'il affectionnait tant est parée de teintes automnales, et au pied de mon fils figure sa belle récolte de bolets. Ce tableau me procure toujours autant d'émotions.

Je me retrouve ainsi entourée des objets qui me sont les plus chers.

D'abord, la pendule à la petite fille. À droite du cadran, la fillette à robe fleurie y nourrit cet oiseau blotti dans un panier, sans doute pour quelques années encore.

Elle représente pour moi la valeur de l'amitié.

Le portrait de Paul-Alfred est le témoin de mon bonheur familial avec Fernand et les enfants.

Enfin, *La Plage de la Courtine* illustre à merveille cette touche de fantaisie qui m'a aidée à demeurer vivante, malgré les vents contraires.

Yvonne est devenue infirmière. En effectuant des soins à domicile, elle a rencontré un médecin de Gournay-en-Bray, avec qui elle s'est établie. Elle y mène une vie heureuse et a donné le jour à six enfants.

Un matin de 1882, Roustache nous a lu les nouvelles lois du ministre Jules Ferry, qui rendaient l'enseignement obligatoire jusqu'à treize ans. Quant aux maîtres, ils devaient fréquenter l'École normale du département.

Suivant les conseils de Lucien Renard, Gaston a beaucoup étudié afin de devenir instituteur. Après avoir obtenu avec brio son certificat d'études, il a fréquenté l'École normale de Rouen et a été exempté de son service militaire.

Dans les classes, les chants patriotiques ont peu à peu remplacé les prières.

Aujourd'hui encore, mon fils distribue de bons points aux heureux écoliers d'Hodeng, mais également des coups de bâton. Malgré sa sévérité, les gosses l'aiment beaucoup.

S'étant rapproché d'Alphonsine Desmoulins, il a fini par l'épouser, et deux beaux enfants sont nés de leur union.

Marcel, mon petit dernier, travaille comme boulanger à Argueil. Lui et sa femme ont trois enfants.

Je suis grand-mère vingt-trois fois, j'ai quarante-quatre arrière-petits-enfants et trois arrière-arrière-petits-enfants. Ils représentent ma plus grande fierté. Notre vie, à Fernand et moi, s'est écoulée dans le labeur des tâches quotidiennes, mais surtout dans le bonheur de voir nos enfants réussir.

Mes enfants reçurent chacun leur part des fameux bons au porteur assortie de l'histoire de l'oncle Marcel que je leur contai maintes et maintes fois afin qu'ils la perpétuent dans la famille. J'enjolivai l'histoire, peut-être à tort, en prétextant que le banquier n'était pas un mauvais homme. L'oncle Marcel n'aurait jamais cautionné les actions d'une personne malhonnête.

Qu'en savais-je, après tout ? La vie embellit si bien les souvenirs des personnes disparues.

Les générations suivantes, n'ayant pas connu l'oncle, ne s'intéressèrent plus guère à ce récit. Sans doute se disait-on que j'étais une vieille grand-mère radoteuse.

En revanche, comme on trouve toujours la même fascination à l'évocation d'un trésor, cette histoire traverse les générations.

Il me reste un regret, celui d'une promesse non tenue.

Pendant de nombreuses années, la malle-poste m'a transmis des nouvelles d'Eulalie. J'appris tour à tour son mariage avec un ouvrier de la distillerie de Fécamp et la naissance de leurs cinq enfants. Il y eut un jour un drame à la fabrique. Deux malfaiteurs s'étant introduits dans la menuiserie y mirent le feu, qui ravagea la maison d'Alexandre-Prosper Le Grand et de nombreux bâtiments nouvellement construits. Ce fut un traumatisme pour Eulalie qu'un tel acte criminel ait pu être commis, car cela les obligea, elle et son mari, à changer d'emploi.

Heureusement, comme elle le soulignait dans sa lettre, le pire avait été évité puisque le feu n'avait atteint ni les caves ni la distillerie.

Jamais elle ne revint à Hodeng ni n'évoqua la question de ma visite sur ses terres.

Reste cette promesse que je n'ai pas pu tenir, ce regret qui me tiendra jusqu'à ce que je ferme les yeux. J'aurais tant aimé me recueillir sur la tombe de Baptiste à Étretat et y déposer le médaillon.

Je n'ai pu livrer ce secret à aucun de mes enfants, et aucun d'eux n'aura la surprise de l'apprendre en lisant ce journal. Je souhaite qu'ils gardent l'image d'une mère honnête et qu'aucun mystère ne vienne appesantir leur vie.

Aussi ai-je fait le pari un peu fou d'enfouir ce journal jusqu'à ce qu'un jour une bonne âme le découvre. Son contenu ne l'intéressera sans doute pas. Ce ne sont après tout que les jérémiades d'une vieille folle, qui avait cru que la vie pouvait se dérouler avec l'insouciance des jours, les amours se faire et se défaire sans que personne n'en souffre. Quoi qu'il en soit, j'espère que cette personne sera compréhensive et indulgente. Avec cette part d'humanité nécessaire, peut-être pourrait-elle alors faire pour moi ce dernier geste, celui de déposer le médaillon sur la tombe de Baptiste.

ÉPILOGUE

2 juin 2007

Lise, ragaillardie, fut comblée par le privilège qui lui était accordé. Elle mesura la force de caractère de Célestine, la puissance de son amour et de son pardon. L'image de l'oiseau, chantant sous la pluie le matin même, lui revint à l'esprit. Elle illustrait à merveille la devise de Célestine : tenter d'être heureuse malgré les épreuves de la vie.

Par le jeu des événements, le secret de son héroïne pouvait enfin sortir de l'ombre après quatre-vingts ans de clandestinité.

Lise s'identifia à Jennifer Love Hewitt, alias Melinda Gordon, protagoniste de la série *Ghost Whisperer*, dont le rôle est d'aider les fantômes à trouver la lumière.

Elle fila au cimetière d'Hodeng.

— Je sors prendre l'air ! cria-t-elle à Renan.

À gauche de l'allée qui mène à l'église se trouvent une dizaine de tombes très anciennes dont les croix sont rouillées. Sur l'une d'entre elles figure la Vierge Marie et, en dessous, un cœur de métal argenté indique les noms de Fernand et Célestine Brodier, ainsi que l'année de leur naissance et celle de leur décès.

Pour Fernand, 1840-1902 ; pour Célestine, 1844-1926. Avant de s'éteindre au cours de l'année 1926, Célestine avait pressenti l'urgence d'ajouter les dernières pages à son journal.

Au moment où Lise promit à Célestine d'accomplir ses dernières volontés, le vent s'éleva, semant du même coup des dizaines de fleurs de pommier du verger voisin. Elles retombèrent une à une à ses pieds.

Un signe de remerciement ? se demanda-t-elle en souriant.

En la voyant rentrer guillerette à la maison, Renan lui demanda :

— Alors, ça y est, tu l'as trouvé, ton trésor ?

Elle réalisa que les trésors ne sont pas toujours ceux que l'on attend et qu'il y a parfois des vérités plus enrichissantes.

Lise avait été enthousiasmée de découvrir l'identité de Célestine et d'avoir pu partager sa vie, ses choix, ses forces et ses faiblesses. Pour autant, elle n'en fit pas part à Renan. En tant qu'homme, pouvait-il éprouver de l'empathie pour Célestine ?

Se contentant de sourire, elle proposa :

— Que dirais-tu de passer notre journée de dimanche à Étretat ?

Renan acquiesça sans poser de questions. Elle lui raconterait ses découvertes pendant le voyage.

Le lendemain, l'Audi A4 gagnait le pays de Caux, avalant les cent trente kilomètres de bitume qui la séparaient de la côte d'Albâtre.

Sur les ondes, Juanes avait enfilé sa *camisa negra*, Christophe Maé ne voulait pas qu'on s'attache, tandis que passait la caravane des Enfoirés.

Lise songea à l'avenir du journal de Célestine. Lui qui portait si bien la vie se devait de la poursuivre dans une bibliothèque. Quel dommage qu'il ait pu être ainsi abandonné à la poussière d'un vieux placard ! Elle espérait partager avec d'autres lecteurs ce témoignage d'une époque révolue.

À Étretat, une passante âgée leur indiqua où se trouvait le plus vieux cimetière de la ville. Identifier la tombe de Baptiste leur prit plus d'une heure. Une des croix de bois révélait le nom de Baptiste Sergeant sur son cœur de porcelaine.

La nature ayant repris ses droits depuis fort longtemps, la sépulture était couverte de mauvaises herbes.

Lise enroula le médaillon autour de la croix en évoquant le nom de Célestine et son vœu enfin accompli. Puis, en témoignage d'amitié pour ses deux héros, elle déposa une à une sur la tombe les fleurs de pommier.

Glossaire

Abeilles : selon les traditions normandes d'antan, elles n'aiment pas entendre jurer et punissent à coups d'aiguillon celui qu'elles entendent blasphémer. Tuer une abeille sans nécessité, c'est risquer la malchance.

Aguignettes : galettes feuilletées, découpées en forme de bonhomme ou d'animal, que l'on fabrique à l'Épiphanie.

Amoureuse (terre) : féconde.

Andain : rangée d'herbes coupées par le faucheur.

Andelle : rivière française, affluent de la rive droite de la Seine en Seine-Maritime.

Aoûteux : ouvriers venus d'autres villages pour les moissons.

Argueil : commune française de Seine-Maritime (Haute-Normandie).

Arpent : ancienne mesure agraire, équivalente à 100 perches carrées, quelle que soit la longueur de la perche, soit de 20 à 50 ares ou 2000 à 5000 mètres carrés.

Attolite Portas : rite catholique en vigueur aux Rameaux à Rome et en France, terme qui signifie « Ouvre la porte ou je la casse ».

Au plus fort la pouque : se dit d'une personne qui force le passage pour arriver la première.

Avoir le porte-monnaie en peau de hérisson : être pingre.

Avoir les chaussures à bascule : être ivre et se balancer sur place ; perdre l'équilibre.

Avoir les mains de beurre : être maladroit et tout faire tomber.

Babillements : flux, volubilité de paroles.

Bancelle : banc attenant à la table, principalement utilisé lors des repas familiaux.

Baragouiner : parler beaucoup en tenant des propos futiles et pas toujours vrais.

Batteux : batteurs.

Bavacher : parler à tort et à travers.

Bayeux : ville du Calvados en Basse-Normandie.

Bazincourt-sur-Epte : commune de l'Eure, en Haute-Normandie.

Beauvoir-en-Lyons : commune de Seine-Maritime en Haute-Normandie.

Bézancourt : commune de Seine-Maritime.

Bezot : dernier enfant d'une famille.

Bissexte : bissextile.

Blaude : costume de l'homme paysan au XIXᵉ s.

Boire la goutte : boire un petit verre d'eau-de-vie.

Bois-Guillaume : commune de l'agglomération de Rouen, en Seine-Maritime.

Boujou : au revoir.

Boujouter (se) : s'embrasser.

Brune, Louis : de 1823 à 1843, ce Rouennais sauva 63 personnes de la noyade dans la Seine. Mort le 25 décembre 1843 en sautant dans la Seine du pont Boieldieu.

Cagniard : petit fourneau fonctionnant à la braise.

Calipette : en Seine-Maritime, bonnet rond qui se portait noué sous la gorge, les cheveux sous la coiffe étant liés.

Canne : bonbonne de laiton dans laquelle on verse le lait après la traite.

Caresse de quin donne des puces : une flatterie hypocrite n'apporte rien à celui qui la reçoit.

Cat'rie : vient de *cats* qui veut dire « chats » en Normandie. Il s'agit d'un rassemblement de jeunes garçons, tels des matous devant la maison d'une fille.

Cats : chats.

Chiner : se moquer de…

Chineux : mendiant.

Chouquet : récipient en terre cuite dans lequel on tire le cidre du tonneau pour le mettre sur la table.

Chrémeau : petit bonnet de linge fin dont, après l'onction, on coiffe l'enfant baptisé.

Cidre bouché : cidre pétillant mis en bouteilles.

Clergeots : enfants de chœur.

Cli'-muchett et boni bona : jeux de cache-cache et colin-maillard.

Coinquer : pousser de petits cris.

Crêpe : morceau de tissu noir porté en signe de deuil.

Crieurs de mort : ou clocheteurs de trépassés. Service funèbre du temps passé qui organisait les enterrements.

Crocher : accrocher.

Croup : affection respiratoire, attribuée autrefois à la diphtérie, caractérisée par une toux aboyante.

Cuy-Saint-Fiacre : commune française de Seine-Maritime.

Dame-jeanne : grosse bouteille ou bonbonne, le plus souvent en verre, recouverte d'osier et contenant des boissons ou des aliments liquides.

Décaniller : faire partir violemment.

Décarêmer : bien manger, bien boire au sortir du carême.

Défroidir : réchauffer.

Demoiselle : verre à goutte de 10 cl.

Dieppe : ville côtière de Seine-Maritime.

Dormant : cierge porté par la personne en tête de cortège lors d'un enterrement et qui sera ensuite déposé sur le cercueil dans la tombe.

Douillon : pâtisserie normande.

Eau vinaigrée : versée dans la corne de bovin qui pendait à la ceinture, elle était utilisée pour tremper la pierre à aiguiser.

Écallé (abri ou ferme) : isolé.

Embernniqué : embarrassé.

Épeinte : volée de cloches sonnées en deuil en pays de Bray.

Étretat : ville côtière de Seine-Maritime, dont les falaises découpées en arches, aiguilles et portes sont mondialement célèbres.

Exciter les frelons : provoquer les garçons.

Faire bissexte : avoir un petit incident. Allusion à l'année bissextile.

Faire Quasimodo avant Pâques : tomber enceinte avant de se marier.

Faire un repas de viau (veau) : boire plus que manger.

Faucheux : faucheurs.

Fécamp : ville côtière de Seine-Maritime, proche d'Étretat.

Fermage : loyer payé annuellement par un fermier au propriétaire des terres qu'il cultive.

Ferrières-en-Bray : ville de Seine-Maritime, voisine de Gournay-en-Bray.

Fil-en-six ou fil-en-quatre : eau-de-vie servie dans les cafés ruraux. Les fils en deux, en quatre, en six valaient deux, quatre, six sous le petit verre selon le degré d'alcool, lequel était symbolisé par un fil faisant le tour du goulot.

Foire Saint-Romain : de nos jours, elle représente la deuxième plus grande fête foraine de France.

Forges-les-Eaux : commune française de Seine-Maritime en Haute-Normandie.

Fouinette : petite niche creusée au fond de la cheminée, au-dessus de l'âtre. Les braises qu'on y déposait servaient à l'allumage du feu suivant.

Fromage de foin : il s'agit d'une tomme affinée dans une meule de foin. Le fromage ainsi entouré conserve son humidité et résiste aux agressions extérieures.

Gambiller : danser.

Gauler : secouer un arbre avec une « gaule » (longue perche) pour en faire tomber les fruits.

Gisors : ville de l'Eure, en Haute-Normandie.

Gournay-en-Bray : ville de Seine-Maritime, en Haute-Normandie.

Goutte : eau-de-vie de pommes ou de mirabelles.

Grand Albert : livre de sorcellerie, attribué à Albert le Grand (1200-1280), lequel était docteur et sorcier de réputation. Ce livre renferme des secrets sur les vertus des herbes, des pierres et de certains animaux. Le *Petit* et le *Grand Albert* furent réunis en une seule édition à partir de 1850 et vendus par colportage. Ils firent la fortune de leurs diffuseurs.

Harasser des châtaignes : les faire griller dans une harassoire, une sorte de poêle à frire, percée de plusieurs trous.

Hodeng-Hodenger : commune française située en Seine-Maritime.

Horsain : étranger.

Il fait un froid de quin : il fait très froid.

Jambinet : mélange de café et de calvados chaud.

Jeter des haricots secs dans un puits : coutume pour guérir les verrues, qui est encore d'actualité aujourd'hui.

J'te vas fout' eun' calot : je vais te mettre une gifle.

La belle Fathma : c'est ainsi qu'est surnommé Louis Ricard, pour son habileté politique que certains ont comparée à la danse du ventre. Selon Guy Fargette, auteur d'*Eurotunnel Panama*, on surnommait Ricard « la belle Fatima », car de magnifiques favoris lui donnaient quelque ressemblance avec une reine de beauté. Il deviendra ainsi maire de Rouen, puis député de Seine-Inférieure et ministre de la Justice.

La goutte lui sort par les yeux : se dit d'une personne qui a les yeux larmoyants parce qu'elle a trop bu.

La Neuville-au-Pont : commune de la Marne.

La queue de notre quin est bien venue sans qu'on tire dessus : expression normande qui signifie que, quand les choses doivent arriver, elles arrivent. Selon *Expressions familières en Normandie*, de René Lepelley et Catherine Bougy, cette expression signifie aussi « Vos difficultés passagères finiront par s'estomper ».

Lessivière : lavandière qui arrive le jour convenu avec ses aides.

Le temps s'est graissé : le ciel est devenu noir.

Le vent du Nord vous coupe de froid : il vous fait plier en deux sous le froid.

Longère : en Normandie et en Bretagne, ensemble de bâtiments ruraux de forme basse et allongée.

Lyons-la-Forêt : commune française de l'Eure.

Marcher comme des quins qui reviennent de vêpres : expression amusante qui imagine des chiens revenant de l'office. Elle signifie « marcher de travers à la manière d'un chien ». Beaucoup d'expressions en Normandie se réfèrent aux chiens.

Mathilde l'Emperesse : née en 1102. Fille d'Henri Ier d'Angleterre, le fondateur de l'abbaye cistercienne de Mortemer, et de Mathilde d'Écosse. Petite-fille de Guillaume le Conquérant et grand-mère de Richard Cœur de Lion. Mathilde fut élevée par les moines de l'abbaye du Bec-Hellouin. Mariée à 7 ans au futur empereur romain germanique Henri V, elle devint veuve à l'âge de 23 ans sans avoir eu d'héritiers. Trois ans plus tard, elle devient comtesse d'Anjou en épousant Geoffroy Plantagenêt, puis duchesse de Normandie. À la mort de son père, son cousin Étienne de Blois lui ravit l'héritage au trône d'Angleterre, déclenchant une guerre civile appelée « anarchie ». La légende prétend qu'elle fut cloîtrée par son père pour avoir voulu s'émanciper et que son fantôme réapparaîtrait au mois d'août, les soirs de pleine lune.

Mésangueville : commune de Seine-Maritime, voisine de Hodeng-Hodenger.

Mirlitons : spécialité de la ville de Rouen, consistant en des tartelettes recouvertes d'une crème à la vanille et aux amandes, qui se dégustent chaudes ou froides.

Moiremont : commune de la Marne.

Moque : bol à anse pour boire le cidre ou le café.

Mortemer : commune de l'Eure, célèbre pour son abbaye cistercienne, Notre-Dame de Mortemer, fondée en 1134 par le roi Henri Ier d'Angleterre.

Neuchâtel : ville du pays de Bray en Seine-Maritime et nom de la spécialité de fromage dont il est issu.

Noiraud : personne qui a les cheveux noirs et le teint brun.

Œufs brayons : spécialité culinaire de Normandie, apprêtée avec des œufs de cane battus en omelette.

Ondoyer : baptiser, le baptême étant réduit à son rite essentiel, celui de l'eau.

Pâqueret : premier repas du jour de Pâques.

Part à Dieu : en distribuant les parts de la galette des Rois, on prenait soin de demander la part à Dieu, réservée au pauvre qui viendrait frapper à la porte pour la réclamer.

Partir sur une patte : ne boire qu'un verre et de ce fait être bancal. Il en faut un deuxième pour équilibrer et ainsi de suite.

Pays de Bray : région de Seine-Maritime, à cheval sur les départements de Seine-Maritime et de l'Oise, il repose sur une bande de 10 km de large, allant de Neufchâtel-en-Bray à Beauvais.

Pays de Caux : région de Seine-Maritime, dont la zone littorale, appelée côte d'Albâtre est en partie surélevée par d'immenses falaises comme celles d'Étretat.

Père Lapouque : équivalent du père Fouettard pour les enfants désobéissants.

Pieds-de-mouton : champignons.

Pleureur : personne désignée par l'Église ou amie de la famille, qui marche en tête de cortège lors d'un enterrement et qui porte le cierge.

Plusai : premier repas offert par le fermier à ses ouvriers au début de la moisson.

Pouque : sac en toile de jute, utilisé pour ramasser les légumes et dont on se couvre en cas de mauvais temps.

Pousse-café, rince-cochon et partante : un nom différent est associé à chaque nouveau verre d'eau-de-vie.

Poussin de la haie : enfant naturel, c'est-à-dire né hors mariage.

Prendre une bouchée : prendre un minirepas, généralement à la hâte.

Pucheux ou puchoir : puisoir emmanché qui sert à rincer le linge avec de l'eau bouillante ou à prélever de l'eau dans une mare.

Pulmonie : affection du poumon, en particulier tuberculose pulmonaire.

Quête des œufs : les œufs de Pâques sont le symbole de la fécondité et du renouveau de la nature, et ils ont été bannis des tables durant 40 jours. Le samedi de Pâques, les enfants les quêtent de maison en maison. On en fait une énorme omelette, et les enfants décorent ceux qui restent et les utilisent pour des jeux d'adresse.

Quin : chien.

Quin calleux : chien peu courageux. Quand il vous a mordu, vous n'avez aucun courage.

Relevailles : cérémonie d'action de grâces à laquelle assiste une femme, après ses couches, afin qu'elle reprenne sa place dans la société.

Reluquer : regarder avec curiosité.

Remettre au mâle une bouteille ou une cruche : aller au tonneau pour la remplir.

Rés vra qu'un quin r'gad ben un évequ' : il est vrai qu'un chien regarde bien un évêque. Chacun peut observer qui il souhaite.

Rincette : verre d'eau-de-vie ou goutte.

Ripaille : dernier repas de la moisson offert aux ouvriers par le fermier.

Ronquer : dormir profondément.

Rôtie : vin de la mariée, chauffé et épicé, dans lequel on a trempé du gâteau rôti et des bouchons de liège et que les mariés doivent goûter.

Ry : commune de Seine-Maritime.

Sainte Apolline : considérée comme la patronne des dentistes, elle est invoquée contre les maux de dents.

Sainte Geneviève : sainte invoquée par les Normandes sur le point d'accoucher. Elles portent au contact de la statue le vêtement qu'elles revêtiront lors de la naissance.

Sainte-Menou : Sainte-Menehould, ville de la Marne, dont la spécialité culinaire est encore aujourd'hui le pied de cochon.

Saint-Nicolas-d'Aliermont : commune de Seine-Maritime, abritant autrefois des usines horlogères.

Savourée : soupe préparée avec un os de porc qu'on retire ensuite et qui sert plusieurs fois.

Seine-Inférieure : ancien nom de la Seine-Maritime, qui comprend le pays de Bray à l'est et le pays de Caux à l'ouest.

Se remplumer : avoir une rentrée d'argent.

Sonner à mort : annoncer le trépas en pays de Bray.

Taille : branche de chêne de 2 à 3 cm de diamètre et de 50 cm de long, fendue en deux parties égales, une pour le boulanger, la souche, l'autre pour le client, l'échantillon. Pour un pain de neuf livres, on entaillait les deux portions d'une croix, pour un pain de six livres d'une autre marque et pour un pain d'une livre, le signe « I ». Lors du paiement, les deux morceaux étaient réunis, et on enlevait la partie entaillée de ce qui était payé. Ce système permettait de porter devant la justice tout défaut de règlement.

Thérèse : sorte de capuche de soie noire, destinée à couvrir la coiffure pendant le temps du deuil.

Tignons : fleurs collantes de la bardane.

Touiller : mélanger.

Toupillons : toupies.

Toupiner : tourner en rond, être impatient.

Tournée de l'archevêque : six verres de différentes liqueurs qu'il faut vider coup sur coup.

Trente-six quins à tuer : trente-six choses à faire.

Trou normand : à l'origine, un petit verre de calvados servi entre deux plats. Il était censé permettre de digérer et redonner de l'appétit aux convives.

Vallée du Cailly : vallée de Seine-Maritime, où étaient implantées de nombreuses filatures de coton. Industrie prospère dans la première moitié du XIXe s., qui connut une première décroissance avec la concurrence britannique, puis avec les soucis d'approvisionnement du coton en provenance des États-Unis pendant la guerre de Sécession en 1860. L'industrie dut alors moderniser son outillage pour s'adapter au coton venu des Indes. La crise économique des années 1930, puis la Seconde Guerre mondiale et l'arrivée des fibres synthétiques comme le nylon achevèrent sa perte.

Vascœuil : commune de l'Eure, à la limite de la Seine-Maritime.

Violoneux : violoniste spécialisé dans la musique traditionnelle ou folklorique.

Remerciements

Je remercie mes premières lectrices – Sylvie, Céline, ainsi que mes sœurs –, Gilles, mon compagnon, pour m'avoir fourni une aide précieuse dans l'impression des premiers essais, Roberte et Michel, des Normands fiers de leur région qui m'ont initiée aux expressions normandes, riches et colorées.

Afin de reconstituer le cadre historique et quotidien de 1880, j'ai eu recours à de nombreux ouvrages et documents. Je rends hommage notamment à Yvon Pailhès pour son livre *Rouen, un passé toujours présent*, à Catherine Grisel, auteur de *Hommes et traditions populaires en Normandie*, à André Niel et à la revue *Le Pucheux*.

Je remercie Jean-Claude Delwarde, maire de Hodeng-Hodenger, qui nous a ouvert les portes de l'église du village et offert une visite privée très enrichissante.

Je remercie Mame, qui m'a soutenue tout au long de ce projet.

Surtout, les mots me manquent pour rendre hommage à City Éditions, et en particulier à M. Frédéric Thibaud. Merci de donner leur chance à de nouveaux auteurs et merci pour votre humanité.

Achevé d'imprimer en septembre 2022
sur les presses de la Nouvelle Imprimerie Laballery
58500 Clamecy
Numéro d'impression : 209179

Imprimé en France

La Nouvelle Imprimerie Laballery est titulaire de la marque Imprim'Vert®